失梦庄园

范若丁 著

中国友谊出版公司

图书在版编目（CIP）数据

失梦庄园 / 范若丁著. -- 北京 ：中国友谊出版公司，2016.1

ISBN 978-7-5057-3657-3

Ⅰ. ①失… Ⅱ. ①范… Ⅲ. ①散文集－中国－当代 Ⅳ. ①I267

中国版本图书馆CIP数据核字(2015)第297546号

书名　失梦庄园
著者　范若丁
出版　中国友谊出版公司
发行　中国友谊出版公司
经销　新华书店
印刷　北京鹏润伟业印刷有限公司
规格　880×1230毫米　32开
　　　9.75印张　200千字
版次　2016年6月第1版
印次　2016年6月第1次印刷
书号　ISBN 978-7-5057-3657-3
定价　38.00元
地址　北京市朝阳区西坝河南里17号楼
邮编　100028
电话　（010）64668676

目录

初编

续编

编者的话

“她的复调书写，是对我们时代苦难和勇气的纪念。”白俄罗斯非虚构作家阿列克谢耶维奇获得 2015 年诺贝尔文学奖，颁奖词如此写道。

这句话，也可以用来形容这本《失梦庄园》。

这本个人回忆录性质的散文集，看似“小我”，看似与多声部的复调书写无关，实则“大我”，实则有无数个主体在发声，为 20 世纪上半叶的中国民间社会叫魂。

书名中的“失梦”一词，赋予了这本书内涵的多义性。一个“失”字，点破百余年来中国人的心底隐痛——“每个人的故乡都在沦陷”，我们失去，丢失，迷失。而梦，它似乎真实存在过，又似乎一纵而逝，甚至，也许根本就没有梦，那个被我们称作“梦”的东西，只是我们给自己制造的一个想象空间，一个空空概念。

“失梦”，关乎中国人的灵魂图像。

“庄园”，则关乎中国人在那个时代的原生态。

那个新旧政权更替的时代，地主庄园里的暖情与晦暗，传统与革命，在特定的时空背景下浓缩成一部中国乡绅社会末年史。那地主庄园里的敏感羞涩的少年，那夜嫁寡妇的奇风异俗，那请法师到阎王爷处“走后门”添阳寿的闹剧，那放脚委员、刀客张等各式人物的奇特命运，那抗日将领的热血与悲凉，令人叹之，思之。

作者以一种亦散文亦小说的独到笔法，写出了乡土中原的生活原貌，大时代里一个大家庭的悲欢离合以及个人命运的跌宕起伏，亦真，亦幻。

这是一部关于浓郁乡土中原的散文佳作，也是一部关于世道人心转型的历史文本。

这是一本“小”书，也是一本“大”书——“我手写我心”，是为“小”；以我见天下，是为“大”。

可以说，这是真正的“大散文”，“是对我们时代苦难和勇气的纪念”。

经历过那样的时代，阅读过这样的文字，也许会有更多人懂得一个常识：国家不是一个高高在上的抽象概念，它由千千万万的个体命运构成。这千千万万的个体命运，构成了你我的命运。

这本书，写的不仅是个体命运，更是你我的命运。

这本书里的文章，大多曾在全国各大报刊发表，并被《新华文摘》《小说选刊》《散文选刊》及多部全国性散文类选编图书转载或收入；部分篇章曾获第三届广东省鲁迅文学奖、第一届及第二届秦牧散文奖等，得到了文学界与读者的肯定，反应热烈。

这样一本兼具文学和历史价值的书，值得你细品。

编者

2016 年 6 月

代序

三十一梦未成书

一部书要写多少年？曹雪芹披阅《红楼梦》十载，歌德吟哦《浮士德》六十年，那是巨著，但一部命定不入经传的普通作品又要多少年呢？很难回答。我只知道我这本小册子写了三十年。三十年似乎功犹未尽，至今我还不认为我已将这部书写完。

本书题曰《失梦庄园》，当这部书稿即将脱稿时，我突然恍惚起来。在中原大地的伏牛山下，有那座庄园吗？有那些人物吗？有那些梦吗？那里曾有过梦还是梦丢失了？也许那里什么都没有，一切原本都是虚幻。那么我在这虚幻中寻找什么？我写这些不着边际的文字又为什么？是凭吊是哀伤是叹息抑或是批判呢？我无法回答，但我要写下去……

一部二十万字的小书，我从20世纪80年代初开始写，写豫西的山山水水，写少年时代身边的各色人等；写伏牛山，写白河；写老舅爷，写磨倌老何家，写我的奶妈陈干娘，断续绵延，难以尽意，总放不下，直写到2013年，在浑然不觉中，在一个少年躁动不安的记忆中，跨越了三十年，收辑而成这本不算完成的小书。但我今年已逾八十，殊不知上帝或马克思还假我以年，让我续写下去否。

少年时代，是我心中永恒的主题；少年记忆，是我最早的生活积累。说得再远点，写这本书的最初冲动，应再上推三十年。1957年，二十三岁的我被定为“反右”对象。为了孤立我，也就是为了从我熟悉的人们身上挖掘与压榨出“材料”，以便炒那碟事先配制好的菜，突然将我从原来住的宿舍搬出来，投到广州长堤一间房内。四周没有熟人，更没有朋友，夜晚听着海关钟楼的钟声，只有回忆伴着我。我想起村中正月十五夜的神棚，想起用红线为嫂嫂拴泥娃娃的乡俗，想起陈干娘，想起烽火中那些草莽英雄……我有一种诉说的冲动，但我无法将它们形诸笔端。一是笔力不够，一是避免再度引火烧身。我一直是个文学爱好者，曾练习写作，仅此一点就足以成为审查对象。我的习作被拿出来批判，那些掌握着批判武器的批判者，其无知无耻，胡说八道，颠倒黑白，随意上纲的“水平”，令人齿冷，也令人不寒而栗。因此我的文学梦几乎中断。20世纪80年代初，我又开始做梦了，我像一个梦游者，不断回到故乡，不断又变回那个执拗的少年，在远去的背影后边游荡……

本书初编中的文章写于20世纪80年代。1986年夏天，河南省文联领导于黑丁、朱可邀我上鸡公山，在那里集中写了一部分，后来又在从化写了一部分，编成了上海文艺出版社于1988年出版的《暖雪》（即本书初编部分）。本书续篇中的《泥胎》《冷枪》《土造》诸篇，也写于20世纪80年代，因《暖雪》未收入，现收入续编。令我意想不到的是，这些文章发表后，得到了读者与文学界的普遍肯定。《暖雪》获广东省第三届鲁迅文学奖，本书续编中的《我和父亲》与《皂角树》分获第一届和第二届秦牧散文奖。

在本书的写作过程中，我得到不少编辑部和朋友的帮助和鼓动。书中的文章大都在《花城》《钟山》《收获》《当代》《十月》《作家》等文学期刊和《南方日报》《羊城晚报》等报纸发表过，并有部分被《新华文摘》《小说选刊》《散文选刊》等转载。我对这些为我斧正的编辑们心存感激。我特别要感谢的是，在本书成书过程中付出辛勤劳动的上海文艺出版社陈先法同志、广东人民出版社陈娟同志和花城出版社杜小烨同志，还有在电脑尚未普及之时，那位连续为我抄稿的朋友。

感谢许永总经理和编辑刘青松先生。我早有出版这本书的愿望，朋友们也多有这个建议，考虑到出版资源问题，迟迟未予进行。感谢许总和编辑们帮助我实现了这个愿望。

我特别欣慰的是，我的两个女儿——范霓和范邈在我的写作过程中，始终给予我支持。

2015 年 6 月 10 日　于广州

初　编

夜嫁

老年间，豫西人家嫁寡妇，是在夜里。

我看到过一次寡妇出嫁。出嫁的是我表婶，她是我老舅爷的儿媳妇。

老舅爷常住在我家二门过道的耳房里，不管冬夏，总穿件黑袍子。也许袍子原本不是黑色的，经年不洗，前襟变得油光黑亮，竟无法辨出它的本色来。

有人说，舅爷不是祖母的亲兄弟，祖母娘家没有别的人，他也就算是至亲了，其实祖母对他一点也不亲。祖母不待见他，嫌他丢人现眼。祖母年轻时很过了些苦日子，阔起来后，很怕别人知道她穷过、苦过，偏偏有这么个穷老弟，叫人寒碜。这老弟穷还不说，还没成色，抽大烟。

有人说，舅爷硬是祖母的亲兄弟，同母异父，小时候相依为命。至于抽大烟，是祖母阔起来后，他跟样学的。

我不去探究这两种说法哪种更可靠些，只知道住在这座深宅大院的几十口人中，上上下下，被人最瞧不起的就是这位老舅爷了。

老舅爷使我感到既可怜又可厌。

每天傍晚，当太阳刚滑到楼脊背后，一群群灰鸽子回旋着，迎着楼角叮当作响的风铃找窝的时候，老舅爷就出现在上房的前檐下，抖抖索索地站在门帘旁边，流着眼泪鼻涕，轻轻地呻吟着，嗫嚅着。

“姐，姐，给我一口，一口……”

他要的一口不是一口饭，是一口大烟。一口大烟就是一个烟泡。祖母十之八九是不给他烟泡的，往往在里屋咒骂着，使人送出来一小纸包烟灰。他接过纸包，抖抖索索地，一步一迈地走回阴暗的耳房，倒点水，吞下烟灰，倒在满是臭虫的床上睡觉。

他从来没给我们这帮孩子讲过故事，我们也从来没想过听他讲故事。他的耳房从来都是阴暗的，只有点上那盏满是油污的大烟灯，房里才有一点光亮。我独自怕从二门过道穿过，从那里穿过就像从墓边穿过一样；我怕他突然从耳房走出来。

有一年，他换了一件新蓝布袍子，刚剃过头，突然出现在我的面前，笑眯眯地塞给我几个核桃。我怔了，感到舅爷原本不是那么老，舅爷好像换了个人，我想起，确实有好一阵子没有见到他了。

大人们悄悄说，舅爷把他的儿子卖了壮丁。舅爷家在渠上，离我们村还有几里地，我从来没有去过，到这时才知道他还有个儿子，并且卖了壮丁。舅爷心好狠，我想，悄悄将他给我的核桃扔了。

舅爷手上有几个钱，得意了一阵，耳房里天天亮着大烟灯。

两个月过去，老舅爷又站在上房前檐下了。不过这时他不是要烟，而是要钱，有时样子很凶。听他那话的意思，他儿子卖壮丁的钱，有一半在我祖母手上，我祖母说是替他放账生息的，如今我祖母想昧他的钱。

我不信，可有一次我听到祖母居然在里间同他对吵：

“你吃我住我的还不够，还想要我给你赔上棺材钱。这钱留着，给你买棺材板。”

“姐，你太狠了……”

老舅爷还是屈服了。每当傍晚，他又沉默着，抖抖索索地站在祖母的门帘旁边等待——等一小纸包烟灰。

过了一年多，传说他儿子在中条山阵亡了，但没个准信。消息传出不久，舅爷回渠上去了。那是夏天。

渠上有一股泉水，小河整年不干。放暑假我到渠上去玩，住在一位老师家里。

一天晚上，月亮亮极了，地上落根针都能捡到。打麦场上有很多人，有躺下睡觉的，有坐着拉闲话的。有位老奶奶在教孙儿认星星，我同几个一般大的孩子在柿子树下赶萤火虫。

凉爽的夜风一阵阵吹来，蛐蛐在草丛中鸣叫，叫声越来越响，变成了悲悲切切的唢呐声。

“死人啦？”场上有人惊诧地说。

“啥子死人啦，娶亲哩！”

“唉，是张家的寡妇吧？”

“又叫他爹给卖了。……”

我跟着几个孩子跑进村里看热闹。

一大圈人围住一个破败的院门，门旁有一棵枣树，不知何时死的，光秃秃的枝梢，把一个圆圆的月亮都挂破了。树下有一匹备着鞍鞯的驴子，几个穿新衣服的男人站在驴前，一个吹唢呐的和两个吹笙的扭动着脖子；咿咿唔唔地吹个不停。

“轿呢？”我不解地望望周围。

“寡妇出嫁要骑驴。”不知谁向我解释道。

一会儿，一个没有佩红戴绿的二十多岁的女子掩面啜泣着，被一个老太婆扶了出来。那几个穿新衣服的男人上前接住，将那女子扶上驴背，想必这就是出嫁的寡妇了。

待那女子坐稳，我惊呆了，她的脸却是对着驴子后面的。一个男子牵驴，两个男子在旁边护着。

“嘻嘻，稀罕，倒骑驴——”一个嬉笑的小孩，被大人啪地打了一巴掌，赶忙把口缄住。

那女子哭出了声。

人群中发出轻声的议论。

“走到这一步还得望着原来的家。”

“寡妇出嫁就是这么个规矩。”

“唉，她确实不想走这一步。再说她男人生死也没个准信。”

“这个家有啥好恋的，看她老公公的德行！看她姑姑的那个心！”

唢呐又吹响了，人们让开路，驴子向街心走去。

猝然，从门里跌跌撞撞地冲出一个人来。这人穿一件袍子，头发蓬乱。一看，是老舅爷，我吓得浑身发冷。

“没良心呀，你这没良心的……”老舅爷干号着。

人们都怔了。少顷，不知谁说：

“他还号个啥？”

“这也是规矩。”一个老年人说。

“不是他硬把媳妇卖了，硬逼着媳妇走这一步的吗？怎么还要骂人家没良心？”

“寡妇再嫁，原夫家都得在后面赶着骂，这是规矩。”还是那个老人的声音。

“没良心，你撇开这个家，你没良心呀！”老舅爷从地上捡起两个土坷垃，用力掷过去。

明亮的月光下，我看着老舅爷跌跌撞撞追赶驴子的身影，忽然想道，今夜不是十五就好了。

正好有一片乌云飞过来，遮住了月亮。

有人叹息道：“唉，如果他姐不阔，他也不会毁到这地步，这个家也不会毁到这地步。”

我不明白这话的道理，好像又有点明白。

村口，传来了缥缈的唢呐声。

村口，传来了老舅爷的干号。

那一夜，我暗暗哭了，不是为哪一个人哭，而是为人的羞耻哭。我第一次感到这世界充满了羞辱。

后来，老舅爷快活了一阵，有几个月，每天都过足了烟瘾。

后来，老舅爷死了。他死后，没有棺材。

后来，他的儿子活着回来了，从抗日战场上回来了。

后来，我一直忘不掉夜嫁这一幕。

1985 年 8 月 15 日　于广州

过阴

祖母有气喘病，每年交秋，她就感到脖子拘得慌，胸闷得透不过气来。中西医看得不少，无效，听人说吸胡茄叶（曼陀罗花的叶子）可治这个病，我家南院就种上一大片胡茄，祖母整年拿杆长烟袋抽这种有辣味的胡茄叶，到了立秋还是犯病。

也不能说中西医治疗完全无效，主要是祖母不信。每当她胸闷气喘的时候，她就要联想到什么魔呀仙的，以为是这些看不见的精怪在挤压她，于是，小时候我经常看到做法事。

下神的，降魔的；神婆，法师，在我家进进出出。暗夜，那凄厉的变了声调的哭泣和吼叫，痉挛的莫名其妙的凝坐和跳跃，那明灭的灯影、刀光、火焰，把我家那座原本就使人感到阴森的大宅，变得更为阴森恐怖。家里每次做法事，我都感到有一种不可名状的冷森森的气氛包围着我，我总感到有什么精怪跟着我。以至于到晚上我不敢环顾左右，害怕那种青面獠牙的东西突然出现在我的眼前。

但山村毕竟太寂寞了，每次法事，对我们小孩来说，又无异于一台好戏。看得多了，我也看出了一点门道。原来这种请仙驱魔的事，还分各种“流派”。干这种事的人，各有各的法宝，各有各的本事，各个法力无边，比我们村只会请赤脚大仙附身的郭神婆，道行要深得多。但在这一场场法事当中，给我印象最深的莫过于过阴了。

那年秋天，祖母病得很重。大人们神色沉重，轻轻交谈，都说祖母怕是过不了这个冬天，要准备后事。

“南院木匠房里那口寿木，漆了这么几年，将就着也可用了。再想想，哪些事要提前准备的……”二伯紧锁眉头，在客厅里踱着步。

“生死由命，这阴阳二界，也不是可以更移的，只有听其自然，悲亦于事无补。”村上的私塾先生说，似在抒发感慨，亦似在劝慰二伯。

“嗐！”村上另一位头面人物一拍大腿，“你不提这阴阳二字我倒忘了。后山有个过阴的，专门到阴间查阎王爷的生死簿，找判官说情加添阳寿。”

绝处逢生，急如星火，马不停蹄地从后山把那位神人请来了。

这人其实平常，瘦子，中等身材，五十岁上下，穿一件白细布褂子，一条黑细布裤子，一双黑帮白底布鞋。他没有什么法器，也不像一般法师那样张张扬扬的。他神态平和，说话慢声细语，猛一见，使人难以相信，此人恁了得，是专门到那吓死人的地方通关节的高手。

夜里——又是夜里，上房的前厅里铺了张苇席，那人要过阴去了。

过阴前，他没焚香烧纸，只低声交代说：

“路上不知顺不顺，我过去短则几个时辰，长则几天，不管怎样，时间再长，切莫动我的身子，如若移动了，我的魂就找不到壳，就附不回来了。”

他直挺挺地躺在苇席上，脸上蒙一张黄表纸，纹丝不动。

“他死过去了。”我紧紧抓住大哥的袖口，心里怕得慌。

“活着呢。”

“他不出气？那黄表纸怎么一动不动？”我轻轻地问。

“大约他有点气功吧。”大哥正在念高中，不信弄神弄鬼这一套，因而曾被祖母斥为忤逆。

全家人都守在苇席旁，一方面是为了向祖母表示孝心，祖母在里间听着呢，一方面都有些毛骨悚然，在这时候，自然都感到聚在一起好，人多好壮胆。

幸好那人在路上挺顺的，只过了几个时辰，到鸡叫二遍的时候，就伸个懒腰开了腔：

“你家老太本姓张，生死簿上有姓名。”

“查到啦？”旁边有人问。

“查到啦。”

“俺娘阳寿长吧？”二伯问。

“秋去冬来白雪飘，明年清明添新坟，实不相瞒，老太太阳寿将尽，只剩下九九八十一天。”

“法师，你要想个法子呀！”二伯跪下去，带着哭腔祈求道。看着二伯的样子，全家老少立刻跪下一片。

“我已同判官说好，给老太太添阳加寿，但须捐纸钱十万，纸马四匹，纸车一辆。”

“好，好，好……”二伯一迭声地应承着。

“加多少阳寿，要子孙们捐才行。”

“好，好……”

祖母在里间激烈咳嗽起来，差人传二伯进去。

二伯由里间出来又跪下，嗫嚅着说：“老太太的意思是不要子孙给她捐阳寿，要，要媳妇们捐，捐……”

一时间冷了场。祖母给那位在阴阳界间打关节的人出了个大难题。

“按说这阳寿嘛，应该由子孙捐，亲则诚，诚则灵哪。不过——”法师沉吟着，“不过，媳妇们真有诚心也不是不可，等下我再同判官说说。你家媳妇可有这份诚心？”

大娘、二娘和我妈低着头，沉默不语。

二伯狠狠盯着二娘。

“有，俺们有这份诚心。”二娘猛抬起头，瞪瞪二伯。

“那你们各人要捐多少年？”法师说。

木讷的大娘从来缺乏数字概念，不假思索地说：“十五年，少呗？”

“无多无少，只在心诚。”

“俺也捐十五年！”二娘瞪下大娘，无奈说。

“俺也捐十五年！”妈妈说。

二娘和妈妈的声音都很高，颇有些慷慨激昂。祖母在里间听着哪。

法师带着三位孝心惊天的媳妇捐出的四十五年阳寿，再赴阴曹地府找判官办理交涉。生死簿上的数字该减的减了，该加的加了，给判官的赠礼也加了一番，因为媳妇们的性命轻，礼得重些。

说来也怪，一应手续齐备之后，法师坐起吃荷包蛋之际，祖母的精神一时大好，居然拄着拐杖走出来，看望她的三位贤媳，两行老泪扑簌簌地往下直掉。

天快亮了，妈妈才带我们弟兄回房憩息。

一进房门，妈妈就骂道："娘那脚，你奶奶也太狠了，一下子就割走俺十五年，俺有几个十五年！"

"妈，你不会少报几年。"二哥说。

"当时我敢？就你能！"妈妈生气地瞥了我们一眼。"听着，将来可得要你们的媳妇给我捐阳寿！"

妈妈生了二哥、弟弟和我，她也有三个媳妇呢。

"妈，俺要俺媳妇也捐十五年给你。"二哥笑道。

"俺媳妇也捐十五年。"还未上小学的弟弟，不解地眨着大眼。

"你呢？"妈妈见我不说话，瞅瞅我。

"俺还没说下媳妇呢。"我说。

妈妈扑哧一声笑了："滚！"接着又叹口气说："娘那脚，这个阴阳怪气的世道，早离开早安生。唉，但人都还是想活着，可怜你二娘，没有孩子，将来也不会有媳妇捐给她阳寿。"

过阴人走后，我的心情好一阵子悒郁。我想，到我家当媳妇真不好，未过门就得准备把寿命缩短十五年，最好别给我说媳妇。……后来，祖母的生命只延续了五年，而不是四十五年。这不知是善在阴间拉关系、走后门的过阴人没有尽责，还是在哪个关节上出了差错。

1985 年 5 月 13 日

灯影

一盏灯，一盏玻璃罩子的煤油灯，放在一张用生漆漆得黑红的八仙桌中间。

一个比我稍大一点的孩子，站在桌边的灯影里。

一双大眼，一双沾着泪花的大眼，木然地盯着桌面。

我，站在桌子另一边，望着他，望着他……几十年过去了，几十年从这灯影里流逝了。

1942 年，河南省许昌一带发生大旱。第二年春，地里刚开化，青青的麦苗刚从残雪里拱出来，饥民们就扑向这一线生机。他们啃麦苗，后来啃树皮，啃观音土，紧接着是浮肿病、霍乱……大批的人倒毙了，许许多多村庄断了人烟。能够挣扎着走动的，在最后一刻，离开故土，到外逃荒。人贩子活跃起来，一时间，人口市场兴旺发达。

一向穷困的豫西山地，只因老天爷开恩，农民的地窖里还有几担可供维持生命的红薯，就成了逃荒者的福地，有些不愿做长途贩运的人贩子，也把“货”就近在这里出手。

村上出现了一种奇妙的红火景象，连着几家办喜事，有几个多年讨不到媳妇的光棍汉，当了新女婿。有几户没有子嗣的人家，买回了可以接续祖宗烟火的“螟蛉”[1]。

我春仙姑这时也买了个孩子，用了五斗麦[2]。

春仙姑是我祖母的干女儿。她男人原来跟着我父亲当军需，前几年在太行山同日军作战阵亡了。她没有生养过，守着十几亩薄地独自过活。她是外乡人，为了找个依靠，就认在我祖母身下了。说也奇怪，对晚辈一向十分严苛的祖母，对她这个干女儿，倒很和善。春仙姑三十多岁，手脚勤快，性情豁达，同我家老少都处得好。

一天，祖母使人把春仙姑找来，说：

“仙，如今许昌那边常有人来，我看有合适的娃子你就领一个，有了娃子，你就这样熬下去吧。”

春仙姑有点心动，笑了笑说：

“娘，您老人家给我做主好了。”

祖母又使人传话给保长，再有卖娃子的来，领到她跟前看看。

刚好，当天下午有一个人贩子带着一个女人、一个男娃和一个小妮进了村，保长就把他们领了过来。

豫西人把人贩子叫“拐带”。我从小就听人们讲过许多“拐带”的故事，这些故事听起来都很吓人，最令我吃惊的是说“拐带”的手心涂有蒙汗药，一拍小孩的头顶，小孩就会迷迷糊糊地跟着他走。然后，他在小孩身上粘一张狗皮，卖

[1] “螟蛉”即养子。

[2] 新中国成立前，豫西一带一斗是五十斤。

给远处耍把戏的，或者，卖给开人肉包子铺的……这天下午，我头一次看到的这个人贩子，样子同我想象的“拐带”大不同。他穿长衫，戴礼帽，像集上常看到的外乡生意人。这人有四十多岁，细高个，脸色乌青，薄薄的嘴唇紧抿着，似笑非笑，说话不多，身上有一种森森冷气。我只敢从远处瞪着他，时时注意他的手，虽说他没有青面獠牙，但那手心里谁敢说没有蒙汗药呢！

那女人三十多岁，眼泡浮肿，目光呆滞。男娃和小妮木然地站在她的身旁，男娃剃个光头，穿双露着脚趾的破棉鞋，两个脚拇指，不停地在破洞里拱动。小妮比男娃小，只有六七岁的样子。一根细细的小辫梳得很齐整，辫根上插了一支淡黄色的迎春花。

开始讲价钱了。人贩子提出那男娃要一石麦子的钱。

“你憨要钱是不是？你也不看看这是啥地方？”保长狠狠地白了人贩子一眼，转身向着祖母讨好地说：“老太太看着给吧，不让他白跑一趟就算了。”

人贩子望望站在高台阶上的祖母，躬了躬腰：“保长说得是，老太太随便赏几个吧。”

“你跑一趟也不容易。”祖母开了口，“这娃子就给你五斗麦吧。”

人贩子还想讲价，保长说了：“这猪‘壳馕’[1]孩哪值五斗麦？五十斤红薯差不多。你看他那身骨架，要多少草料往里塞？老太太这五斗麦钱算是叫河水泡了。”保长又白人贩子一眼，“老太太出手大，你还不赶快谢赏！”

---

[1] 豫西人把小猪叫作猪壳馕。

“是，是，谢老太太赏。”

付过钱，那男娃算是春仙姑买下了。

那女人低泣起来。她拉拉身边的小妮问人贩子：“俺娘俩呢？”

“走走，不在这里说。”人贩子推推那女人。

猝然，那女人拉着两个孩子走前几步，跪到地上。

“你们行行好，把俺娘仨留在一起吧！”

人贩子急了，上前去扯女人的胳膊，女人发怒地甩开人贩子的手，站起身指着人贩子骂道：“你这黑心的东西，你领俺娘仨出来时，俺男人没要你一点东西，只求你给俺娘仨领一条活路，把俺娘仨卖到一户人家，当时，你答应得多好！如今，你还是要拆散俺！”

“不拆散咋办？”人贩子脸上的青筋嘣嘣乱跳，“一路上走了几个村你也不是不知道？要老婆的不要娃，要娃的不要娘，我不能老带你们白吃。”

“是吗，一卖一窝能卖出个大价钱吗？”保长嘲弄地阴阳怪气地笑了笑。

“这个——”祖母沉吟一下，看看春仙姑，“我看这娃子我们还是不要了吧，免得扯秧添麻烦。”

“不会有啥秧子，不会有啥秧子。”人贩子一面向祖母表白，一面教训那女人，“你不想要娃子好？再到哪儿找这么好的人家？”

那女人怔了一会儿，把娃子向春仙姑身边推推，泣不成声地说：“娃子交、交给你了。娃子小，小，不懂事，该打该骂，你就……”

春仙姑也哭了。“大妹子，如果你放心不下，你还把娃子带去。”

“唉，我带他到哪呵，天呀……”

“大妹子，你记着这地方，等你有个落脚的地方，来个信。”

那娃子一直愣愣地站着，双眼痴痴的，好像眼前发生的事，全同他没有干系。直到妹妹转回身，把发根上那支迎春花递到他手上，他才似乎醒过来，望着娘和妹子的身影，默默地流下眼泪。

春仙姑要祖母给娃子起个名儿，祖母说：“就叫五斗吧。”春仙姑要我妈找了一套我的衣服给五斗换上，又叫我陪五斗玩耍。

但是，五斗总是愣愣的。我把我的画书、木枪、泥马都摆在八仙桌上，他一动不动。在灯影里，我看到他捏着那支迎春花的手指，不停地捻动。

“这花是从哪里摘的？”我想打破沉默。

“是我在坟头上摘的。”

几滴泪水在花瓣上闪动。

大约他正在想那个坟头，想他那个可能已经饿死的爹，想他那个不知走向何处的娘和妹子……

1944 年我离开故乡后，再没有见过五斗，可是我常常想起灯影中的他。新中国成立后，虽没有他的消息，但我想，像他那样在旧社会吃苦受罪的人，生活一定会变个样子。我想，他可能回老家去了，同他娘和妹子团圆了；我想，他可能当了干部，出息了。

前不久遇到一个同村的人，我问到五斗。

“五斗还在村上吧？”

“哪个五斗？”他迷惑地看着我。

“春仙姑家的五斗，按说我还得叫他表哥哪。”我说，“他是买的，新中国成立后他回许昌老家去了吧？”

“没有。”那位同乡淡淡地笑了笑，“他没有回老家，他还在村上。”

“如今他怎么样了？”

“还好，活着。”那人说，“不过，一半活在阴间，一半活在阳间。”

“怎么回事？”我惊异地急问。

“唉，也没啥，这个老实人，前年招了门鬼亲。”

“呵，他孩子死了？”我们那一带，过去有为死去的儿女办婚事的习俗，这是一种迷信。我想五斗怎么如今还办这种事，不觉埋怨道：“五斗怎么还这样愚昧呢！死儿找一个死女，何苦呢！”

“他哪有儿子，是他自己招了门鬼亲。”那人笑了一声，笑得很苦，笑得使人身上发冷。

一阵冷风直钻进我的心底，我觉得浑身的汗毛簌簌发抖。

我向那位同乡详细地询问了五斗这几十年的遭遇。

土改时，春仙姑被划为地主，五斗这时本来可以回老家去，或者同春仙姑划清界限，另立门户。可是实心眼的、不识时务的五斗怀着对春仙姑的一种感念，怀着对这个无依无靠的女人的一种怜惜，没有这样办。因此，他理所当然地成了地主娃。

地主娃五斗在那弥漫着阶级斗争火药味的近于野蛮的山村里，逆来顺受地度过了漫长而严酷的岁月。他没有娶亲，他娶不起，也没有哪家的闺女肯嫁给他。春仙姑在“四清”中当活靶死了之后，他就孑然一身，单独过活。极端贫困、屈辱、孤独的生活，把他这个本来念过初中，在绘画方面很有些天分的人，弄得泥塑木雕般的痴呆了。

1979 年之后，地主和地主的子孙们取得了公民的平等权利，五斗才恢复了正常人的生活。后来又发现连春仙姑的地主成分也属错划，按政策她属于小土地出租者。于是改正，于是人们叹息五斗这几十年的地主娃当得太冤了。叹息归叹息，岁月不复还，当五斗取得做人的资格，当五斗同大多数山民们一样，生活富裕起来，手上有了几个钱的时候，他已是满头华发的近五十岁的人了。

他想成家，年纪却大了。

“前年，邻村有个闺女死了。经人说合，五斗用大红纸包了两百块钱彩礼去。”那位同乡声音低沉，好像在回忆，微闭起眼睛。“五斗请了一辆架子车，请了一班响器，吹吹打打地把死闺女接回家来。这就是他的新媳妇。”

沉默。我不想再听下去。

同乡摇摇头接着说：“五斗心善，心实，他给死闺女换上新衣服，停在房内三天。他守了三天，整天坐在屋门口，望着树梢发呆，有时不知为什么轻笑两声。把新媳妇埋了之后，五斗的魂好像也跟进了地下。原本他备了料、款，打算冬天盖三间新房的，也不盖了。先是给你春仙姑圈了墓，迁了坟，接着又圈一个大墓。他交代，等他死后，就把那闺女的棺材迁过来。他在这墓里真没少花钱，也没少下功夫。一有空他就到墓里去画，砖壁上都快叫他画满了。他画太阳，画月亮，画星星，画草，画花，画鸟，还画了一对大蝴蝶，还画了春仙姑和那闺女，还画了男娃和女娃。进去看的人都说画得真，画得好——”

“这么说，五斗的新房盖在地下了？”我打断那人的话，怔怔地望着他。

“五斗苦呀！”他长叹一声。

我又想起那灯影。

五斗真苦。

五斗，你一生生活在凄迷的灯影里，你见过多少阳光呢？

1985年8月16日—17日

陈干娘

陈干娘是我的奶妈，据说我落地四天就吃她的奶。小时候，我叫她妈，对我的亲妈却不叫妈，因此人们常嘲笑我。

除我之外，全家不论老少都叫她陈干娘，没有人叫她陈嫂的。连我那爱挑剔的目空一切的老祖母，虽在背后常笑话她的大手大脚大脸大嗓门，当面还是敬她一分，叫她“他干娘”。

人们说她有功，是我家的有功之臣，她也认为自己是有功之臣，功在带大了我们弟兄三个。父母常年在外，我们这一房的事，全靠她张罗。似乎人们不把她当用人看待，陈干娘也不把自己当用人看待。她是大地方开封的人，她看不起穷山沟里的那些老土，但她同左邻右舍处得很好，没事她喜欢拿把芭蕉扇坐在大门口的石板上，同那些纳鞋合线的老婆家东拉西扯。她带我到过南京汉口，坐过火车轮船，开口就叫那些老婆家人神。她一个月的工钱是八块银圆，外面打仗，兑不回家，只好存起来，慢慢就有了点财大气粗的样子。她性情豪爽，敢顶撞我祖母，敢同我大娘吵架，更敢同我妈妈吵架。

她最不待见我大娘。大娘小气，没材料，却仗着她是长房媳妇，处处想压别人一头。有一年冬天分炭，我们这一房人多，多分了一篓，大娘不依，硬把这一篓炭拿了去，陈干娘毫不客气，走上前一把夺了回来，还同大娘大吵了一场。吵后，她声言不干了，要歇工。

祖母使人把她叫到上房，说：

“他干娘，你同那没材料货闹个啥？都是一家人嘛，往哪走呵？你再说走，我可不依！”

吝啬的祖母使人从箱底找出几尺黑斜纹布给陈干娘做褂子，又使人挑了一担炭送到我们房里。祖母虽然极不喜欢我母亲，可她知道三个孙儿是亲的。这三个孙儿靠人家陈干娘照管呢。

陈干娘不会绣花，不会织布，不会做针线活，甚至不会做饭，但她有她的本事，她最得意的本事是捉跳蚤和洗衣服。

陈干娘好打麻将牌，晚上她到二门外的小客厅里同几个清客打牌，直打到深更半夜，一回屋就不安地念叨：“乖乖，乖乖，冻着没有？虼蚤咬没有？”接着就拿起桌上的罩子灯，把灯头扭亮，挨被窝摸起来。她抓虼蚤真神，手到擒来，抓一个用牙齿咬一下，咯嘣咯嘣直响。她很粗心，老是把灯罩碰掉，我身上就曾两次被烫起泡，心痛得她眼泪汪汪的，可以后灯罩还难免不掉。

陈干娘会洗衣服是出了名的。不单在我们院里出名，在我们村出名，在左近几个庄也是有名的。祖母常在背后贬低她，说她一副男人相，是个吃苦的命。她能吃，一顿能吃两海碗捞面条，一身力气。不论是用皂角或者洋碱（肥皂），她照样把衣服洗得干净、清爽。她洗衣服很有气势。她不是三件两件地洗，是积成堆才洗，洗大件的东西，还要跑十里八里到河里去洗。

一次到渠上洗衣服，祖母一时高兴，特别吩咐备辆轿车给她坐。两大包衣服塞到车里边，陈干娘穿得齐齐整整，依窗而坐，像走亲戚似的。我同赶车的并排坐在车门口，观看车外的景致。初夏的田野，麦田像波涛起伏的大海，粼粼滚动，赶车的在空中甩着响鞭，大黑马平稳地跑着碎步，轿车简直像一只小船，在麦浪间轻轻滑行。

“陈干娘，你可快熬成老太太啦。”赶车的调侃道。

“咋？等我儿当了大官，敢情我不是老太太！”陈干娘抚抚我的肩头，大笑起来。

“喂，将来你当啥官？”赶车的向我眨眨眼睛。

“同你一样，磨倌。”我说。

陈干娘笑得前仰后合，一面擦着眼泪，一面说：“好好好，你当磨倌，妈有白面吃。”她捣捣赶车人的后背，“不像这个老儿，不知孝敬老娘。”

“哈哈，占起我的便宜来啦，看我回去用白面把你噎死。”赶车人甩了一个清脆的响鞭，官道上留下一溜笑声。

轿车到了渠上，渠上的五亲六故家的媳妇闺女们听说陈干娘洗衣服来了，都拿着棒槌出来帮忙。一时间河沿上坐了一长排女辈，捶衣声、说笑声洒满了河滩。陈干娘抡起粗壮的胳膊，一边捶衣，一边同媳妇闺女们搭话。

“陈干娘，你不走了吧？看俺们这里多好，有山有水的，你就在这里落户吧！”

“陈干娘，你们开封府有没有轿车？”

“陈干娘，你家老太太可高瞧你是吧？”

“陈干娘，你家里还有谁在？”

白沫沫在清清的河水里漂起一层又一层，陈干娘说说笑笑，那张映在水波里的宽大的挂满汗珠的脸庞，一会儿清晰，一会儿模糊。一群好奇的鱼儿，在稍远的地方静静地瞧着河沿，好像也想同陈干娘说点什么似的。

一面洗，一面在河滩里晒，两包衣服很快打点完毕。收衣服的时候，我看不见陈干娘，就顺着河滩去找。转过一个河湾，我看到陈干娘正坐在一棵老槐树下，对着树下的深潭掉泪。我一惊，急忙跑上去抱住她的肩膀。

“妈，你哭啦？”

陈干娘擦擦泪，掏出一封信给我。“儿，你再给妈念念，妈找学校的张先生念过一遍……”

信是陈干娘的大女儿写来的。发信日期差不多已是一年前了。信上说，她爹前年就病死了。她奶奶和她二妹，去年也死了。家里没东西吃，是饿死的。她同三妹本想来找妈妈，听说花园口扒开了，中间隔了一条黄河，怕过不来。

“接信前，我就听到过一些消息，可我不敢相信。”陈干娘又哭了，哭得很伤心。她哭着向我述说起她的家事。

她男人原先在开封南门大街开个小牛肉铺，生活过得还算可以。后来开封开马路，她男人的两间门面被警察局的人拆了，从此，男人得了魔怔，疯疯癫癫的。她的三女儿生下来七个月，家里日子实在过不下去，她只好撇下三女儿，来我家当奶妈，那时我才四天……

我也哭了，但我不敢相信陈干娘会哭，不敢相信整日乐乐哈哈的陈干娘心中会有这么多苦！

“今日来洗衣服？我就是想找一个地方哭一场，我不能在你们家哭呀，在你们家哭，你奶奶会不高兴的，我有泪只能往肚里咽，可是泪多了，肚子里装满了，就咽不下了呵！”

听了陈干娘这一番诉说，我怔了。我第一次听到陈干娘把“我们家”说成“你们家”，第一次知道这位用乳汁和汗水帮人家带大三个孩子的陈干娘，在那个家里连哭都是不行的！凝望着一潭碧水，我感到这人世间的事太难理解，太难说清，一股浓重的悲哀，像冷冽的泉水一样，带着说不出的寒冷，浸透了我的稚嫩的心。

回家的路上，陈干娘依旧同赶车的说笑，我却哑然不语。

两年后，陈干娘同厨房的大师傅相好，生出许多闲言碎语。特别是大娘，总在人前人后阴阳怪气地贬责陈干娘。忽然，人们都感到陈干娘不干净了，连我都感到陈干娘不干净了。

陈干娘走了。她走的那一年，我已经十一岁，用不着再吃她的奶了。

后来，我会忽然问自己：谁干净呢？那些贬责陈干娘的人们干净吗？我这个吮吸陈干娘的乳汁长大的孩子干净吗？

多少年，我在寻找着答案。

1985年8月24日 于广州

老何家

老何家，是俺家看牲口的。

他五十多岁，小个，两个凸凸的颧骨上总有两片红晕，眼圈也红红的；一口牙快掉光了，嘴瘪瘪的，说话时像老婆子，声音尖尖细细，样子有些猥琐。

按豫西乡俗，只对已婚女子才称“家”，“××家”就是“××家里的媳妇”的意思。人们称他为老何家，虽说是打趣，但无疑对他也有几分揶揄。

连村上的孩子都喊他老何家，只有俺家的孩子不这样喊他。因为他在俺家干活，大人们再三嘱咐，要喊他老何大叔。但背后，我们照样称他老何家。

他生性和善，总是乐乐呵呵的。每日磨面，他一面把大罗的罗把踩得咣当咣当的震山价响，一面扯起尖嗓高声唱着曲子调：

高文举中状元名扬天下，
游三宫和六院帽插金花，
你看我为官人威风多大，
思姑爹和姑母不能还家呵……

磨面时，他喜欢顶一方蓝粗布方巾，巾上落满白花花的面粉，那样子活像个乡下老太，同青春年少、一举成名的高文举毫无共同之处。但那唱腔却学得地道，感情真挚动人。不知谁发现了这个磨房“名角儿”，有年过大年出会，人们硬撺掇他踩高跷呢。

老何家看起来懦弱，实在他很喜欢同人争胜斗强。

有一年，我父亲从黄河北边回来，带回一匹黑色大洋马，说是从日本人手里缴获的。这马性烈，欺生，一般人降不住。老何家想骑上遛一遛，人们劝他不要骑，这马比你高一截，翻下来不是好玩的。有人是好心，当然也有人是故意激他。这很有些伤害老何家的职业自豪感，他被激得两个颧骨像涂了两团血，拉出那匹大洋马，一侧身跃上了马背，马前仰后踢，几下子就把老何家撂了下来。老何家愤怒了，一而再，再而三地骑上去，人们劝阻不住，最后一次重重地摔在硬板地上，摔得他三天下不了床。第四天，磨房里没有了这匹马，也没有了老何家。傍黑，人们才看到他骑在大洋马上，顺着麦地中间的大车道，疾奔而来。

“这小玩意儿马同小日本人一样不是玩意儿，非得狠狠治不行。”他跳下马，悠然地拉住缰绳，迎着人们惊愕的目光，脸上挂着得意的微笑。

我家院墙外有一棵老皂角树，皂角树正对住一座马王庙，中间隔条丈余宽的大车道，车道两旁都是很高的石阶。一下雨，全村的积水都从这里流出去，大车道就变成了河。有一天刚下过雨，一帮人在皂角树下闲聊。有个年轻后生望望马王庙里张老九的香烟摊说：

“想抽根纸烟，就是不愿蹚水。”

“不愿蹚水就跳过去。”老何家搭茬了，“你能，你跳嘛！”

“我跳过去咋着？”小伙子恼了。

“跳过去，你老何大叔赏你两盒蝴蝶牌纸烟钱。”

“说话要算数。”

“我说话从来像锤子一样。”

“好，好，没说的，老何家讲话可是咯嘣脆。”有人给老何家凑热闹。

“跳，跳，你小子不跳可是熊包。”有人往小伙子的灶膛里添柴加火。

小伙子站起身，攒攒劲，一段助跑，噌的一声，跳了过去。

“掏钱，老何家掏钱！”人们哄闹着。

“这么容易，”老何家咧咧嘴，“跳一下就值两包烟钱？”

“啊，容易？容易你跳。”小伙子在对面气得蹦起来。

“你欺侮我老胳膊老腿咋？”

“你能你跳，跳过来就不用掏烟钱。”

“跳就跳，跳给你娃子看看。”老何家甩掉汗褂，往手心里吐了两口唾沫，站起身。

人们感到这乐子不能再逗下去，急忙劝阻。万一老何家摔了，大家心里都不美气。

老何家来了性，一抡胳膊，推开众人，往后走了一段路，也是一段助跑，也是噌的一声，跳过去，一个趔趄，站定了。

“好。”有人叫好。

“好了，好了，不输不赢，算平手。”有人想给老何家收场。

“老张哥，来两盒‘蝴蝶’。”只见老何家喘着粗气，手伸进腰带里掏摸一阵，掏出钱，买了两盒烟，扔到小伙子怀里，“抽，让大伙抽。”

老何家不抽烟。他走下马王庙的台阶，把水蹚得哗哗响。

我一直认为老何大叔是个孤老头。有一天，一个女人来找他，我才知道还有个老何大婶。

老何大婶三十多岁，鹅蛋脸，细高挑，穿身月白布衣服，模样儿支支整整的，俺老何大叔到人家跟前一比，就矮了半头。老何大婶住在离我们村九里地的老何大叔的老家，听大人说，她是外地人，去年春上老何大叔花了两石麦子的钱接过来的。

老何大婶给老何大叔带了一手巾兜煮鸡蛋，住了一夜，走了。

以后，老何家也不常回去。不过，好耍闹的人常取笑老何家想他的新媳妇。

我们这群孩子可看不出老何家想媳妇，只感到他比以前更和善了，更喜欢跟人逗趣了，只是有一次听他在磨房踩大罗时，唱曲子走了调：

老何家我中状元名扬天下，
又赶马又罗面头落白花，
你看我当磨倌威风多大，
想奴家思奴家不能还家噉……

最后一个字拉成个哭腔，很悲切的。

大人们笑他："魔怔！"

过了一年，一个深秋的早上，大雁悲鸣着拨开迷蒙的晨光，向南飞去。皂角树的叶子落了，几个没有打掉的皂角，在高高的树枝上抖颤，发出沙沙的声响。老何家的一个本家来找他，神情慌张地把他拉到皂角树下，说了一阵。大人们在交头接耳，压低声音，各个面色神秘而紧张。一会儿，老何家跟着他的本家栖栖惶惶地走了。

"老何婶子跑了。"这个消息一公布，整个村子都震动了。有几天，人们田头炕前议论的就只这一件事。

"这下可把老何家坑苦了，两石麦子，两年的血汗钱呵。"

"那女人，我早看出来了，是放鹰[1]的，早晚要飞，早飞早心净。"

"你心净，老何家心里可不知啥味呢！天下怎么有这样歹毒的女人。"

"唉，给老何家留个蛋也好呀！"

"啥，那种女人会下蛋？白想！"

"我说那女人也苦。论公道，咱老何家真不配人家。"

五天之后，老何家回来了。人整个儿蔫了。

他坐在磨房旁他的小屋里，木然地望着一个包袱，不吃不喝。

大人们不停地走过来劝他：

"何大哥，想开点，这种女人不是过日子的，早走早了。"

---

[1] 人贩子把女人卖出去，过一个时期又把那女人召走，叫"放鹰"。

“他何叔，你可不敢把这事老搁在心里呵，身子要紧。留得青山在，不怕没柴烧，女人嘛，就那么回事，再找要找个有根有底的，会烧灶暖炕就行啦。”

“老何，这女人是个拐钱的，不去想她！”

老何家怔怔地瞧瞧他带回来的印花布包袱，慢声说：“我看她不像那种人，家里的东西一点没少，她过门做的几件衣服，都在这里。”

村上几个见多识广的老太婆来了，后面还跟着一个娃子。这娃子扛了一个用麦秸扎的同真人一般大小的草人。

“他何哥，你别愁，咱们想法子把那女人召回来。”一位老太说。

“有没有她穿过的衣服？”另一位老太把一个粗瓷碗放到小桌上，碗里盛满清水，水中有三根明晃晃的纳鞋大针。“有她的衣服？那好。你把衣服穿在麦秸人身上，这就是她了。每天日头没出来，你就用清水把针洗一洗，往她心口上扎。你这边扎，她那边痛，七七四十九天，她非回来不可。”

“这法子可灵验了。”年岁最大一位老太开腔了，“五十多年前，我刚当新媳妇那阵子，俺娘家村子里也出了这种女人，后来就是用这办法把她扎回来的。多少年后，她心口那一片还满是针眼呢。”

三个见多识广、慈悲为怀的老太婆亲自动手解开包袱，拿出衣裳给麦秸人儿穿上，又嘱咐一番，才舒口气离去。

第二天一早，我们几个孩子好奇地走进老何大叔的小屋，老何大叔木呆呆地坐着，三根大针仍在清水碗里。

“没有扎？”我看看那个穿套月白色女人衣裤的麦秸人儿，怯怯地问。

“没扎。”老何大叔抚摸着那个印花布包袱。

“你一扎，何大婶真会疼的吗？”我又问。

“会的。”老何大叔凝望着小窗口的一片白云，眼圈红了。

第三天，我同几个小伙伴又到老何大叔的屋里察看，麦秸人儿已被他拆了，那套月白布衣裳叠得板板正正地放在床头。

老何大叔像一株枯了根的高粱秆，蔫得再也返不过来了。

没出一个月，老何大叔默默地死了。

南山坡多了一堆黄土。有一天我同几个孩子弄开小屋的铜锁，拿出那套月白色衣服，暗暗埋在那堆黄土的旁边。

村里人说老何家这一辈子活得不值，我不懂这其中的道理，可是每想起他，心里总是哀哀的。

1985 年 8 月 14 日　于广州

神虫

蝗虫，河南人叫它蚂蚱，广东人称它蚱蜢，如今挺稀罕的，可以出口，香港那些鸟道主义者，要用这东西喂他们的尤物。据说，法国人用油把它炸炸，还是一道名菜呢。因此我想到河南人的迂，想当年，水旱蝗汤为害，这蝗就是其中一份。蝗虫铺天盖地而来，禾稼尽毁，河南人饿死累万却没人想起烹一道油炸蝗虫的法国名菜尝尝鲜，大约是这道名菜只可媚奇而不可果腹故也。

世界上蝗虫有一万余种，当年地大物博的中国就有三百余种，有飞蝗、竹蝗、稻蝗、蔗蝗、棉蝗，还有带点舶来味的意大利蝗等等。就单体来说，蝗虫的生命力不强，一般是不能越冬的。“蚂蚱蚂蚱土里生，一霜打得圪撅撅。”乡下孩子用这两句歌谣来描述蝗虫的生命史，不无道理。但它那短而弯曲的产卵管很厉害，可以凿土产卵，埋在土里的蝗卵，第二年春天就变成幼蝗，钻出地面，生生不息。蝗虫为害，古已有之。《吕氏春秋 · 仲夏》云："行春令，则虫蝗为败，暴风来格，秀草为实。"记载的是战国时代的情况。对人来说，真正能形成灾害的，是群居型的飞蝗。它飞则蔽日，落则漫地，有时互相挤压，厚可盈尺，这阵仗我是看到过的。

1943 年秋，一天下午我正在教室自习，忽然有一个同学在校园里喊："你们快出来看，天上飞来了些啥？"我跟着同学们跑出去，只见天上灰麻麻一片，缓缓向西移动。初看像云，细看是一群鼓翅飞行的东西。

"是小燕？"

"小燕哪有这么多？"

"是蚂蚱吧？"

"蚂蚱能有这么大？能飞这么高？"

都是问号。同学们叽叽喳喳，讲不出个究竟。

天上的飞行物越来越多，越来越密，带着轻轻的呼啸，如风，把白炽的日头都惊得黑了脸。天色猛地灰暗下来，村街上响起急锣，使人想起天狗吞日那阵子笼罩着山村的惊恐。校外传来嘈杂的人声，不久，有人喊："是飞蚂蚱，庄稼地里落满了，快去看哪！"

大家都往地里跑，天上的飞蝗一群群降落下来，黄褐色的翅膀上有许多灰点的飞蝗，流水般地涌过来。人们呆了，望着爬满飞蝗的玉蜀黍秆、豆叶、谷穗、地垄，还没有愣过神来，一块庄稼已被吃光了。

这真是飞来横祸，人们惊悸不安，不知还有什么更大的灾难跟着来呢。

这种蚂蚱，原本不是本地产品，人们惊悸之余，开始思索并力求对造物的这一奇观做出解释了。

“这是神虫，可不敢打，越打越多。”“神学家”们说。

“这是黄河里的鱼子变的。去年黄河水干了，鱼子在干沙上，孵出来的就是这种带翅膀的蚂蚱。”“科学家”们说，竭力向村民们宣传鱼变蚂蚱的“科学”道理，归结为：“这蚂蚱还是可以打的。”

“这是白莲教的法术。教头把纸剪碎，吹口气，变成这一群群蚂蚱出来害人，要设坛驱邪才行。”村上的一个神婆说。

“蝗虫蝗虫就是皇虫，是日本人捏巴的，日本人的军队叫皇军，这蝗虫就是给他们打先锋的。”“政治家”们说。“政治家”们后来又分作两派，一派有点“汉奸”色彩的说：“这下完了，日本人肯定要打过来。”一派拿出“爱国志士”的慷慨说：“怕日本人个尿！洛阳洛阳，日本人打的太阳旗，到咱们这地方，就得叫它落下。这蝗虫，也不能再往西飞了，都得死在咱这里。”

“神学家”，“科学家”；“汉奸派”，“爱国派”各个义正词严，论据充足，可面对飞蝗咀嚼庄稼那一片可怕的沙沙声，都拿不出一个行之有效的对策。设坛是要花钱的，而且村民们对神婆的那套法术早失去了信心，所以没人理会神婆的意见。各家的地里都落了飞蝗，火烧眉毛，不能再站在地头做理论探讨，当务之急是将飞蝗从自己的地块里轰出去。于是各家各户总动员，搬出锣、鼓、镲、钹、盆、罐，敲敲打打，吆吆喝喝，好不热闹。这办法既不杀伤神虫，不致得罪白莲教和日本人，又能暂保一方土地，真不失为良策也。

次日后晌，县长大人视察灾情来了。这县长四十来岁，穿一套藏青呢制服，戴顶棕色呢礼帽，身材黑粗，勤务兵牵一匹高头大马，跟在他身后，确有一派“父母官”的威严气派。村民们纷纷传说，县长是下来镇蚂蚱的。我和同学们看看县长的模样，也深信这一下就把亿万飞蝗包括它的祖宗白莲教、日本军、黄河神都得镇住。

敲锣开会，县长训话。县长是行伍出身，神不怕，鬼不怕，不听妖言邪说，对那可怕的飞蚂蚱只有一个字——“打”！武器就是破鞋底，县长先做示范，要保长找来一只破鞋，一节竹竿，绑成一个蝇拍样的“拍子”，拿给大家传看。村民迅即效法，武装起来，跟着县长一路呐喊呼啸，来到地里。县长指挥众人拉开战线，向飞蝗发起席卷式进攻。起初，有些村民战战兢兢，不知这一拍下去是吉是凶。如若得罪神物，何以担待？但看看县长这位贵人就在身边，想到“神鬼不妨贵人”的话，胆就壮了三分，在县长爱民如子，身先士卒的精神感召下，不觉也奋勇起来。战果确实辉煌，一拍下去，总可消灾飞蝗五六只。人们一条线拉过去，一块地又一块地地同飞蝗展开争夺战，群情激昂。即至日头溜坡，看看刚扑打过的地块，又爬满飞蝗，又不觉恐慌起来。

“真神虫也，愈打愈多矣！”私塾先生说。

军心大动，众人惊惧不安。

保长暗暗禀告县长，县长回眸一瞧，不禁也大惊失色，只好鸣金息兵，班师回村。

晚间，保公所里酒香弥漫，县长仍神色郁郁。陪席的“神学派”诸长老，趁机进言，力陈神虫之不可欺，打蝗扑蝗的愚罔与失当，主张为死蝗招魂，以息神怒。坐在上席的父母官，是从死人堆里爬出来的，本不信神信鬼，无奈老者力陈，彷徨中不得不择善而从。

上弦月刚拱出地面，秋夜的天空幽蓝幽蓝，好像一个深深的大湖，把星光都溶解了。乍一看，天上只有几颗星，看一会儿，银河出现了，繁星像碎银一样地满天闪烁着。县长、保长和村上德高望重的“神学家”们，在一帮喜欢看热闹的村民簇拥下，来到后晌扑打过飞蝗的地头，备上香案供品，举行祭蝗仪典。

县长身上没有了后晌那种武人气派，不知是愧疚还是忧心，他浓眉紧锁，神态虔诚庄严。“神学派”首领的私塾先生唱礼，众人行礼如仪。而后私塾先生急忙跨前一步，从袖口掏出祭文，递给主祭人县长。

县长的肚子里能盛下枪炮子弹，却盛不了几瓶墨水，老先生给县长出了难题。县长打起精神，就灯诵念：

> 蝗者皇乎？皇皇乎，神乎？神之哉也，岂可不敬之哉乎？岂可捕杀之哉乎？

“哉乎”，“哉乎”，县长本已感到其文维艰，其意维深，难以成诵，加之油灯暗淡，灯光飘忽，目涩神迷，弄得汗流如豆。保长看到眼里，急呼人将汽灯点上。

汽灯铮白的光，霎时间推开了星星，照亮了附近的田野。

> 蝗哉，皇也；皇哉，神也……

灯光骤然灰暗，县长惊异地停住了。一群飞蝗直扑汽灯，顷刻间，飞蝗像洪水，像旋风，把县长卷进了一个黑乎乎的旋涡。县长被推倒了，被黑夜和飞蝗紧压在地上。

人们被眼前的景象吓呆了，惊呼乱叫，不知所措。

“快，快，快把县长拉出来！”保长在虫堆旁边跳来跳去。

一群群飞蝗不停地飞来。

私塾先生面无人色，浑身抖个不停。

勤务兵急忙掏出手枪，嘣一声，把汽灯打碎了。

人们七手八脚把县长从虫堆里拉出来，一口气跑上大路。

“是那盏汽灯把蚂蚱招来的。”勤务兵说。

“娘的！”狼狈不堪的县长恼怒地撕碎了祭文，令勤务兵回村拉出高头大马，连夜回县城去了。

临走，县长给保长撂下一句话：

“限三天把蚂蚱全部给我打发了。”

县长为民除害的行动，到此结束。县长和保长，都不会把这句话放在心上。

飞蝗连年为害，老百姓只能轰而赶之，各守其土，努力从虫嘴里抢回两三成庄稼。

直到新中国成立后，河南的群居型飞蝗才被扑灭。

据说飞蝗的两种生态型是可以转化的，遇到适当的湿度与温度，散居型飞蝗是可以转化成群居型飞蝗的，小小蚂蚱会转化成神虫的，人们且应留心才是。

1985 年 8 月 20 日 于广州

放脚委员

辛亥革命期间，围绕着女人的小脚与男人的辫子，有一场非常广泛的争论，争论双方壁垒森严，并因其截然相反的褒贬态度，分成了“国粹派”与“国耻派”。

我们那个地处中华民族文化发祥地的河南省，有一位辛亥元老，是“国耻派”。据说他在日本留学期间，有一次参观博物馆，看到展品中居然有一双支那妇女的三寸金莲模型，不禁怒火中烧，挥拳砸碎了许多显示大和精神的展品，被作为政治犯，驱逐出境。我见过这个人。我见他时，他已是耄耋长者了。他身材瘦小，面色阴沉，穿一件发白的大褂，那气派远比不上他那些坐在雪佛兰汽车里的当年同志。隔壁一户人家，为田亩上的事同县里一个有名的恶霸打官司，他最恨这个恶霸，听到这事，主动登门帮邻居往省高级法院递呈子。他一来，吓得附近不是天足的媳妇们不敢露面。可是那户打官司家的大媳妇，就不是天足；吃饭时，那位长房媳妇竟敢扭动莲步前去上菜，他老也毫不动容，全无传说中的那种锐气。因而，我们一群等看热闹的孩子十分失望，并对他革小脚命的那段历史，产生怀疑。

新中国成立后，偶尔阅读一本关于辛亥革命的书，里面赫然有他的大名，这使我不能不对他的元老资格重新加以肯定了。

人的联想怪得很，每想起他，我就想到小脚，每想到小脚，我就又想到他革命的不彻底，革命的不得意，颇感惆怅。

这位元老进行的小脚革命，分明很不彻底。辫子革命不管开始受到赵老太爷和阿Q们多么强烈的反对，但还是一次完成了的。到我懂事的时候，除了私塾先生后面拖一条花花白白的细辫之外，就是在那十分闭塞的村子，男人们的头也都光光的了。而小脚则不然，到处可见。所以非得进行二次革命甚或三次革命不可。我见过对小脚进行的二次革命，不过，主持这次革命的已不是那位元老，而是两个十八九岁的放脚委员。

前不久，遇到文艺界的两位老大姐——曾克和蓝光。谈起来，知道她们抗日战争初期都在洛阳及附近农村工作过，活动过；宣传抗日，发动群众。那时，她们也不过十八九岁吧。因而，我又想起那两位放脚委员。

抗日战争开始后，经常有些什么丈量委员、派丁委员、查学委员到村上来。不知道这些“委员”之称是确有的，还是老百姓想当然叫出来的。一天，有两个女兵，步伐英武地走进保公所。保长后来带她们到小学校住下，并叫保丁敲锣吆喝，召集全村小媳妇、大闺女到小学校开会。听说来了两个女兵，乡下人爱看稀罕，来开会的人空前地多，连一些老大娘也拿着纺锤、鞋底，一扭一扭地来看热闹。

两个女兵都是一身黄军装，腰里扎条宽皮带。短发只及耳梢，军帽一压，几乎看不到头发。年纪小点的，长得很浑实，圆圆的面孔黑红，浓眉大眼；年纪大点的，身材挺秀，瓜子脸，白白净净。两个人的神情都很严肃，一派军人风度。

“哟，你看那头发，到哪里去了？活像俩小子。”一位老大娘附在一位纳鞋底的大娘的耳朵上说。

“看如今这些妞们，都疯成啥啦，咱们都得为她们脸红。”纳鞋底的大娘撇撇嘴。

“那高的，给你当男人倒不错。”一个大闺女同她的同伴打趣。

“哎哟，你们看那双脚，多野，嘻嘻……”小媳妇们偷笑着。

保长向大家介绍，这两个女兵是上边派来的放脚委员。这个“委员”不是保长想当然加的，人家有公函，上面盖着驻洛阳一个大衙门的大红印。

长得秀气的女兵向大家讲话。她说抗日不分男女，妇女要抗日，就得放脚，缠个小脚怎么同日本鬼子打仗呢？缠脚的年轻妇女，回去都要放脚，过两天她们要挨门挨户去查。谁都得放，不放不行！

“谁不放脚，就是不想抗日。汉奸才不想抗日呢！”那黑小子般的女兵，把大脚片跺得咚咚直响。

场上再没人言声了。有的小媳妇吓得哆哆嗦嗦，有的大闺女在找机会溜走，到女兵教大家唱“工农兵学商，一起来救亡”的时候，场上的人已不多了。

那两天，两位放脚委员真的挨家挨户去查，去动员。有些缠脚的扯开了丈二裹脚布，放了脚，也有些东躲西藏的，保长就把儿媳妇藏起来，说是回了娘家。

下晌，保长的儿媳妇到碾盘上碾谷子，被两个委员看到了。那媳妇丢下簸箕就跑，两个委员甩开腿猛追，天足在小脚面前显示出了优越性，没跑半条街，保长的儿媳妇就被手里掂着皮带的黑小子女兵逮住了。

“我看你往哪里跑？就凭你这双金莲？”

“黑小子”胜利地龇龇牙，笑了。

“为什么不肯放脚？”大点的女兵问。

“我公公不准……”小媳妇哭了。

“你回去，我们找你公公说理。”

傍黑，村民们端着粗瓷大碗一面喝红薯叶面条，一面诡秘地说道着。都说村里来了两个狐狸精，专叼闺女媳妇的小脚……

“保长，半夜打两枪，吓走她俩。”

“不急，急什么？”保长诡谲地笑笑。

驴上槽，鸡进窝。村庄刚刚安静下来，赵肉头家像失火似的，传出一片哭叫声。

“我要你放脚，我要你放脚。”赵肉头把铡草的铡刀搬到院中，扯开嗓子吆喝，“看我把脚给你铡了！”

赵肉头是个肉头户，日子过得富裕，身下有个十七八岁的闺女，名叫槐花，已许了人家。这时槐花嘤嘤地哭着，一双变形的脚，还浸在热水盆里。

围了很多看热闹的人。人们有些不解，赵肉头一贯来性情“肉”，今日是咋着啦？

“肉头老哥，我说你就别动火了。”保长不阴不阳地说，“如若你把槐花的脚铡了，槐花还怎么抗日呢！”

“铡是铡不得。”肉头的老婆哭哭啼啼地，“可到秋上人家就要接人，要是人家嫌脚大，悔了这门亲，咋办？不得情害她一辈子？”

“铡，非把这不争脸的脚铡掉不可！”赵肉头把铡刀往上一提，失去理智地吼道：“槐花，你出来！”

“大义铡脚，事关风气淳化之为也！”私塾先生傲慢地把辫子拉到胸前，口中念念有词。

“铡吧！”只听一声大吼，“黑小子”已把一只脚搁到铡刀的刀座上了。

“铡吧，怎么不铡呢！”“黑小子”向赵肉头仰仰下巴。

赵肉头呆在那里。

“你想干什么？破坏抗日？”秀气的女兵威严地扫视了一下赵肉头和保长他们。

赵肉头战战兢兢地把铡刀向外移了移，等“黑小子”的脚离开了刀座，慢慢放下铡刀，舒口气，强充硬汉地说：

“我女儿的脚，你们管不着。”

“就是要管！”“黑小子”叉住腰，一脚踢翻了铡刀。

“肉头，你闹得太不像话了。派丁、派款，咱村没有少过，这放脚的事，也是为了抗日，你这般闹腾，上面不知道还当是我抗日不力呢，叫我的脸往哪处搁！”保长义正词严，把肉头数落了一番，又走上前对女兵说：“这两天两位委员辛苦了，先回学校歇着，肉头的事，明天到保公所理论。”

正在这时，我那总想显点威风的祖母，差人来请这一干人过去说话。

我祖母在地面上大事管不了，却爱管点闲事。自从放脚委员进村，她就听到不少议论。她去过大地方，见过大世面，对大脚片子虽无好感，却也不特别憎恶。因此，对放脚不放脚，她总觉得无可无不可。但为此事村上竟闹到这种地步，她认为到了非她老人家出来说话不行的紧急关头了。

“唉，这脚大脚小，有什么关系呢？”祖母见到大地方来的人，总要尽力讲“官话”。

“老太太，你不赞成妇女抗日吗？妇女要参加抗日，就得放脚。”“黑小子”说得激昂慷慨。

“俺不赞成抗日？俺家几千人马都在黄河北同日本人真枪真刀地打着呢。”祖母说的几千人马就是我父亲的部队。她喜欢把父亲的部队说成“俺家的”，这是她说话的一种风格。

“我们知道老太太是拥护抗日的——”

祖母的虚荣心极容易得到满足，还没等那位长得挺秀气的女兵说完，就笑了，笑声打断了女兵的话。

“是嘛，放脚有什么不好，我使丫头都使大脚的，大脚能跑。”祖母转过身瞧着保长，绷紧满是皱纹的脸。“这点道理都不懂，挨家挨户说一说，叫年轻媳妇和闺女家都放脚抗日！”祖母态度庄严，字字脆响，俨然抗日英雄。这种英雄，祖母是乐意当的，反正我家也没有人需要放脚。

保长只有点头称是的份儿。

“有老太太支持，这工作就好做了。”秀气的女兵颇有心计地笑了笑。

“挨门挨户再说一说。”祖母更来了精神，“凡是放脚的，不论媳妇闺女，每人补一斤红糖，二十个鸡蛋。”

“老太太，这也不是坐月子。”保长狡黠地眨眨眼皮。

“也不叫你出，也不叫保公所出，这笔开销从俺这里出。”祖母平时极省，一时心血来潮用钱却也阔得很。

“好，好。”保长应着。

祖母瞧了一下一直没敢出声的赵肉头。

“肉头，你的事咋办？”

“呵呵……”赵肉头掀动了两下嘴唇，讲不出声了。

“这样吧，要么你叫槐花放脚，要么你为放脚的闺女媳妇们捐一石麦，怎样？”

“我，我捐一斗吧。”赵肉头想着一斗麦子，疼得心直往下坠。

“不行，人家抗日，你不抗日，拿一石麦子叫人家吃吃，应该吧？”祖母逼视着赵肉头，她最能揣摩赵肉头的心情。一石麦就是五百斤，赵肉头不是拿不出，但要他拿这个数，他宁肯不要女儿的脚。

赵肉头屈服了，同意女儿放脚。

保长轻蔑地瞅了瞅哭丧着脸站在自己身旁的赵肉头，轻声说：“看你那熊样，像死了爹。怕啥？今黑半夜吓跑她俩有啥难的。”

祖母又发话了：“把两位委员的行李搬到前院客厅里，要她俩住在这里。两个闺女家，住在学校空落落的，总不好。”还没等两位委员表态，祖母拉住一位的手又说，“闺女，在我这里歇几天，有啥难的，直同我说，看谁敢欺侮你们。”

一声“闺女”，祖母把自己置于两位委员之上了。这正是祖母的不凡处。

放脚委员离村之后，保长不知从哪里听来的风声，说这两个女兵是吃“红”饭的。不过，谁也没有再想这件事，只是有的闺女媳妇又把脚悄悄缠上了。

过了一年，那个秀气的女兵又来了。这次她不是什么委员，而是小学校新聘的音乐老师。她姓李，我们都叫她李老师。

她教我们唱了许多歌。她还会画画，演戏；哪里有庙会，就带我们去演唱，宣传“抗战到底”“打倒汉奸”。傍晚她常带着我们到村里唱歌，大家排着队，一面走一面唱，最常唱的一首是这样的歌：

快乐的心随着歌声跳荡，
快乐的人们神采飞扬，
谁永远能跟着它一路前进，
他一定永远地不会消亡……

后来她被从三青团区队部受训回来的两位老师挤走了。人们又传说她是共产党，这一次大概是真的了，以后再没听到她的消息。

又有一些闺女媳妇把脚缠上了，这可能是放脚和赤化有点关系的缘故。山民们有时是很敏感的。

小脚得到彻底解放是土改时候的事了。那可以说是第三次小脚革命。

1985 年 8 月 18 日　于广州

刀客张

旧时，豫西土匪多，但豫西人嘴中很少说土匪一词，因为这个词，太笼统，也有些不敬。豫西人常用杆子、刀客、截路的、吃黑饭的这些词，将一个匪字隐去，并分别出这匪的不同来。细想想，还是我们豫西人聪明。

杆子，这说法好，可以同农民起义挂上钩。追本溯源，是由两千年前陈胜、吴广在大泽乡揭竿起义沿袭下来的，源远流长，来历不凡。人们把杆子头称为驾杆的，即驾驭杆子的意思，其中很有些成大气候者，落草为寇，占山为王，或招安为官；或登基为帝。对这些人，千万不可以匪轻慢之，谁知道他们将来不当个团长、师长之类，或像朱洪武那样，到南京坐上金銮殿？中国两千年的历史，有多少页不是这样写的呢？刀客似比杆子的历史背景差了些，但也不凡。试想一把大刀，尽削天下不平，杀富济贫，替天行道，难道还不能使人联想到梁山英雄和绿林好汉？所以这称谓一般也得罪不了人，即使那刀客连穷人的破棉套子也抢。所差者，是截路的这一称呼不幸与章回体小说中的剪径毛贼相类，不过大千世界中各行各业均分三六九等，这也是没法子的事，并非说截路者流就没有身手不凡的。南乡有一两腿瘫残的人，常揣一把笤帚疙瘩坐在树下、田头，消消停停地要路过的生人留下买路钱，那手脚就堪一书。

“喂，把包袱留下。”

路人迟疑。

“咋？还要老子起身不成？”截路大师用手将藏在破布衫下的笤帚疙瘩往前推了推，布衫下“枪管”突出老高。

路人放下东西，惊怖而逃。

“他妈的，把包袱丢在路中间，还得老子起身去捡。”瘫子在后面骂道。

至于吃黑饭的，则是泛称，意思有些朦胧，自然有一种朦胧美，是惹不恼谁的。

有几年，在汝河以北，伊河以东的地面上，刀客张的名气比嵩县驾杆的小红鞋，比南乡那位截路的瘫子，不知要大多少！

刀客张这个名号是谁起的，已无可考。以姓殿后，有点洋文倒装语句的味道，同蔡镇福音堂中陈大舌头被洋人称作牧师陈相似，可能与乡人洋化有关。刀客张少时，家中颇有几亩好地，父母早亡，他聚众习武，为人好侠仗义，一心要学孟尝君，但家业远比不上孟尝君的封地，不出两年三载就折腾得十之八九。县官派差人到他家中将几个鸡鸣狗盗之徒捕走，关进大狱，判了个砍头。那年刀客张十八岁，竟单人单枪闯进县衙大堂，连放三枪，将父母官击毙于太师椅中。

此县官平素贪而毒，与乡人积怨甚深，因此刀客张被乡人当作除害的英雄，传诵一时。

刀客张跑到军队里混了几年，只混上个副官，很不得意，就回乡当了刀客。这时，刀客也已进化，大刀片换成了盒子炮，刀客张手提一把二十响，神出鬼没，杀人越货，横行无忌。

一次，他不幸被蔡镇民团捕捉，押解到镇上。几个民团头子商议，铡其十指，以儆效尤。

逢集日，蔡镇南北一条大街两旁，摆满了卖羊杂肝、油煎包、凉粉、粽子、竹器、陶器、山货、海货的小摊小担，还有看麻衣相的，卖英雄大力丸的，耍把戏拉洋片的，好生热闹。南乡北乡的背个布钱搭袋的庄稼人和各村敞怀插枪的闲人懒汉：各式男女挤满一街，买物卖物，吃辣喝酸，打情骂俏吊膀子，喧喧嚣嚣。老福兴绸缎庄和天祥粮店的黑漆大门敞开着，人流进进出出，打着旋涡。店前有个大场子，往日有卖艺的和说大鼓书的布棚子，今日却显得异样，正中放两张白木方桌，桌上搁一把冒着冷气的铡刀。十几个团丁背长提短，如临大敌，气氛极不寻常。

“铡人啦！”

“看铡人啦！”

人流向空场涌来，挤得翻挑倒担，骂声不绝。

一队团丁把刀客张夹在中间，分开荡来漾去的人流，向场子走来。刀客张身缚绳索，背剪双手，昂胸平视，悠然迈步，不做作也不畏缩，黧黑的国字脸上气色依旧，双目炯炯，微含笑意，偶遇熟人，默默点头几下。

刀客张被押到铡刀下，松松绑，一民团头子讲了几句话，无非数说刀客张几件鸡毛小事。一团丁登桌提铡，目色紧张，刀客张抖抖捆得有点麻木的双臂，跨前两步，将双手放上铡座，望望那刀手：

“伙计，利落点！”

刀手猛一躬身，铡刀一闪，咔嚓一声落将下来。

刀客张双手射出几股鲜血，几个手指在桌上叭叭乱跳。

围观的人群噤然无声。

刀客张缩回血染的双手，做抱拳状，环视左右，微微一揖。

“谢父老不杀之恩，后会有期。”

人们闪开一条道，刀客张抱着沥血的双手，走出人围。

豫西人性强悍，崇敬硬汉，刀客张不能说不是一条汉子，平素他坚奉“兔子不吃窝边草”的盗家古训，不扰本村，村人不恶之，这时村人将他接回村，将息养伤。

刀客张还是耍了点花招。本要被铡掉十指，就在铡刀落下的刹那，他将右手拇指和食指拳回，左拇指稍向外张，团丁们看到蹦跳的断指，已惊魂恍惚，面如白纸，哪还敢细数，致使刀客张留下了三个手指头。

这三个手指了不得，伤愈后，刀客张挟着二十响盒子，远走他乡，靠这三个手指，轰轰烈烈，很找了几个钱。几年后回村，成家立业，娶了媳妇，还讨了小，安安稳稳过起日子。

日本兵到来，群雄四起，张三虎在村上树旗拉队伍，刀客张以退隐耆老自许，未参与其事。及至张三虎由抗日司令变成皇协军头目，带领日本兵抹山，将蔡镇烧掉半边，刀客张才从床下土坑里起出二十响，揭掉外面层层油纸；擦拭干净，准备一试宝刀老否。

日本人要各村派民夫修炮楼，刀客张以民夫身份进入日本人住的寨子，单枪匹马，解决了日本兵两个小队，两次端了日本人的窝，还击毙一个“大大的太君”。后由于张三虎的告发，刀客张被抓。日本人佩服刀客张的胆量，不杀，要张三虎劝他归顺。张三虎备了一桌好酒好菜，要与刀客张叙旧。

“大哥……”张三虎刚欲说话，刀客张飞起一脚，哗啦一声，就将一桌酒席踢个流水落花。

“谁是你大哥？你这辱没祖宗的东西！”

“你，你当刀客的竟敢骂我！”张三虎色厉内荏，指着刀客张，“我要叫你尝点鲜的！”

“老子盗家不盗国，要剐要烹由你狗日的，有鲜的端出来，老子等着！”

日本太君听说此等情状，不断摇头叹息；

“中国人英雄的有！”

这天深夜，刀客张咬断绳子逃了出来。一天，一人一枪打日本人的伏击，再度被捕。张三虎怕他再逃，用红烙铁烙焦他的两只脚板，不曾想他还是逃了。过不久，因同日本人枪战负伤，第三次落入敌手，受尽了灌辣椒水、轧杠子、坐老虎凳等等酷刑，还是不肯“盗国”。日本太君又颓丧又惋惜，要张三虎用布满铁蒺藜的铁丝，拧了一个铁笼把刀客张囚起来，打算慢慢磨他。几天后，铁笼有个大洞，笼里没有了刀客张。

刀客张三次被捕，三次脱逃，一时间，人们把他说成有缩身术、咬铁术、隐身术，身怀绝技，是刀枪不入的异人。

刀客张因身体受摧残过重，带着家小进里山暂避。他住在寂寂的土窑里面，无聊得很，抽上了日本人制的白面、小磨[1]，这东西了不得，一抽就起精神，不抽就浑身疲软，比钻铁笼还难受。于是，刀客张日日推磨不止，把带上山的家当变卖一空，最后要卖同他常年做伴的二十响盒子炮。他十分宠爱的小老婆二妮儿看着这日子没法过，同他吵闹着说：

“卖了这看家家伙，以后你还咋在地面上立？”

“二妮儿，这事你别管！”刀客张正躺在光苇席上过瘾。

“哼，我别管？不管以后跟着你咋过？”二妮儿，从鼻孔里冷笑一声。“没想到日本兵没能叫你交了家伙，日本的白面却叫你缴了枪。”

“混蛋，再说老子毙了你！”刀客张抓过枕旁的手枪，霍地起身，用枪筒捣了捣二妮儿。

“我就要管！”二妮儿自恃得宠，一甩头发，往前走了一步。

一声枪响，二妮儿应声倒地。刀客张忽然醒悟过来，丢开枪，伏身抱起二妮儿。

“二妮儿，二妮儿，你可别吓我……”血从二妮儿的太阳穴处涌流，刀客张急忙把席上一包被他视作生命的白面拿来，全部捂在二妮儿的伤口上。他想这灵丹妙药，应该能活二妮儿的命。“二妮儿，我是同你闹着玩的，闹着玩的呀！”

刀客张几十年头一次放声恸哭。哭声撕破了山谷。

白面未能使二妮儿起死回生。

几个山里人帮刀客张挖了个坟坑，掩埋了二妮儿。

刀客张垒了两天石头，把坟堆用石头围好，免得被山洪抹平。

---

[1] 白面、小磨，都是海洛因的制品，日本侵略者在侵华战争中，大肆制造，以掠夺、毒害中国人民。

沾满露水的太阳立在山头，怜悯地望着形容枯槁的刀客张。刀客张厌恶地盯着坟头上的影子，掏出二十响，抬起手臂对准了太阳穴，他想给那影子一枪，用残废的手，最后一次扣动了扳机。

他叹息一声，倒在坟旁的黄色山菊丛里……

1986 年 8 月 21 日　于鸡公山

刘板子

过去，学校里是兴打板子的。打学生手心的板子有一个文雅而高尚的名字：戒尺。一把戒尺，分判泾渭，简单明了，难怪至今台湾还有一些教育家对废除体罚，废除戒尺，废除这古老文化中的文化，大不以为然呢。

我念过半年私塾。教书先生的手里就总提条戒尺——板子，好像他先生的全部学问和威仪都寄附在这板子上。他是个慈和的老头，黑帽壳，长辫子，喜欢细眯起眼睛微笑，更喜欢耷下眼皮，拿根长烟袋，斜靠在罗圈椅上吸烟，一派清心寡欲、与世无争的样子。可是那条白色的三寸宽的厚木板却不甘寂寞，每天早上都要发出几声脆响，开销几个背不通书的学生。先生打板子与县太爷不同，先生斯文些，只打手心，不像县太爷那样剥掉人家的裤子打屁股。自从家里备了不下盐[1]的四碗八碟要我拜过万世师表孔夫子和先生之后，我

[1] 豫西人认为盐最不干净，供神不能下盐。

就对这木板充满了敬畏。大一点的同学不像我这般怯，他们有对付板子的招数，如用生蒜擦手心之类。据说擦过生蒜的手心，是很能同板子抗衡的，板子碰到擦过生蒜的手心，就会折断。于是乎，心虽惴惴然，我也用生蒜擦过几次手心。过了半年，不想先生竟未打过我。“不打不成教”，莫非我不成教乎？后来想起来，还心甚怅惘。

不久，村上办起了洋学堂，辫子先生退位，却来了一位更喜欢打板子的训育主任。他打学生打得刁、打得狠，学生们恨他，给他起了个诨号：刘板子。

刘板子在洛阳念过几天中学，还于国难当头，投笔从戎当过几天大兵。可能他在军队里吃军棍吃多了的缘故，郁积了一肚子杀气，如今往学生身上泼洒。学生们怕他的板子，又瞧不起他的板子。私塾先生的板子是有圣人之规的，三寸宽就是三寸宽，很可能是孔夫子杏坛布教时传下来的宽度；刘板子的板子算什么？抓住木头就当板子，横竖一个“打”字，能使人服气吗？

刘板子小时害过秃疮，头有光疤，一年四季戴顶旧军帽，好像周围的人都瞪眼盯着他的秃头似的，整日紧抿住两片厚嘴唇，两个颧骨红红的，一脸怒气。他不单像阿Q忌讳别人说“光”字，也忌讳别人在他面前提到“星星”“月亮”“太阳”这类大自然的宠儿。有次一个学生无意间犯了他的忌讳，很吃了些苦。

久雨初晴，那学生走出教室，欣喜地说：“日头真好！”

刘板子正提着板子在走廊上巡察，听到这话，脸像从血缸里刚提出来，一步跳到那学生跟前，吼道：

“你说什么？”

“我说……日头真好……”学生蒙了。

“你说什么？”刘板子气得嗓子劈了叉。

“我说……”学生开始意识到自己的过错，迟迟疑疑地改正道：“我，我说太阳真好！”

“你再说！”板子抡了起来，“我叫你再说！”

“阳光真好……”学生哭了。

“还胡说八道！你还敢再胡说八道！”

“我说……说日头真好……”

真奈顽童！训育主任刘板子痛心疾首，深恶孺子之不可教，终于连打都不愿打了。于是乎，他要那学生伸平手心，命全班学生排好队，传过板子，依次打那学生一板。

刘板子生着法儿打板子。他定了许多学生要遵守的规则，像一张张网儿，等着雀儿往上面撞。他规定学生进校门走三十步向旗杆上飘动的国旗行礼，少几步不行，多几步也不行。有时他故意站在校门口，同学生讲几句话，分散学生的注意力，使学生违反规定，抓几个挨板子的。有时你根本不知犯了什么错，已被他记上了账。每逢全校师生集合，那板子都要显显威风。一天降旗，行礼如仪，队列眼看就要解散，他突然叫出了五个学生，给了每个人十大板子。挨者莫名，观者莫名，等他撂下板子训话，大家才明白过来。原来豫西人吃晚饭喜欢端碗汤面条到街边吃，一个月前刘板子走在街上，这五个学生正蹲在街边喝那红薯叶子绿豆面，没有起身敬礼。他由敬师之重要，不敬师的可打讲起，直讲到中华民族的劣根性，越说越沉痛，竟然激动得浮起了泪花：

“为什么中国受列强侵略？因为中国人是一盘散沙。为什么中国这一盘沙捏不到一块儿？因为中国人不懂得服从，服从乃国民的第一要务。你们要学会服从，现在服从老师，将来服从长官，服从一个主义，一个党，一个领袖。……”

我没见刘板子笑过，他很少同人交往。如果说他有朋友的话，就是他养的那条黄色的狼一般的杂交狗，这狗整日跟着他，晚上睡在他的屋子里。他除打学生板子之外，另一大嗜好是打篮球。他打篮球从不穿鞋，一双光脚四处奔突，在场上很少同人配合，一抓到球就沿边线往前带。学生们摸到了这个规律，在边线内侧撒上蒺藜，要他的脚板吃点苦，以启发他联想到手心挨板子之苦。脚板被扎伤几次之后，他始有所悟，一面扳着脚板咬牙挑刺，一面监督学生在烈日下把校园的蒺藜、白草、狗尾巴全部铲光。他坐在树荫下，看着快被烈日烤焦的学生，咧着嘴，似笑非笑，双目微合，像似参透了禅机。

我怀疑他没有家室。寒暑假，他一人住在空旷的校舍内，独来独往，很能耐住寂寞，但神气总是蔫蔫的，似得了瘟病。校园内很静，却常常传出狗的叫声。出于好奇，一次我爬上墙头，看到刘板子把心爱的狗拴在洋槐树上，用木板子猛打屁股。狗痛得龇牙咧嘴，跳来跳去，把洋槐树上挂的铁钟摇得当当响。打过一阵，刘板子发泄了郁闷，解开狗，丢给狗一块馍，还用手来回抚那有点肿胀的皮毛，很怜惜的样子。更有趣的是，一次我看到他在井边洗澡，竟用板子猛抽自己的身子、手心和臀部。我惊恐万分，怀疑刘板子发了疯，如若不是刘板子发了疯，就是那板子发了疯，或者是刘板子、白板子一起发了疯。

县政府下令丈量地亩，村上的几位查田委员把一堆木牌送到学校，请老师们往上面写明地亩情状。几天来刘板子围着一堆形似戒尺的木牌踱来踱去，面带亢奋之色，既不满又忌羡。

抗战期间，课本奇缺，乡村小学的课本往往是学生自己刻印的。我二哥当时念五年级，有一天他们班刻印历史课本，刻蜡纸，油印，装订，切边，直忙到天黑。他们赶着回家吃饭，留下了地上的乱纸，准备第二天早上打扫。刘板子正想给地亩牌牌派个好用场，加之历史老师骂过他是虐待狂、法西斯，他早憋着气，到第二天升旗时，他就以不注重教室卫生为由，将全班同学叫出来，一个一个挨板子。他把地亩牌抱来一大堆，嘴角挂着微笑，汗涔涔的，每一学生必打断一块木牌始止。到后来虽力显不支，双手抱板，样子有些不雅，但总算打了一个痛快淋漓，解了手痒，争了面子。

不料这次竟闯了祸。二哥回到家，手肿半寸，无法端碗，被祖母看到，问明缘故，本不心痛孙儿的祖母却为孙儿的手板恼怒了。一则，二哥毕竟是老太太的孙儿，老太太的孙儿外人是打不得的，何况打得如此之凶；二则，学校是老太太的儿子拿钱办的，拿钱办学的儿子的儿子在学校被打肿了手，在老太太眼里，那是悖于情理的。因此，从来不管校政的祖母，差人把校长唤来，严令赶走刘板子。

刘板子确乎是刘板子，到了卷铺盖的当口，也不散威。待放了晚学，他把铺盖卷从瞭望台撂到墙外麦地，然后提着板子带着狗，倒背双手，悠悠然到村中南北东西大街遛了一圈，遛到村外，才猝然感到一阵心烦，把杂交狗拴到树上，用板子打断了狗子的两条后腿。而后，在校墙上折断板子，从麦地里捡起行李，扛将起来，扬长而去。

一年后，日本兵来了，听人说他当了维持会长。一时我很惊异，不知他又服从于哪个主义？哪个党？哪个领袖？

过不久，听说他被打了黑枪。谁打的？不知道，似也无人追究。

1986年8月10日 于鸡公山

水夫叔

水夫叔，是我家扛长活的，整年挑水。他不是因为挑水才叫水夫，水夫是他的大号。他的乳名叫水妮儿。长到十六，个子蹿到五尺五，感到这闺女气的水妮儿名号实在不雅，就备了二斤猪肉，请学校先生正正经经地起了这个大号。

我叫他叔，确有来历，据说我老爷就向他老爷叫叔。他家住在山南的康村，离我家有百十里地。

水夫叔给我家扛活叫白扛，没有工钱，因为这个五大三粗的汉子是来躲壮丁的。他弟兄三个，他是老幺，为什么要抽他的壮丁？他为什么又要躲壮丁？我不清楚。只知道从那以后，我家有了个挑水大汉。一根桑木扁担，一副柏木水桶，放在水夫肩上玩儿似的。他挑起一担水，迈开均匀的大步，甩着一只膀子，扁担有节奏地上下呼扇，把两桶溜溜满的水，耍成琉璃，不得溅出半点水星，那阵仗简直是唱靠山簧的武生叫破天在耍流星锤，这是水夫叔的骄傲。我也为我有个如此这般的水夫叔骄傲。水夫叔魁伟的体魄，吸引了许多大姑娘小媳妇的目光。

自从水夫叔到我家之后，我们不吃花园里那口井的水了。那口井，水有点苦，水夫叔只用他浇花，浇几畦金针和韭黄。水夫叔要挑着一副柏木大桶，走半里多地，到村中央的老井挑水。老井旁边有棵槐树，树心已空，少说已有三百年历史，成了仙，而这棵树还是打老井的后人栽的，可想老井的年月了。虽说我爷爷就是掉进这口井淹死的，但这井水甜，祖母还是愿意忍住伤感吃这口井的水的。水夫勤快，有的是力气，全家人都使唤他，很得全家上下喜欢。

不管生人熟人，一同他说话他就脸红，总有几分妮儿气。他为人忠厚，大家也不笑他。同我们这般孩子在一起，他的学问就大了，小时候他跟爹逃荒闯过汉口。汉口有多大？你问他一百遍，他总是那句话：

“紧走慢走，一天出不了汉口。”

起初我觉得这汉口了不得，水夫叔去过汉口了不得，慢慢也就乏了。

他家离少林寺不远，只有说到少林寺，特别是说到那个挑水和尚，他才能喜形于色，讲得娓娓动听。

他说若干年前，村上有个人入少林寺学艺。老和尚看看那人，分派那人到伙房挑水，那人心虽不悦，为将来能学到真功夫，只得从了。挑了三个月，老和尚要那人挑水上山时，一只手拍着路边的石板；又过三个月，老和尚要那人挑水时两手拍着石板。冬去春来，路两边的石板被拍得光溜溜的，老和尚仍然不传招数。一气之下，那人不辞而别，回到家乡。乡邻们都来探望，询问他学到些什么功夫。那人满脸羞惭，一拍桌，刚说了句“学个他娘的……”，忽拉拉桌子成了碎片。水夫叔把这个故事不知讲了多少遍，每当他忘情地讲述，我都暗暗瞧着他的手。那双大手时而攥紧，时而张开，上面的汗毛簌簌颤抖，像火山爆发前的小树。我真怕他拍桌子，又恨他始终没有拍。

他听说鼓书的说过《响马传》，有时也给我们说上一段。他从响马的飞镖，讲到当今截路的二八盒子[1]，眯缝着眼，望着远处的地平线和地平线那边他构想的一个梦。有次他唏嘘慨叹地说：“那才带劲，那才叫活过。”但他却不敢给我做一个打鸟的弹弓，怕我打碎房上的瓦，遭祖母骂；他也没想过离开这个青砖大院和那一副水桶。

闷葫芦般的水夫叔，一年有两个露大脸的时候：一个是深秋时节到老里山挑炭，一个是过大年做会踩高跷。水夫叔带领三四十个壮汉走一百多里山路到老里山给我家挑炭，进村时，挑夫们排成纵队，水夫叔肩负二百多斤重担，大步走在前面，如领兵之校尉，确也气派。至于踩高跷，村上没有哪个小伙子能比得上他的。他那纯熟的动作，威武的扮相，实令人赞羡。东街的小蛾真心爱上了他，给他缝了两双布袜子，他把这两双绣着荷花的袜子压在枕头底下几天，又叫我暗暗送还回去。小蛾性情刚强，虽哭红了眼，最后却骂了一句：“熊！”

这个“熊”字好像烧到我的脸上似的，我无因由地感到十分羞愧。

父亲从太行山回来，看中了水夫的力气与忠厚，想带

[1] 二八盒子：手枪的一种。

他走。

“水夫，跟我去打日本吧。”父亲站在甬道上，笑望着走过来的水夫叔。

“俺到队伍上能干啥？”水夫放下担子，用手背抹了下脸上的汗。

“干啥都行。扛机枪？你这么个大个，不扛机枪白搭了。”父亲开玩笑地拍拍他的肩膀。

好像捷克式机枪已真的搁在了肩膀，他急忙用手抹抹。“哥，俺这肩头可扛不动那玩意儿。”

“唉，你这条汉子，就这样打发日子？”父亲叹口气。

“花卷馍尽吃，还怎么样？总比去碰枪子好。”他想笑，没笑出来，咧下嘴，露了露整齐的白牙。

“你的牙口真好！”父亲不知想到了哪里，说。

父亲转身要去，水夫叔把父亲叫住：“哥，不喝口井水？这水清甜。”

父亲俯下身，头扎在桶里喝了几口，对着水中的影子，怜悯地一笑，说：“这水是甜。”

“老太太喜欢喝这井水。”水夫叔红了脸，喃喃地。

父亲摇了摇头，走了。

我听父亲在客厅里同谁说起水夫叔，再三重复一句话：“此人窝囊，枉有五尺之躯。”

我为水夫叔伤心，同时也不能不承认他窝囊。伟伟男儿，不敢在家种地，不敢身怀飞镖当响马，不敢手握二八盒子截路，不敢娶娇美深情的小蛾，不敢扛机枪打日本鬼子，甚至也不敢到少林寺出家当和尚，只因躲避抽壮丁，窝在这深宅大院里挑水，当一名不拿工钱的长工，连那位少林挑水和尚的巴掌功夫都没有，岁岁月月，何时是了？而他懵懵然，全不觉得。

1944 年，日本人打到中原，我家四处逃难，他回家乡去了。不久他又找到我祖母，说村里那个保长当了皇协军，仍找他的碴。他在家不能安身，适逢父亲派人来接我们到防区去，水夫叔就帮我们挑行李上路。走到里山，母亲的身体不行，得坐滑竿。水夫叔过去挑炭常走这一带地方，人熟，他找到当地两位朋友，绑了一副滑竿，三个人轮流将我母亲抬过险峻的大青山和摩天岭。一路上，水夫叔照顾挑夫，跑前跑后，很能干的样子。我发现水夫叔并非如前所想的那么窝囊。

到了父亲防地，父亲听母亲讲述一路情况，很高兴，要水夫留下，跟在他身边当副官。水夫叔哀伤地说："这不还是要我去打仗吗？"

父亲只好要参谋给他开好证明，盖上关防，送上盘缠路费，由他带上两个朋友回家乡去。

三个月后，水夫叔的两位朋友穿着短军裤，满腿疥疮痂子，在瑟瑟寒风中找到我家，其状甚惨。原来，三个月前他们一走出父亲的防区，就被另一部队当逃兵抓了。

"不是拿的有关防吗？"母亲问。

"那些人硬说是假的。"

"水夫呢？"母亲又问。

"水夫……"一个人哽咽半晌才说，"他逃跑，叫抓住枪毙了。"

有几天全家都闷闷不乐。像似哀悼水夫，又像宽慰自己，母亲时时叹口气道："真是在劫难逃呀！"

父亲听说这事，好发了一通脾气。脾气发过，他知道也奈何不得邻防的“友军”，只能恨恨地说句：“水夫死得窝囊！”

确实，水夫叔一辈子只看井，不看天，没有好活过。有时，我想他早应该去当响马；有时，那甜甜的清凉的井水，又在我心头荡起一层思念。

1986年8月11日 于鸡公山

大宅四记

大宅于抗战前夕落成，因其大，故森森然屡有异事，现记其四。

棺　屋

南院只有三间厦屋，空旷得很，平日少有人到。紧靠南垣墙的三棵响叶杨，树干煞白，笔立于地，树冠浮于半空，可能是高的缘故，那乌绿闪亮的叶子，不论什么时候都在摇动，发出哗哗一片凄切而神秘的声响。孩子们把这叫作鬼拍掌。

大屋门前，总有几只喜鹊和一群无所事事的麻雀儿。每当我和二伯的养女香月走过来，它们也只是歪起脖子，睆着晶亮的圆眼瞧瞧，最多轻轻扇动几下翅膀，朝一旁跳跳，全然不惧。地上常有一把小米或馍花，可见它们在这里是受款待的。

大屋不时传出咣咣的锤声。正迎门支一口白木大棺，棺壁上雕出许多精细的花纹和可以演绎成故事的图案。

这口白木大棺是一位老木匠给祖母做的寿木。

祖母关心阴间胜于阳间，希求在无尽期的冥冥之中，仍然安享荣华富贵，对几等于寝床的寿木，特别讲究；讲舒适，讲排场，讲坚固。祖母曾请木匠做过一口寿木，是很用了些袁大头[1]的，但祖母躺进去试试，顿感窄狭得慌，就废置了。在洛阳当洋学生的大哥，对祖母这种做派不以为然，根据他学得的一点科学道理，竟然在祖母面前说，再主贵的人，死后也是抔泥土，装在金棺、银棺里，也不能不朽。这话祖母听了很不受用，狠心将她最疼爱的长孙，打得颊染指痕。自此，没人敢在寿木问题上，同祖母稍有颉颃，连父亲都不敢。

寿木关乎永生，祖母讲究点无可非议，何况仲尼老先生于两千多年前就主张厚葬呢。祖母没读过《论语》，却能恪遵圣人之道。说起这寿木，首先木材就得讲究，要七寸厚的柏木板，还不得过水，这些厚板从嵩县老山里往外运，不经水路走旱路，二十多条汉子折腾了两个多月才运回来。由于上次的教训，工匠更得讲究，于是祖母请来了最有名的木匠雕花郭。

郭木匠是位细作木工，雕花能手，本不做棺材。无奈他老伴过世时，需要一口棺材。他老伴是个剪纸巧手，一张纸在她的剪刀下，三转两剪，眨眼就是一幅纸花。四十年前，

[1] 袁大头：银圆的一种，上面铸有袁世凯的头像，世人以此泛指银圆。

正月十五出会[1]，他看着灯笼上的纸花发呆，她瞧着神案上的雕花出神，一对青年男女，被艺术感染，灵犀相通，就在雪前灯下，演了一幕暗订终身的喜剧。婚后几十载，两人感情甚笃。前年，老伴不幸害了噎食病，郭木匠急于找一口上好棺材，经人说合，将祖母那口废置的棺材抬了去。老伴入殓，郭木匠停棺七七四十九天，整日又凿又刻，把老伴剪的那些“游鱼戏荷”“双鹊闹春”“蟠桃大会”“八仙过海”等等纸花图案，活生生地雕在棺壁上，一时被乡人传为佳话。祖母听说此事，说了句“这死老婆子倒有后福”，脸色凄凄，颇受感动，但棺材钱还是得要的。不能说价钱不公道，只有原价的十分之二三。可二三百块沉甸甸的袁大头，对拜在鲁班门下，而不拜在盗跖门下的郭木匠来说，仍是一个过巨的数目。祖母不念经，却吃素，有时也发慈悲。不是近亲是远邻，她不忍郭木匠先临失妻之痛，再受负债之苦，慈悲为怀，后宣告，棺材施舍，不再计钱，唯一的条件是郭木匠到我家来，给她老人家做口寿木，雕花要雕得更热闹些。祖母怕冷清，到阴间也得有作陪的。

郭木匠是个慈眉慈眼的胖老头，乐乐呵呵，特别爱孩子。我和香月喜欢到棺屋去玩。每次老木匠都给我们各刻一件玩意儿。他的手真神，一块木头在他手中三转两转，一只大公鸡、一个偷桃猴子就活龙活现地蹦了出来。渐渐，我那装宝贝的抽屉就被这些木雕填满了。大户人家做棺材有个讲究：要慢。慢才能细。没有人给郭木匠规定“定额”，祖母也不想急用这口棺材，所以郭木匠在棺屋里倒也自由自在，有的是

[1] 出会：豫西乡间过节礼神的一种活动方式。

闲工夫。

“还想要啥玩意儿？”他坐在一条大木凳上，笑眯眯地觑着我和香月。

我想了想，给郭木匠出了个难题：

“我想要个鬼，你会刻鬼吗？”

“你要个啥鬼？”郭木匠反诘道。

我被问住了。

“好吧，就给你刻个撑死鬼吧。”郭木匠慢悠悠地说着，弯腰从地下拿起一块木头。

郭木匠刻的撑死鬼有点像弥勒佛，肚子很大，不过眼睛瞪得也极大，眼珠子像要跳出来，大张的口里塞满了袁大头。我和香月笑起来。香月笑起来声音很脆，可这笑声祖母偏不喜欢，说香月不像个女娃。我喜欢香月脆亮的笑声，郭木匠好像分外喜欢。

“香月，你想要个啥？”

“我想要个狐狸精。”香月不假思索，好像早就想好了。

“狐狸精啥样？”郭木匠抖抖眉毛，有点犯愁的样子。

“像我这样。”香月一摇头，把溜在胸前的辫子甩到脑后，挺挺胸。香月长得好看，祖母常骂香月是狐狸精，狐狸精大约是很好看的。

“好，好，就照着你的小模样刻一个。”

老木匠摇晃着浑圆的脑袋，很快活。

一个小木人，一个小香月，一个小狐狸精活脱脱地站在老木匠的手掌中央，我一把抢过来就往外跑。跑到屋门口那丛月季花前，被香月逮住了。香月比我大七八岁，力气比我大，我只好央求道：

“香月姐，把这个狐狸精送我。”

“好看吧？”香月攥住我的手。

“好看。”

“像姐吧？”

“像。”

“好，你帮姐把最上面那朵花掐下来，插在姐的头上，姐就将木人送你。”

这丛月季花高过人头，兴许是它自己太寂寞的缘故，枝叶特别茂盛，花瓣上溢着胭脂，花儿开得特别鲜艳。香月抱着我的双腿，把我的身子抬高，我把那朵最水灵的花朵掐下来，顺手插在香月的辫根上。

香月扭扭雪白的脖子，把辫子往旁一拉，望着那朵月季，问：

“是姐好看还是狐狸精好看？”

“姐插上朵花，狐狸精就更好看了。”

“坏！”

香月举起小拳头，我急忙跑开，穿过月门，跑进中院。老木匠在棺屋门前哈哈大笑，扬扬手，向我喊：

“过两天我给你刻个插花的狐狸精，同你香月姐比比谁好看！”

我不明白老木匠的手怎能那么巧，什么都能刻。他在祖母的棺材上刻的那些花纹和图案，全能演绎成故事。遵照我祖母的意思，还把我家这座大宅和住在这座大宅里的各式人等刻了上去。我从那些雕刻人物中间，能找出我同香月来。

画儿刻出来了，还要上漆，棺材外面上黑漆，里面上红漆。漆过之后，郭木匠的刻画，另是一番好看。

令我不解的是，漆了还要漆，漆上一层，还得裹上一层生白布。等到干透，再漆，并将五十文[1]的铜圆，一个紧挨一个地贴上去。如此反复，漆个不停。生漆难干，裹布和贴铜圆很花工，漆一遍要半年时间。

冬去春来，年复一年，郭木匠的眉毛胡须渐渐白了，那双整日对着黑棺的眼睛，布上一层云翳，灰暗了，失去了光泽和精气。他向祖母提出找点别的活计，祖母不允，祖母要他只对付一口棺材，心无二用。在等待生漆干透的日子里，他只能呆坐着，唯一的慰藉是翻阅妻子剪的纸花。

我和香月有时还去看他。只有我和香月坐在他身边，同他一起看纸花，听他讲每一幅纸花中的故事，他的眼睛才活过来，他才有说有笑，依旧是个乐乐呵呵的老头。

“这是樊梨花出征，你看俺老婆子的那把剪刀，巧得，连樊梨花盔上插的鸡翎，剪得都这么细。”

“你看这幅并蒂莲，花瓣上还有水珠哪，哈，水珠还滚来滚去哪。这是入洞房那晚，我老婆默没声地送给我的，当时她羞得就像这朵莲花。”

后来，我和香月把这些故事听熟了，能向别人把老木匠的话背下来，加之要上学，很少再去听他讲了。

棺屋在人们心目中，越来越冷森。人们想到它，只想到一口漆黑冷森的棺材和一个僵坐的目光冷森的老头。

我从中院一踏进月门，心禁不住发冷。棺屋好像成了一座坟墓，我害怕进去。

有一次，香月要我跟她一起去看老木匠，我去了。老木

[1] 五十文：旧时用的铜板分一百文、五十文、二十文数种。

匠对住棺材，正在漆他自己也记不清是第几道的生漆。

他擦擦手站起来，吃力地摆正了那条大木凳，要我们坐下。他已骨瘦如柴，旧衣服显得过分宽大。他打着火镰，点燃纸煤，装好烟，直直地望着门外的月季花，一动不动，忘记了吸烟，也忘记了说话。

“给俺俩再刻个玩意儿吧。”香月拿过纸煤，给他点烟。

“刻啥咧？”

“还刻鬼。”我夸张地扮了个鬼脸，笑了，香月笑得更响，她是故意的，她想给这房子多留点笑。

“好吧。”老木匠在屋里走了一圈，找了一块木头。他找出刻刀，刻刀有点锈斑，又找出磨石磨了磨。

他刻得很迟慢，刻出了一个形容枯槁的瘦老头。

“像我吗？”他把手放远些，看了看，嘿嘿一笑，“刻得不像样。”

“我要一朵花。”香月递上一块木头。

“啥花？就刻月季花吧。”老木匠的脸上闪过一道光辉，“你看那月季花多美。”

他的刀下似乎有了热情，但刻了一半，他却颓然将木头撂了：“手生了，成年对住这口黑乎乎的东西……”

老木匠垂下头，把刻刀深深地扎在木凳上。

我的心怦怦乱跳。

“香月，我送你一件东西。”

“啥东西？”

“我老婆留下的剪纸。”郭木匠踉踉跄跄走到床头，取来那个夹纸花的本子。“你看这些纸花多美！我本想把这些纸花都刻出来，刻在檐头、廊柱、门顶，和桌椅箱柜上，刻出更多更美的花样来。如今不行了，手生了，被黑乎乎的生漆粘在这口棺材上了。我无用了……”

我跟香月拿着剪纸本，一跨过月门就跑起来，身后好像有人追赶，风吹过，听到几声干号。

“不如死了……”

这年夏天，老木匠死了。他常在棺材里歇晌，棺材盖本由一根木棍支着，这天那木棍不知怎么倒了下来。两天后人们发现他躺在棺材里，他早已在盖严的棺材里死了。

那根倒下的木棍成了一个谜。有人说是大老鼠撞倒的，有人说是老木匠在梦中翻身碰倒的，有人说是老木匠故意放倒的……

棺材没完工，老木匠又越俎代庖，先在里面升了天。祖母说老木匠坑了她。

她老人家为此病了一场，给儿孙们加了一个大表孝心的机会。我年纪小，尚未读到《孝经》，对侍奉汤药的秘诀不甚了了，也就不去露那个脸，倒是撕下几张作业本上的纸来，同香月折些元宝，到棺屋前烧了一烧。

狐 媚 子

我知道蒲松龄的名字，是在念小学五年级的时候，也就是说我已是高年级学生了。教国文的刘老师很博学，常常离开课文讲《聊斋》，讲得那些狐仙可爱极了，闹得我那颗混混沌沌的童心也不得安宁。可我听狐仙的故事，则由来已久。我们那个穷山沟，连狐狸都少见，却不知为什么人们对狐狸家族特别有兴趣，关于狐狸家族的成员们变仙后害人、媚人、救人的事迹特别之多。好像很多处都有狐仙出没，也好像很多人都见到过狐仙的真容，甚至有人还受到那貌美如玉的狐仙的青睐呢。大凡人们说某处某处不干净，就是说那里有狐仙作祟，可见狐仙之多，并且有男有女，有老有少，构成了一个关系复杂、尔虞我诈的庞大的社会。狐仙会变，其变化之妙全靠一张皮，所以又称皮狐子、骚狐子。村民们对它的感情也很复杂，恨、惧、爱、敬兼而有之，如果把他们传的那些狐仙故事编纂成书，其部头之大，绝对不亚于蒲老先生的《聊斋》。

遗憾的是，关于狐仙我只耳濡而没有目染，小小年纪已经六根不净的我，是很想目染一下的。村人传说，一天正当午时，有一穿红裤红鞋的狐仙女，坐在村南铁佛寺前的月台边沿，向路人微笑招手；还有人说，常在阴雨天或星光下，看到一个白胡子老头坐在我家的楼栏杆上，也有人说是个穿红裤红鞋的闺女。祖母虽严责此类胡说八道，暗中却信，无可奈何只好焚香

上供，祈求骚狐子保佑。祖母对骚狐子的一肚子气，全使在香月身上。香月虽是二伯的养女，实为半个丫头。香月生得俊俏，性格泼辣，手脚麻利，爱说爱闹，每日把祖母侍奉得周周到到，祖母仍是不耐烦她。二伯常叹气，说香月与奶奶没缘分。二伯想把香月早嫁出去，祖母不允，偏要香月留在身边。香月也怪，无论祖母怎么贬责她，她不在乎，还敢顶撞几句。家里除了大哥，唯有她不惧祖母。香月时不时做出件乖戾悖理之事，闹个乱子。她同我的奶妈陈干娘最要好，常常到我们房来，翻箱倒柜，把母亲的衣物首饰抖搂出

来，装扮一番。一天，她竟穿上我母亲的旗袍、丝袜、高跟鞋，戴上长长的耳坠，涂上口红胭脂，走到街上。这般装束，连我母亲随父亲回来稍住，也是不敢穿的。乡野批评家厉害得很，能用唾沫星把人淹死。夏天，西河涨水，香月还敢学男娃的样，到西河洗澡、浮水。她去不说，还撺掇几个大闺女、小媳妇一起去，致引起村上几位以维护风化为己任的长者的义愤，联袂告到祖母处。祖母最气最恼的是香月那把嗓子。香月嗓子好，清脆，圆润，天生的歌唱家。如果香月赶上今天这个时候，肯定是中央音乐学院的高才生，到维也纳或者布达佩斯的什么国际大赛中拿几块金牌，如囊中取物，毫无问题。我最爱听香月唱，祖母最不爱听香月唱。我不明白祖母为什么那么恨，香月一唱，她就绷紧脸，就嘟囔，就骂，骂香月是“猫叫春”，骂得难听至极。

香月依然唱：

情姐门口一棵桑，
手拉桑枝望情郎，
昨日望郎挨顿打，
今日望郎一身伤，
舍不得皮肉舍不得郎。

乖姐想郎想得痴，
夜夜想郎郎不知，
眼泪流过三张席，
哭郎哭到月斜时，
床底挖个养鱼池。

郎害相思要吃药，
要姐头发泡酒喝，
你要头发我来剪，
你要心肝我来割，
只要能医我情哥。

过大年，村上闹会，她敢同小伙子们一起跑旱船。那模样，那嗓子，害得多少小伙子晚上睡不着觉。上门提亲的不断，祖母恼了，骂香月是狐媚子，媚人精，把她锁在棺屋里三天冲邪气。

不骂香月是狐媚子还好，这一骂，香月偏要当狐媚子。

一个连阴雨天，香月穿上红裤红鞋，安安泰泰地坐在我家的楼栏杆上。透过雨雾，村上很多人看到了。虚幻的狐仙同真实的香月合成一体。消息传到四里八乡，人们心中弥漫着惊恐，不知这狐仙显灵、香月成仙主吉主凶。

祖母没有了主意。村上的神婆颤巍巍地移动三寸金莲，迈着八字步，前来献计：

“老太太，这香月可不能再留。她是让狐仙迷住了，女大当嫁，送出去的好。”

祖母阴沉着脸，不说话。

神婆揣摩祖母的心思，急忙补充道：“香月不能嫁给凡人，要嫁给月亮相公。出嫁后，她还得留在老太太身边，老太太是贵人，能镇住。”

祖母只知道有个月亮奶奶，如何又出来个月亮相公呢？神婆解说一番，祖母顿时领悟。毕竟香月是二伯的养女，二伯不愿香月到广寒宫去挨冻，反对神婆说的这门亲事。后来神婆暗暗劝导他说，这嫁给月亮相公的是狐媚子，不是香月；把狐媚子嫁出了，香月也就好了。二伯无言。

香月无所谓，只认好玩。同月亮相公成亲，当然得在有月亮的晚上。神婆择定的吉辰，正是十五之夜，明月高悬之时。

这边，陈干娘们给香月梳洗打扮，那边，神婆备好香案，焚香请她的看家神附体。香月戴上有流苏儿的金冠，穿上绣花的披风云肩，活脱脱一个戏台上的人物。本来她的眼眉长得就好，如今画上眉，擦上浅浅的眼圈，一双眼角微吊的杏仁眼，忽灵灵的，像两只扑闪闪的小燕。微微噘着的小嘴，涂上层胭脂，一笑，像八月节前的石榴。陈干娘取过一方红绸巾给她蒙上头，她把绸巾扯下来，陈干娘说了她几句，又将头巾蒙上。

我暗暗拉起绸巾，把头钻进去，望着香月粉嫩的脸说：

“香月姐，你真好看。”

“好看你也不能娶我。”

“我娶你，等我长大了。”

“打嘴，我是你姐呢。”香月嗔着脸，张开巴掌，吓唬我。

“你真要出嫁了？”我看着她的眼。

“这不是就要上轿了嘛！”

“你怕不怕？”

“不怕，看他们能把我送到月亮上？”香月撇撇嘴，嘻嘻地笑了两声。

“姐，你别去。”我伸出一只胳膊搂着香月的脖子，禁不住流出了眼泪，“上那么高，回不来，我再也看不到你了。”

“你愿意我留在家？”

“愿意。”

“姐是狐媚子，你不怕？”

“我不怕。姐是狐媚子我也不怕。”

香月一把把我搂进怀里，哭了。

“他们都欺侮姐……”

香月哽哽咽咽，揉花了脸上的粉黛。二娘走过来，把我从香月的怀里拉开来，又哄又数落地说：

“这是给你香月姐驱邪，你闹个啥？赶快换衣服，你是‘金童’，等下还得你去请月亮相公呢。”

不少下神的都要找个“金童”当帮手。祖母一犯病就找人下神，我当“金童”已经当得腻歪透了。这次村上的老神婆也乖了，也指我为“金童”，不知派我什么用场。

神灵附身，神婆的身子照旧像筛子中的黑豆，黑抖了一阵，又胡言乱语一阵，接着就由她那位赤足大仙主持，宣布婚礼开始。

我站在一旁暗笑。本地姜不辣，留过洋的嘴里不断“no，no，no”的洋法师我都见识过，哪瞧得起本村神婆，再说赤足大仙，也不知是何方神圣。附一次体，所得不过是十斤红薯的香火钱，可知其属于末流。

令人高兴的是放了鞭炮，祖母竟舍得钱请了一班响器。响器班吹得热闹，但仔细一听，调子是《秦雪梅吊孝》。我明白了，请响器的钱一定被二伯克扣了不少。

二娘叫我过去，莫名其妙地在我新穿上的长袍马褂上斜披了一条红绸带，把一个盛了半盆清水的新搪瓷洗脸盆让我端着。我有点发慌，想后退，二娘推推我，要我站在香月身旁，低声哄着我：

"跟着你姐，把盆端平，千万不要把水洒了。"

老神婆拉着嘶哑的长腔，唱礼三声，二娘推推我和香月，我们不由自主地向正当院的神案走去。

响器班卖力了，个个摇头晃脑，叽咕呜咽，猛吹《小寡妇上坟》。

我又糊涂，又明白，觉得这场面又怪又好笑。

"怎么？原来是要我跟香月姐成亲？我又不是月亮相公，怪事！"

我正感迷惑，忽然老神婆跳将过来，对着我端的脸盆一揖到地，唱道：

"月亮相公大喜！"

月至中天，水印月影，原来月亮相公在我手中捧着呢。

人们窃窃低语，惊愕不已。

我端着水盆，同香月姐拜了三拜，回到房里。

神婆跟着过来，把水盆放在窗台，郑重嘱咐香月道：

"隔三天换一次清水，每月十五，请月亮相公回房，小心侍候，切莫大意。"

闹到半夜，人散了去。陈干娘喊我回去睡觉，我想同香月开开玩笑，说：

"姐，我去了，好生看着你的盆子。"

香月没有答话。她坐在床沿上，痴愣愣地望着那对流泪的红烛，腮帮上垂着两行清泪。蓦地我感到心被蒿针扎了一下，猛扑到香月怀里，抱着她，大声喊："姐，你是人，你不是狐媚子！"

二娘来拉我，我又跳又踢。接着，我发了三天高烧，等我清醒过来，香月正给我擦汗。

“奶奶说，你也中了邪。”她苦笑着，过去我是没有见过香月这样笑的，难道三天人就会变个样吗？“奶奶把老神婆找来骂了一顿，说不该要你请月亮相公。”

“那盆水呢？”我问。

“当晚就被我泼了。”她说，“奶奶知道了不依，她还是要我嫁给月亮相公。”

“我去把那盆扔了。”

“别，白生气。”她长叹一声，忽然像过去那样狡黠地一笑，“这两天西河发了水，有鱼，等你病好了，抓两条小鱼放在盆里养。”

我点点头。

“那晚你大吵大闹，真吓人，把奶奶都吓着了。”她揉着我的手。

“把这房子闹塌才好，把这大宅闹倒才好，把奶奶闹死……”

“别说，别说……”她赶紧捂住我的嘴。

我望着香月美丽的经过几天风雨冲洗显得恬静的脸，说：

“姐，你等着我长，等我长大了，我就娶你。你是狐仙，我也娶你。”

“又胡说，”她微嗔地瞪了我一眼，“等你长大了，我不老了？再说我是你的姐哪。”

“他们为什么要这么对待你？”我发狠地用拳头打着床。

“不知道。”

香月俯下身，脸颊贴住我的前额，哭了，身子微颤着。

夏天，陈干娘到洛阳去看她的一个邻居，晚上我睡觉害怕，临行前，她交代香月，要香月把我接到她房里睡。香月瞧了我一眼，咯咯咯地笑指我：

“他敢同我睡？我可是个皮狐子。”

“我怕你这个狐仙？”我说。

可睡觉时我真怕，怕碰着她。那时我已稍懂人事，一碰到香月柔软润滑的身子，我就一激灵。我睡在她的脚头，尽可能蜷缩成一团。

一晚她要洗澡，木盆放在屋中央，倒进水，正准备脱衣，扭头看看我笑嘻嘻地说：

“可要乖，男人家不准看女人洗澡。”

“我闭上眼，不看。”我说。

听到一阵阵水的泼溅声，我猝然想看看香月有没有尾巴，狐狸是有尾巴的，并且尾巴很大。受好奇心的驱使，我抑制不住自己，慢慢睁开了眼睛。

月光拨开窗纱，屋内像灌满了极清极清的水，一片清辉。香月站在盆里，比月光还洁白的身子，沾满水珠，闪闪发亮。散开的黑发顺着圆润的肩膀泻下来，一直泻到腰眼处，像一块黑绒，把皮肤映衬得如白玉一般。胸脯的侧影，高而挺实，描画出一条美丽的曲线。圆圆的臀部，形如成熟的水蜜桃，从那里我找不出一条尾巴的痕迹。

“姐，你不是狐狸，你没有尾巴。”我情不自禁地喊了起来。

“哎呀，该死！”香月急忙用毛巾掩住胸部，“快闭上眼。”

我赶紧重闭上眼，心里扑扑乱跳。

香月穿好汗衫短裤，走过来，用食指对我的脑门狠狠捣了一下说：“坏！”

我不敢出声。

她看我蜷成一团，扑哧一笑，一手把我拉起来。

"老这样蜷着，会蜷成驼锅。过来，同我睡一头。"

我看到窗台上的水盆里，有一轮月亮，两条我从西河里捉的白条鱼在月亮里游来游去，就唤了一声：

"姐，你的月亮相公找你来了。"

"真的？让我看看，"她把脸凑过来，自嘲道："嗬，这就是狐媚子的男人。"

我自悔不该挑起她的心事，惹她难过，赶紧安慰她："明天我就去同奶奶说，以后谁也不准再叫你狐媚子。"

"不，不要去说。我就是狐媚子！"

"你骗我！"

"真的！"

我惊异地看着她，越看越觉得她好看，我动摇了，渐渐接受了大人的看法：不是狐媚子能生得这么美吗？太美了就有邪气。

此后，我家仍不断闹狐仙，正午挑担的贩夫，黄昏迟归的农人时不时会看到我家楼栏杆上坐一个穿红裤红鞋的闺女，或一个白胡须老头。

我怀疑那是香月。

月　季

郭木匠死后三年，暑假，老何家赶轿车到洛阳接回大哥，同大哥一起回来的还有一位陆姓同学。后来大哥的这位同学因家况不好，辍学应聘为本村小学教员，教国文、地理、公民诸课，学识渊博，思想新颖，态度和蔼，好侠仗义，深受小学生的敬仰。他借住我家前院的客厅，全家上下均称其为陆先生，祖母和二伯也对他礼敬三分。

陆先生身材修长，常穿一件蓝布长衫，颇有儒风。他面色苍白，略显病容，说话用喉音，低沉而和婉，有一种折服人的魅力。他来后，我和香月知道了很多新鲜事，知道东方的莫斯科叫延安，知道有个叶挺将军被蒋介石囚在重庆歌乐山……洛阳有一书贩同他相熟，常挑书担来学校卖书。有一次陆先生特意帮我在《四美人》《四才子》《四烈士》《四奸臣》之类书中，找了《东方的莫斯科》《一个无产者的自述》《罗斯福夫人》三本书。后来有人说陆先生是共产党，大哥为他辩诬，说他性格沉郁而易冲动，好作激烈语，读书时以“左倾”分子自诩，曾被捕，后交保释放。

他是伊河西边人，母亲为收房丫头，因此他对旧家庭的种种弊端，十分痛恶。言谈间，对我家这座阴沉沉的大宅，颇多抨击。

有次，他坐在镂花大圈椅里同二伯十分严肃地谈起香月的命运。

“世界的历史已进入20世纪40年代，中国还保存蓄婢制度，我认为这是人类的耻辱，是中华民族的耻辱，是前方浴血抗战的将士们的耻辱。”

“是的，是的……”坐在鼓形圆桌后面的二伯，一尊佛似的微闭双目，托着那把晨昏不离手的水烟袋，一面吸烟，一面听着陆先生的宏论，不住地点头。

“贵府的香月……”

“香月非婢，她是鄙人的养女。”二伯轻提烟锅，噗的一声，吹掉烟灰，仍然闭着眼睛。

“老世伯，这您就不正视现实了，香月明明是老太太的使唤丫头——”

“孙女侍奉祖母，您陆先生为人师者，当不会反对吧？”二伯抬一抬肿眼泡，不客气地打断他的话。

陆先生的脸蓦地一片红，一只放在桌上的手神经质地张合着，似乎想把大理石桌面抓下来，样子有点可怜，又有点可怖。

“老世伯这样说，香月将以婢女终其一生了！”

“香月将以我的养女终其一生！”二伯将水烟袋往桌上一顿，拂袖而去。

后来，陆先生力劝二伯送香月上学，香月年及二十，同一年级的娃娃们坐一起，委实难堪，陆先生只好让步，同意了二伯的折中办法，让香月在家认字。陆先生收香月为女弟子，标志着陆先生为人权所做的斗争在这大宅里的胜利，他情绪激扬，并大赞二伯开明。《三字经》当然是不屑教的，新编一年级课本当然也是不屑教的，他别出心裁，要香月出口不凡，先从洋文ABC学起，香月口里噼噼啪啪，祖母很厌恶，更难服侍，给香月陡增许多麻烦。

陆先生真心对香月好，是关心香月的第一人，香月心怀感激。洋文课外，陆先生还常给香月讲些小诗，香月极有灵气，很能领会诗中深奥，陆先生甚为欢喜。

寂寂小院春，
月月花自红，
丽人弄花影，
壮士唱大风。

陆先生很得意他这首感怀咏志的《月季》诗，常在南院那丛月季花下吟哦，有时还掐上一朵花，送给弟子香月。一天，他忽发宏志，要以这株月季为母本，嫁接出许许多多的子株来，把我们这个到处是牛屎驴粪的山村，装点成月季之乡，名扬海内外。

“中国是月季的发祥地。月季首先由中国传入波斯，再传入巴尔干半岛、北欧、美洲，经洋人栽培选育，后来成了花中之王玫瑰。如今保加利亚、荷兰、法国、美国都有著名世界的大玫瑰园、玫瑰谷，中国的月季却寂寂无闻，这太令人伤心了。究其原因，还是我们中国人因循怠惰，对美没有强烈的追求。”他的脸色由白转红，情绪不觉亢奋起来。他把搭在眼梢的一绺长头发往后一甩，做了一个有力的手势，“一个对美缺乏追求的民族，必是一个落后民族，并将继续落后下去！一个不追求美的人，是一个蒙昧的人！”

我同香月虽对陆先生这番宏论不甚了了，却不能不被其慑服。他说的这些是我们闻所未闻的，我们只能茫然地听，茫然地点头。此后，我和香月成了他建造月季之乡的追随者，特别是香月，帮他糊泥、插枝，常常干得粉脸上一串串汗珠，但香月心里很快活，我感到了。陆先生的那些关于月季的知识，大约都是植物老师在课堂上讲的，他毫无园艺经验，结果一个子株也分离不下来，白忙一场。

“失败为成功之母！”陆先生鼓励我们，可是他以后再不提月季之乡的事了。

所幸陆先生对那丛月季热爱依旧，我常常看到他同香月在花下流连，这使我相信中国起码还有一人如陆先生者，仍在作美的追求。

大宅里泛起了闲言碎语，是关于陆先生和香月的，大哥回来了，祖母和二伯同他商量，要把陆先生打发了去。大哥很看重同学情分，不赞成这般小题大做。大哥是大宅里第三代的代表，加之祖母宠爱，他的话是很当话的。

陆先生对那些闲话似无听到，仍然我行我素，香月当然听到不少，但她爱上了陆先生，初恋能将少女的血变成钢焰，少女用沥血的爱情织成的轻纱，往往是可以抵挡铅弹的，香月原本刚强，也不把那些闲话放在心上。她很勇敢，她的双颊常常烧出两朵红霞，双眸流溢着热情的光芒，鲜嫩的嘴唇微闭着，似要关闭内心的秘密，但一个想大胆宣告一切的微笑，总在一对酒窝里跳动。

香月这时候美丽极了，简直是从那丛月季上走下来的精灵，是一朵游动的月季花。她的美，在我稚嫩的心里，激起一种莫名的扰动和悲哀，但我仍为她祈祷，希望陆先生能真心待她。

祖母整日嘟着嘴，见到香月从没笑脸，动不动就骂香月是“狐媚子”，骂“狐媚子”闹得家宅不宁。

闲言越来越多，进而人们都带着惶恐不安和幸灾乐祸的复杂心情，传说着棺屋闹鬼的事。有人说是郭木匠显灵，做饭的刘堂则说那鬼不是郭木匠，说一天晚上他想到棺屋拿木柴，走到门口听见屋里有嘤嘤的哭声，是女人的声音。有人说撞到一个男鬼，很高，站在月季花前，身子把月亮都遮黑了。这些关于闹鬼的传言后来传进二伯的耳朵，二伯很生气，把刘堂们找来责骂一顿，严令他们不得再胡言乱语，败坏大宅名声。

“真有鬼吗？胡说八道！”二伯睁大肉眼泡，怒视着刘堂。

“二哥，真有……”刘堂压低声音，怕把鬼惊动了似的。

“活见鬼！”二伯打断刘堂的话。

“二大人，活鬼也好，死鬼也好，反正棺屋不干净，那哭声是我亲耳听到的！”刘堂的哥同我父亲换过帖[1]，因此他敢顶撞二伯。

“以后谁再胡说就把谁赶出大院。”二伯凌厉地扫了刘堂和别的用人一眼，又补充一句，“这是老太太传下来的话！”

二伯的劝诫也好，高压政策也好，都没有制止住关于棺屋闹鬼的传言。

一晚，我怀着恐惧和好奇，忐忑不安地走到月门旁边。探头望去，南院一地月光，像铺了一层孝布；响叶杨好像喝醉了酒，不住地哈哈傻笑。忽然，树荫里扑棱棱一阵打闹，传出了几声乌鸦的怪叫。天高月朗，春虫唧鸣，月季花丛无风摇摆，隐约现出两个人影来。我不觉毛发竖立，正欲转身跑去，却听到了陆先生的声音：

“你不是狐媚子，你是月季仙子，你是我的月季仙子。”

“我倒不怕人们骂我、咒我、捣我脊梁，”香月的声音，“这样总不是长法，你要快拿个主意。”

“是的，”陆先生像在课堂上启发学生似的说，“我要带你冲出这牢笼，冲破这黑暗的大宅。别害怕，你要鼓起勇气去争取自由。”

“我不害怕，只要有你，我什么也不怕！”

“我知道你是勇敢的，我的月季仙子，你真美……”陆先

[1] 换帖：旧时结义兄弟将八字写在帖上互相交换，叫换帖。

生喘着气，把香月搂在怀里。

月亮把这对情侣拥抱着的身影，剪印在发青的地面。过了一会儿，陆先生把香月拉进黑魆魆的棺屋里，屋里一阵响动，又静息了。

我知道陆先生是不怕鬼的。

香月身子有了异样，不住呕吐，陈干娘常常悄密地慌张地同她谈论些什么。香月天天到小客厅去找陆先生，ABCD不再教了，陆先生的眉头总是皱着，每看到陆先生这种深思的表情，我就想，香月"冲破这黑暗的大宅"的时刻到了。

果然，陆先生有了惊人之举。报纸上登出读书人从军的消息，陆先生决定投笔从戎，与两位年轻同事到洛阳招兵处报了名。回来后，陆先生一扫脸上的乌云，嘴角虽挂着苦笑，却透出一派忧国忧民的豪情。他到各班级演说，讲班超，讲岳飞，也讲即将领到的美式军服和美元津贴，讲得壮怀激烈，气冲斗牛。

"国家兴亡，匹夫有责，国之不保，何以为家乎？"

"班超者，男儿也，我陆某，男儿也，好男儿七尺之躯，岂能不报效沙场乎？"

"中国糟就糟在不产英雄，盛产情种，好男儿岂能英雄气短，儿女情长，因私情而忘大义乎？"

大宅的人，也不时被他请进小客厅，听他宣讲抗日救国的宏论，一次二伯走进去，似乎想慰勉他几句，可怜二伯插不上口，只能听着陆先生的高见不住点头。

人很势利，这几天大宅的人对陆先生不能不刮目相看了。谁知道过几天陆先生不成为大大的抗日英雄呢？不会像我父亲那样混个师长、司令当当呢？因此自然而然地都对他产生了几分敬畏，那香月的事就被淡化了。可是我却总挂着这件事，深恐痛恶情种的陆先生把香月姐忘了。我的担心是多余的，一天听陈干娘同香月悄声说话，我得知陆先生打算在出发前将香月接回家乡完婚，接着出现的当然是“英雄美人新婚别”那种可歌可泣、激动人心的场面了。我很兴奋，我想在中国唯我陆先生是英雄兼情种的好男儿!

一个月过去，陆先生的两位同事早已入伍，他却还在小客厅大笔淋漓地写“大丈夫当马革裹尸”之类的条幅，吟咏“风萧萧兮易水寒，壮士一去兮不复还”之类的诗句。渐渐他不再谈投笔从戎了。人们对这位准抗日英雄的行为大惑不解，一晚我听到他与香月在那个老地方——月季花丛前的谈话，对内情略知一二。

“我不能去，为了你我不能去送死。”陆先生说。

“你不是为了我。”香月的声调略带怨意。

“好，就算是为了我自己，”陆先生左手按胸，虔诚地，“为了我自己我也不能死，因为我不属于我自己，有多少宏图伟业在召唤我，我怎能像蝼蚁一样死在战场上呢？不，不能，那是不负责任的。”

香月把脸侧向一旁。

陆先生重操教鞭，郑重宣布他要进行一场“乡村教育革命”。

又过了一个月，仍无迹象说明香月将要“冲破牢笼”，我相信会发生的事还没有发生，我同陈干娘暗暗焦急。

祖母和二伯的脸阴得要下暴雨，整个大宅的人，心照不宣地静观这件事的结局。

结局像小说中写的那样，很出人意料。

一天中午，人们歇晌的时候，陆先生又把香月叫到棺屋幽会。二伯送客回来，经过月门，听到棺屋有窸窸窣窣的响声，心中生疑，血涌头顶，怒火中烧。但他毕竟念过孔圣人的书，不愿面对有污圣道的场面，就故意咳嗽两声，佯装赏花，在棺屋前逗留片刻，然后推开木门，站在门口，陆先生面色煞白，从灰暗的角落跨前两步，迎向二伯。

“呵，是陆先生，”二伯望望屋里，“就你一人在？”

“是，是我一人。”陆先生神情慌乱，手指抖颤着扣上了长衫襟上的一个布纽。“天气燥热，睡不着，此处凉快些。”

“呵呵，没见到香月？”

“香月？香月是谁？呵，香月没见到。”陆先生语无伦次。

二伯看着那口黑棺，棺盖微启，一根手指粗细的圆棍，垫在棺盖一角。

“谁又将棺盖打开了？老太太再三吩咐，不准再动这口棺材。”

“不知是谁打开的。”陆先生走前一步，想挡住二伯的视线。“可能是孩子们玩捉迷藏打开的吧。”

“捉迷藏？这么说，里面常常藏人了。”二伯跨过木槛，又说，“孩子们怎会有力气搬动棺盖。”

二伯正欲转身出门，看到棺材旁边有枝月季。他弯腰捡起花枝，猝然问：

“陆先生，你喜欢香月是不？”

“我，我……”

“没什么，你跟我来一趟：老太太有话要同你谈。”二伯走出门口，又扭转身说，“你把那条木棍拿下来，把棺盖盖紧，免得老鼠钻进去。”

陆先生迟迟疑疑地伸出了手，抓了几次都没有抓住木棍。

“请劳驾！”二伯逼视着他。

那根圆木棍被陆先生抓在手中，抖抖索索地抽出来，砰一声合紧了棺盖。他跟着二伯，蹒蹒跚跚地穿过月门。

香月死了。当奉命找寻香月的人们打开棺盖，裸露着身子的香月，玉雕冰琢一般躺在棺材里，模样像刚刚睡去，正当胸口，在两个美丽的乳峰中间搁着一朵月季花，我默视良久，这使我联想起遥远的玫瑰谷。可能在她告别人世的一刻，听到了那位教导她的陆先生同二伯的对话，看到了那只苍白的战栗的手，所以脸上留下两行泪痕。

祖母也过来看了看香月。祖母说香月真的成仙了，她的衣服化成了腾驾她飞升的祥云了。于是，人们都根据祖母的意旨，传开了这个美丽的月季仙子的神话。

只有我和陈干娘为香月的羽化升仙而伤心。从香月的新坟上回来，我哭闹着要将那丛月季移到香月的坟头，祖母怕我中魔，只好应许。我把水浇在移栽的月季的根部，也把少年时代的忧伤和一种朦胧的美好的感情，一齐浇入泥土。

陆先生对香月的死保持缄默。没有人去追究他，更没有人去安慰他，人们都躲避他，像躲避一个游魂与僵尸。他整日游荡，喃喃自语，不知是祈祷还是咒诅。他是彻彻底底地死了，在笃信报应的村民心中，他是彻彻底底地死了。

他涉过伊河回家去了，后来又离家出走，不知去向。有人说他投了河，有人说在西安黄埔军校第七分校看到过他，又有人说他去了东方莫斯科——延安。至今人们也不得其踪，可能他早已易了名姓。

野 狗

一逢年成[1]，地面上就闹白莲教[2]，到处是白莲教的传说，人心惶惶。白莲教什么样子，谁也没见过，只是从老辈人口中听说，白莲教白盔白甲，会法术，厉害得很。

近来，山狼为患，各村连连发生狼吃小孩的惨剧，人们就联想起白莲教。老人们说，灾变到了，白莲教替天收人来了。那些狼都是白莲教用纸剪成形状，吹口气变成真身，要它成群成帮，横行乡里的。恰巧跟父亲从前线回来的一个警卫连，发生了夜惊[3]。一个睡在车门洞里的新兵，半夜看到一群狼，猛叫一声，抓起了身边的大盖枪[4]，全连被叫声惊醒，把身边的长短火器都拉了出来，瞄着月亮下一片灰蒙蒙的晃动着的东西，拉栓扣机，最后却没有一个响火的。消息传出，村人议论纷纷，有说那灰蒙蒙的是一片云影，有说那是当兵的看花了眼，有说那确是狼，最后大都认为那是白莲教放出的纸狼，仙物也。不然，何以百十个大兵都扣不动扳机呢。这次夜惊，加强了白莲教在村民心中神秘的位置，扫了父亲的面子。父亲觉得丢了丑，这无疑说明他带的大兵都是熊包，一怒之下，撤了正请人注射六〇六[5]的连长的职，还集合队

[1] 年成：年成本指收成，豫西人说年成，一般指年成不好，闹灾荒。

[2] 白莲教：起于元代的一种会道门，数百年间曾发动多次农民起义，但带有浓厚的迷信、神秘色彩。

[3] 夜惊：一群人在夜间忽然发生无缘由的惊扰的一种现象。

[4] 大盖枪：老式长枪的一种。

[5] 六〇六：指专治花柳病的六〇六药针。

伍，下令将那个可怜的新兵狠揍二十军棍，以正军魂。二十军棍虽然打烂了当兵的屁股，却打不散白莲教放狼的阴影。

乡人对狼一贯是敬畏的，一般不直呼其名，而称为山里的，或尊称狼先，这狼先也就是狼先生的意思。小时候听的那些狼外婆的故事，也只是在小屋里讲讲罢了，如果上山，是千万讲不得的。狼的活动，很富传奇色彩，如果当今哪位忠于艺术的传奇文学大家肯到狼窝里深入采访的话，肯定可以写一部数十万言的狼传奇，畅销城乡，想那稿费也是优渥的。在我们乡下，常传说某人某日路经某山，山崖上一位穿灰布衣褂的老者向他微笑招手，这老头必定是狼先了；如遇狼先你低头不语，恭敬走路就是了；再如你在车沟里行走，忽然发现身后不知何时跟着一只灰狗，你停它停，你行它行，这就是山里的想跟你进村去，你千万别跑，一跑它就会以为你有怠慢之意，蹿上来就卡脖子。

乡下人走山路，为安全计，常常带条狗，即使这狗混得不阔，无奈狗是狼先的舅，先生也只好避让了；先生一族受礼仪之邦熏陶数千载，这长幼有序的道理，是懂得的，除非太饿，它是不肯啖舅父之皮肉的。

白莲教的尤物不同于狼先，不是礼之敬之即可避害的，所以人们很是惧怕。凡邪术都有破法。后乡间哲人想到那白莲教妖狼不只是纸剪的吗？纸者怕水，何惧之有。于是人人成了法师，摆下了水碗阵。三伏天，在打麦场上睡觉的人们，苇席边放上一碗清水，如能再投入几星朱砂，那妖狼是确不敢近前的。由于这水碗阵奥妙莫测，白莲教的狼群始终未敢露面。半夜惊扰过几次，大家一呼即起，端碗上阵，把水泼在几只似狼的东西身上，水是着实泼着了，却不见留下纸片来。有人坚持那是纸狼，只不过现了原形的纸身被白莲教收走了；有人却说那是狗，野狗。

在打麦场上同我睡一张苇席的刘堂叔就是个野狗派。

“什么白莲教，什么纸狼，其实是一群群野狗。”刘堂坐在席边抽烟，烟锅里的火一明一灭，发出嗞嗞啦啦的响声。

“你怎么能认定那就是野狗？”我问。

“我在厨房做饭，能不知道？”他说，“每次把剩饭剩菜往狗盆里倒，就有八九条野狗围着转，它们又打又咬，都像饿狼一般。”

“从哪里来的这么多野狗？”

“周围都闹年成，人没有东西吃，狗也没东西吃。人逃荒，狗变野，明年还不知道有什么大灾难呢！到时候说不定人也会变成野人，人吃人，听老辈人讲，光绪年间……”

太可怖了，我急忙捂住耳朵望天。听说地上一个人，天上一颗星，如果到明年，人死得那么多，怕是这天上的星星也疏了，甚或没有了。如果没有星星陪伴，只剩下个月亮，多孤独！月亮被风吹得摇摇摆摆，我的眼睛模模糊糊，心被愈来愈低、幽暗苍凉的天挤压着，很是难受。我做了一个梦，梦到黑压压一片野狗，顺着地平线冲到天上，把月亮也吃了。野狗在黑暗中冲撞，噬咬、厮打……

我对刘堂叔喂狗发生了兴趣。每次他端着狗食走出厨房，都有一群狗在迎候，有的眼露凶光，有的摇尾乞怜，更多的则是耷拉下尾巴，拖着瘦瘪了的肚皮，目光呆滞，执着地望着食盆。刘堂叔把剩饭菜刚一倒下，这边厢就一哄而起，你争我夺，打得谁也吃不了。我家的大灰狗站在远处，只有这时，它才发出呜呜的低吼，四蹄一扒，分开狗群，猛蹿到盆前。它傲慢地抬起头，睥睨一切地发出几声洪亮的高吠，才以大家风度，懒洋洋地开始就餐。它不吃多，故意留多些给新伙伴。然后，野狗在它的监督下，一个一个，挨次吃上几口。

观察几天，我发现了一个很令我振奋的情况。我家的大灰狗，无可置疑地成了这些丧家之犬的领袖。这支乌合之众扩展得很快，不几日已达到三十几只，它们在大灰狗带领下，啸聚山野，打家劫舍，是否吃过别人家的孩子，确很难说。狼也，狗也，甥也，舅也，难以明辨。

大灰狗的家谱，我们从未查过。从前它是很温顺的。可能由于种，也可能由于营养，它长得比它的同类高大许多。皮毛灰黄发亮，如锦缎；四只白蹄，鼻梁两边有两道黑纹，耳直嘴宽，长相威武，小时候我骑在它身上，它竟能驮着我走。大哥去洛阳，它相跟左右，并能从洛阳单独回到村上。它从不伤人，根本没想过去当狗群领袖，如今落了草[1]，骤然变了个样了。

大灰狗不常在家了，往往几天看不到它，回到家也骚动不安，一身灰毛无缘由地蓦然奓起，两耳微痉，发红的两眼像燃烧的火炭，喷射着热情与野性。身上伤痕不断，不知何时何地何因，它弄了这么多光荣的印记。它对刘堂叔赐予的剩菜剩饭，已不屑一顾了，甚至为过去吃了那么多的嗟来之食深感羞惭。

它带着狗群咬伤了邻村的驴，邻村的人找上了门。

“你家的大灰狗带领一群野狗，半夜闯进驴圈，一口气咬伤叫驴一头，小驴驹一头。起先我们当是一群狼，当是白

[1] 落了草：落草为寇之意。

莲教放出来的东西，用水泼，水泼在身上一抖就干，用枪打，大灰狗蹿上去咬住了枪把子，把拿枪人的手都咬烂了。后来一条狗挨了棍子叫了几声，我们才知道这是些狗……”邻村的人说。

“你们怎知道那大灰狗就是我家的？”刘堂叔反问。

“它屁股上有条刀疤，是上个月留下的。”

“嘀，原来是你们砍的呀，我正找凶手呢！”刘堂叔两眼突出，下意识地捋起了袖筒。“一头伤狗，一头伤驴，两清！”

二伯喝住刘堂叔，要他量了二斗麦子给邻村的人，算作赔偿。二伯很气恼，要刘堂和几个用人，用铁链将大灰狗锁了，严密地圈在炮楼的底层。

第二天一早，刘堂叔去给它送吃食，看到木门烂了个大洞，门里留下一截铁链。刘堂叔颓然靠在门框上，喟然叹道：

“再拴不住了，心野了！”

以后，近乡关于狼的传闻更多了。大都说一只大灰狼，每当月明星稀的夜晚，像一道灰色的闪电一样，在门前窗下蹿过。曾经几次用枪打它，没有打中。有人说这是一条疯狼，因为它确实咬死过两条同它在山路上偶遇的狼。

交春，残雪像浮冰一样漂游在褐土的波浪上，刚发蔸的麦苗，用绿色的声响，呼唤冬眠的大地。朝霞像一只躲在柳林里的锦鸡，被没有叶苞的柳条撕揉得羽毛乱飞，血溅半空。

远处的柿子树，张开黑色的手臂，干号着，向天吁请一个好收成。饥馑用它无情的大手，紧紧卡住大地的喉咙。大地发出阵阵痉挛，在死亡中挣扎。

沉寂的早晨，突然被一阵越来越近的奔突声所骚扰。我同几个在麦地里打土仗的孩子，惊惧地望着地平线上一片黑云般的东西，向这边压来。

“狼！”

“狼！”

“不是狼，是野狗！”

我们因恐惧而忘记了挪动脚步，只是怔怔地望着。

这群野狗在我们面前来了个急转弯，在不远处一片乱葬坟地上，戛然停住。

野狗疯狂地扒开坟头的泥土，葬得浅的棺木，很快露了出来。

野狗围着棺材转来转去，有的低叫几声，用爪子刨刨朽木板。

一只脖子围圈铁链的狗，威武地站出来，不可一世地扫视着狗群，像在下达一个命令，狗群静了。

“这是你家的狗。”一个孩子低声说。“它野了。”我说。

大灰狗向后退了十几丈远，望望棺材，一耸毛，疾步向棺材冲去。

咣的一声，大灰狗的头撞在棺材头上。

它晃晃头，站在一旁，威严地瞪着狗群。

狗群迅速排成一列纵队，比照大灰狗的榜样，一个接一个勇往直前地向棺材撞去，朽了的棺材头被撞开了，尸体被拖了出来。

朝霞满天，霞光落在尸体和争食的群狗身上。

我同几个孩子站在一旁发抖。

祖母命人用枪将大灰狗打死。村里两个年轻人提上两杆长枪，追赶了几天，放了许多枪，没有把大灰狗打中。

后来，郭木匠和香月的棺材也被野狗撞开了。但据说棺内没有尸体。

村民们传得越来越玄。有说大灰狗念旧情，咬死群狗，将郭木匠和香月背到别处重葬了，有说郭木匠和香月早已成了仙，仍住在大宅里。

村人商议给郭木匠和香月立庙，祖母反对，此议作罢。

白河纪梦

豫南有一条河，叫白河，它从伏牛山的山谷深处流出来，缥缈空灵，像一条云带，绕着许多山流入汉水。为什么它叫白河呢？是因为那玉屑般的沙滩？是因为那碧琉璃般的清波？是因为我心中那一条洁白的飘影？如今，我说不清楚了。在她的上游临进伏牛山腹地，有一个寨名奇特的小寨——我坪。我似乎在我坪住过，那是小时候，为了躲避战乱，似乎又没在那里住过，只是在一个重复许多次的梦中见到过。真邪？幻邪？反正在我心灵的河床上，有那么一些沙碛，是从它身上沉淀的纯真和悒郁。

河　戏

她是一条鱼，许多年后，我仍认为她是一条鱼，一条小白鱼。

昨天，我又看到了你，小白鱼。

她是美丽的白河里的一条小白鱼。月光下，她在清波里一闪一闪；我想那闪动的是她的细鳞。

她有鳞吗？她是鱼吗？有时我怀疑。但我不能怀疑那条在地图上叫作白河的美丽的河，不能怀疑她在白河的存在。

我是个孩子。你呢？也是一个孩子——一个小女孩。

我赤条条地顺着浅流往下漂。斜仰着身子，让流水推动着，脚跟刚触着河底的细沙和光滑的卵石，惬意极了，就像在我那缺水的家乡，孩子们玩的推小车游戏。你不知道什么叫推小车吧？一个孩子斜仰着身子，把后脑勺搁在另一个孩子的双手里，被推着前行，看着树梢，看着深深的天和在天上遨游的鹰。那时我想到飞，幻想自己变成了鹰。当然我没变成鹰，因为我的双脚还在地上，我还得被同伴推着。现在推着我的是透明的搔得人痒痒的流水。我望着天，太阳围上一个五彩的光环，阳光抚得人家的眼皮酸酸的，风从波上走过来，在我耳边笑笑，笑笑。这次我幻想我是条鱼，我真的是条鱼，原来鱼儿生活得这般自在，说不定还能游进大海，那大海是什么样子呢？我这条鱼开始沉思。滩头一股急流甩了我一下，我没能停住，被甩进一个深潭，脚踩不到河底，我着了慌，呛了几口水，原来鱼儿也有不舒服的时候……

“咯咯咯咯……”是白鸽子在叫？不是，是一个女孩子的笑声。

我看到了她，她坐在凸出水面的巨石上，笑得前仰后合。我恼恨地望了她一眼，感到羞辱，又呛了几口水。从黑色的石壁上垂下一只白嫩的手臂，我好不情愿地抓住一只小手，攀上巨石。

我垂头丧气，水淋淋地坐在你的身旁，低头瞧瞧赤裸裸的身子，脸发烧。

“谁叫你坐在这里？”我猛呼口气，掩盖自己的羞惭。

“噫，这地方是你家的吗？”

“你为什么坐在这里？”

“为了救你，为了不让你被鱼啃了。咯咯咯咯……”

“我不会淹死的，我是鱼……”

“你是条什么鱼呀，泥鳅？”你推了推我的瘦肩膀。“要变鱼，得请我教教。”

“你是鱼？”我瞥了你一眼。

“上辈子我就是鱼！”

我垂下头，彻底泄了气。我想，我这条鱼，将被这热辣辣的石头烤死。

“不好意思是吧？”你扔过一大把柞树枝，“盖一盖。”

我用树枝盖起下身，想起了人类的祖先，气壮了一些。我看看她，她穿一件柞蚕丝的淡黄色短衫，腰身很窄，显出微微隆起的胸脯，一双凤眼里流动着青山绿水，很好看的。由于她穿件绸衫，我想她是嫘祖。既然我是人类的祖先，当然她也应该是人类的祖先。

想不到，你真向我讲到祖先们的事。

“你们的祖先就不穿衣服。”你说。

“你们的祖先呢？”我感到你说得怪异，好像不同我住在一个星球上。

“我是鱼。”你说。

“别骗我。”

“到夜里我就变成了鱼。”你扯扯身上的绸衫，仰起脸，挺认真的样子，“这衣服是他们硬要我穿的，别扭死了，只有到晚上，我才自在。”

“你编瞎话[1]诳我。”我有点害怕了，不知你是鬼是仙。

“谁要诳你？到晚上你来看就是。我还可教你变鱼，你不是想变成鱼吗？”你柔声柔气地说。

“我不信，”我说，揶揄地直望着你，“哼，我能猜着你是第几小姐，第三十小姐吧？”

住在寨子里的人们是一个大家族。我知道他们有五个老爷，二十八个少爷，三十四个小姐，还有许许多多太太、少奶、小少爷和用人。

“我不住在寨子里。”

“你住在山里？看山蚕[2]的？”

“我不住在山里。”

“那你住在天上？”

“我不住在天上，住在天上多无味。”你说笑着站起身，“咯咯咯咯，我住在河里。”

一条淡黄色的弧线，映着阳光，像巨石上飞起的霓虹，扎进河里。

“咯咯咯咯，我就住在这条河里……”

我还没有看清，她已经从那五彩缤纷的浪花中隐去了。

我的身子颤抖一下，心头一阵悚惧。

夜晚，白河流经月亮，带下来满河床的银光和桂香。云影推着洁白的沙滩缓缓移动。滩头的碎浪跳跃着，发出一片哗哗的河笑。由于这笑声，别的声息都隐去了，大自然沉浸

[1] 瞎话：豫西人将讲故事又叫作说瞎话。
[2] 山蚕：那柞蚕，养在山上，为防鸟害，须人看守。

在恬静之中。

我走向夜的白河，走向美丽而神秘的白河。

我把衣服放在沙滩上。凉生生的河水浸过我的脚踝，浸过我的膝盖，浸过我的腰部。我停住步，好像有许多手在拽我的脚，我想起水鬼，心怦怦乱跳，但仍怀着隐秘的希望向对岸张望。我害怕又希望她真的在那里。

风从山丘柞树丛中走出来，脚板子把水波踩得叭叭直响。柞树丛中有一盏灯，我知道那是看山人的灯。灯光摇曳着，溶进了萤火虫和星星的光海里。一片云飞过，巨石上溢出了月光，一个白影闪了一闪，恍恍惚惚又不见了。

对岸巉崖的阴影里，飞游着几点萤火，明明灭灭，像神怪的眼。我胆怯了，高声呼喊起来，“呵呵呵呵——”我不知道你的名字，只能这样喊。

我想起你说过你是鱼，又把嘴贴着水面：“呵呵呵呵——”

对岸传来回声：

“呵呵呵呵——”

我听听，是我的声音；再听听，不是我的声音。

突然，我的脚面被什么触了一下，那东西很滑的，像鱼；我刚要抬脚，双踝被猛烈地一拽，身子没入水中。

“水鬼！”我不觉叫了一声。

“咯咯咯咯……”一阵恼人的笑。

“原来是你，真吓人。”我挣扎着在水中站稳。

“谁吓你啦？不是你喊我吗？”

清波吻着她的圆润的胸脯，露在水面的双肩和浸在水中的胴体，像水晶一般晶莹。被流水冲开的发辫，荡漾着，衬出她皎洁脸盘上的妩媚来。我痴痴地站着，被这美丽的景象所震慑。

“你不是想变成鱼吗？”你问。

“你是谁？”我问，问得真傻气。“我是鱼。”你笑笑，用凤眼斜睨着我。

“你怎么是鱼呢？”我又问。

“我说过，我前世就是一条鱼。”你无心地拍拍水，“我前世就住在这条河里。”

“你死过了？”

“我再生了。”

“你是条什么鱼呢？”我望着你洁白滑润的身子，想起了那个童话，“美人鱼吧？”

“咯咯咯咯，一条小白鱼。”你笑着甩了下头发上的水珠，伸出手臂说，“来吧，我教你变鱼。”

那时，我还小，我握着她柔软的手，身子浮了起来。我被她牵引着，在波浪上漂游；又攀着她的肩头，走进深潭。忽然她把身子一沉，我失去了依傍，挣扎着，慢慢浮出水面，一个温柔的身子把我托起。但一闪，一个白影倏然消失。我听到石崖下有笑声，笑声像无形的手臂，牵引我奋力游去。

“对啦，就这样游吧。”

她把我送到河这边，又游回去，登上那块巨石，拧了拧头发，穿上衣服，溶进月光里去。

第二天夜晚我又找到了她，跟着她游水。

以后许多夜晚我都在白河的细波里看到她——小白鱼。

渐渐，我为自己不能如她一样变成一条鱼而苦恼。

一天，我坐在巨石上凝望悬在清水里的鱼儿，她来了。

她带来很多刚从缫丝锅里捞出来的蚕蛹，山蚕的蛹大如鸽卵，饱满香甜，很好吃，我们吃了许多。

“我为什么变不成鱼呢？”我问。

“因为你是蚕。”她说，“人最要不得的是发明了衣裳。人穿上衣裳，就像蚕做茧一样，人养蚕是为了做衣裳，人穿上衣裳就比蚕更糟。”

“是吗？”我迷茫了。

“人还把衣裳弄得花样越来越多，像唱戏的一样，没有了自己。”她的小嘴真会讲，不知这番道理是从哪里听来的。“前几天在河边唱戏，我们不是看了？那唱花旦的小彩凤，戏装换了一套又一套，台下那个好端端的小彩凤就不见了。我真替她难受。”

“你说得真怪。”我向河里抛了一颗石子，“你不是也穿衣服吗？怎么你就能变成小白鱼呢？”

“咯咯咯咯……”你的笑声真好听，许多年我没有再听到了。“这有什么怪，那小白鱼是我的魂。我的魂，我的魂……”

我游过河，听到你在后面高喊：“你有魂吗？”

“你有魂吗？”昨晚我又听到这呼喊声，我又看到那条河。

寨里的十四少爷常常同我的两个哥哥去炸鱼。他们把手榴弹投入急流注入深潭的当口。鱼喜欢在这些地方呛水，一个手榴弹炸开，被震晕的鱼白花花地漂成一片，有鲫鱼、鲤鱼、鲢子、脊花[1]，还有小白条鱼……他们成筐成筐往上捞。

我看到你忧戚的目光。你紧抿住鲜艳的嘴唇，不笑，不

[1] 脊花：脊花鱼即鳜鱼。

说话。

一次，十四少爷和哥哥把一道河岔堵了，把上游的鱼往里面赶，像往布袋里赶一样，然后把河岔的水戽干。水快干了，整个河岔一片银白，有多少鱼呵！你猛然抓住我的手臂，嘴唇被打战的牙齿咬得发白。你哀婉地望着我，央求道：“快救救这些鱼，这条河要毁了！要死了！”

我没有理睬你，我同哥哥们一起沉浸在疯狂屠杀的快乐中。

从此，我再没有见到你。

昨晚，我梦到了你，还是你真的来过，小白鱼？

我听到河的哭泣了。我向对岸呼唤：

“小白鱼！”

四 小 姐

四小姐抱着那只花猫来看我。花猫告诉我，四小姐已经死了。四小姐趁我不注意，打了那猫一拳，那猫喵呜一声逃开去。

我也认为花猫该打。四小姐仍是这般好看，怎么会死了呢？

几十年前我认识四小姐的时候，她就是这般好看。父亲说山里的水好，出落得姑娘家一个个野百合花似的。母亲最不耐烦父亲说这种话，我也对父亲的观察有怀疑，但四小姐的长相却是无可挑剔的。月盘脸，皮肤细嫩如脂，稍浓的弯眉下一双山里姑娘少有的大眼文静而有灵气，嘴角微微下垂，嘴唇的曲线很美，惹得那对浅酒窝常蕴着怨艾的微笑；她身材适度，体态丰盈，说不出的端庄秀丽。更是那说话处事，娴淑聪慧，出脱一种大家闺秀的风韵，十分魅人。父亲一夸四小姐，母亲就不满地顶撞他：

“那你娶了来！”

这话厉害，只几次，父亲就不再提四小姐了。

确实，汪五老爷正为四小姐的嫁不出去发愁。

我坪的兄弟姐妹行是按辈顺排的，用当今的话说，就是统一编号。

汪五老爷膝下有五位千金：三小姐、四小姐、七小姐、十七小姐、十九小姐。其中四小姐最得五老爷宠爱，也最使五老爷生愁。

四小姐二十三岁，女子高级师范学校毕业已经四年：还未出嫁。不是因为四小姐说不下婆家，而是因为四小姐早已说下了婆家。在她九岁那年，她正在白河边摸小鱼，五老爷已把她许配给袁家岗大户袁家的二少爷。

袁二少不是不喜欢美丽的四小姐，他在城里念高中时，同四小姐见过面，给四小姐写过情书，还把刚学会的两个英国字“my dear”用来称呼四小姐，洋派十足。

中国有许多洋派人物之所以可悲，是他们往往只晓得穿西装，叫“dear”，而心里那根又粗又黑的辫子是万万不肯剪的。

袁汪两家为四小姐的陪嫁问题，谦和地争议了五年而不得要领，俨如谈一笔生意，袁汪家的二位老爷都面带笑容，一个漫天要价，一个就地还钱。白河沿岸的民情：穷娶不起媳妇，富嫁不起女。袁家要的陪送除金银首饰、绫罗绸缎、雕床绣帐、脚盆马桶等等新娘所需的一应妆奁之外，还有新郎所需的一份彩礼。这份彩礼袁二少是坚持要向“my dear”的父亲要的。袁二少毕竟开通，深恶将婚姻当作变相金钱交易，一让再让，最后开给老泰山的礼单是：机关枪三挺、中正式步枪一百二十支、二八盒子十支，另外，体恤到老泰山找几门大炮确非易事，权且要九个掷弹筒充数。这个礼单大约刚够武装一个连。袁二少读到高中，学贯中西，如在前清，可居举人之尊，国难当头，理应做一番事业，或拉队伍抗日，或剿共保土为王，没有一个连垫底是不行的。汪五老爷本认为贤婿的要求不为过，无奈家道中落，我坪是棵中空的大树，砍不下几担柴来去换枪。毁掉婚约也是不行的，事关脸面问题，家风问题，女儿的名声问题。所以五老爷想到他的掌上明珠只能唉声叹气。

二十三岁的姑娘，在那时已经算是老姑娘了。我想四小姐心里一定很苦，很发愁，可是我看不出来。她的神态很恬静，脸上总含着笑。

我们是逃难借住她家的。她住的房有一条很宽的回廊，天热，大人在回廊下给我搭了个床，正靠着她的窗口。因此我常常依着窗口看她，同她说话，她说话很好听，声音很温柔，从不会像我姐姐那样，大声大气的。我叫她四姐姐，她跟着我姐叫我三弟弟。我爱看书，看样子她很喜欢我，常给我书看，她有许多书。《太平洋风云录》《寄小读者》《魍魉世界》《小妇人》《周恩来与邓颖超》《彷徨》等等，这些书都是她给我看的。看不懂的地方，我就趴在窗口上问她。有些事情可能她也不明白，但我一定要她说明白，缠得她没法子，就佯嗔着脸说：

“自己去看吧，别烦我！”

等一会儿，她听不到外面的声息，又会在窗里喊：

“三弟弟，你在做啥？”

四小姐常常坐在窗下的书桌前，看书、绣花，或者抱住花猫，一面用丰润的有四个小窝的手捋着那黑白相间的柔毛，一面张着一双大眼望天。天上有时有几朵云，几只鸟，有时什么也没有。她这样望着望着，我感到她会不知不觉地飘了去，就怯怯地叫一声：

“四姐姐。”

四小姐看书很专注，不像我。我常打扰她：

“四姐姐，你看的啥书？”

她默默一笑，将封面翻过来让我看。

“《海的梦》？让我先看看。”我伸手去抢，撕烂了一个书角。花猫喵呜喵呜地向我扬扬蹄子。

今天，花猫还提到撕烂了书的事，追我赔偿，我不解。四小姐是不会要我赔书的，不过也说不定，几十年的变化太大了。

四小姐确切没说要我赔，那天晚上，她还向我讲述了《海的梦》里的故事，我躺在床上，她坐在窗口，一双手挽住膝盖。云缝里漏出的月光，像一阵阵银色的细雨，轻轻洒下来，迷迷蒙蒙，在四小姐脸上凝聚了许多水珠。

每逢我想爬过窗口，四小姐就要赶我下来，她不准我进到她的房子里。

“七妹有肺病，会传染的，你不能过来。”她说。

“你怎么不怕传染呢？”我问。

“我是她姐姐，”她说，“我得陪着她。”

四小姐的住房，原先还住着三小姐，三小姐逃婚了。七小姐的未婚夫也是一个准备用陪嫁装备一个连或一个营的角色，七小姐要求解除婚约。亲家公同五老爷为此打了场官司，七小姐未念完女中，患上肺病，回家来了。七小姐偶尔在窗前站一站，我看到的是一张苍白的脸和一双悒郁的眼睛。晚上常听到她剧烈地咳嗽和四小姐温柔的絮语。

可是，有时我还是跳进窗口，垂下双腿坐在书桌上同四小姐闲聊。有次四小姐正在梳头，我用双手捧住她的脸颊说：

“四姐姐，你真好看。”

四小姐笑着打掉我手：“坏，你以后可不能当面说姑娘家好看。”

“那为什么？”

“你是个男子汉嘛。”

我忽然感到自己有了一种男子汉的庄严，虽然那年我十岁。

七小姐难得地笑出了声，说：

“三弟弟，你喜欢四姐姐好看就说给你吧。”

我知道说给我是什么意思，觉得这事情挺严重，认真地考虑着说：

“把四姐姐说给我，袁二少能依吗？”

“你爸爸有的是部队，要他拨给袁二少一个连，把四姐姐给你赎过来。”七小姐逗着我。

“死妮子，看我撕烂你的嘴……”四小姐举起拳头，七小姐急忙躲到床角，四小姐扑过去，两姐妹抱在一起，笑成一团。这是我在这房间听到的最热烈的一次笑。

下午，太阳快进山的时候，四小姐常拉着我到白河边散步。我们踏着河滩上的细沙一直走到河湾处的杨树林子里，再踏着渐长渐淡的树影走回来。当然我会想到那条小白鱼，也许小白鱼正藏在一块大石下，透过清冽的河水看着我们呢。河风吹着四小姐的黑发，乌亮的刘海在白皙的前额上飘动；一件紧身的月白大襟绸衫，一件黑色的多褶布裙，被夕阳镀出一个美丽的轮廓。霞光迟迟不愿从她身上离去，我想小白鱼也在看她。

一个月后，七小姐病亡了。

袁家来人催婚，五老爷走进四小姐房里唉声叹气。我听到他们父女低声说话，好像争吵了几句。

“我早说过，同袁家解除婚约，”是四小姐的声音，“袁家的少爷在乡里吃喝嫖赌，横行无忌，是什么好东西？”

“这解除婚约是提不得的，”五老爷无奈地，“一则名声不好，二则袁家不是好惹的，能善罢甘休？”

“那我只得像七妹一样，以死尽孝了，免得你再为此门婚事发愁。”

“四妞……”五老爷的声音发抖了。

“要么我就沤烂在家里。”

“四妞，别这么说。枪支的事，还可商议。”

“要枪可以，要人不行！”四小姐的声音很冷，我从未听过她这样说话。

一天，四小姐拉着我从杨树林里出来，踢了一下细沙，忽然停住步，转身对着我说：

“三弟弟，你能给我偷支枪吗？”

我怔了怔，问：“你要枪干啥？”

“干啥你别管，你只说你能不能吧。”

“能！”我干脆回答。四姐姐央我办事我不能说不能。再说，我家别的不多，枪多，偷支枪给四姐姐玩玩算不上大事。

“我知道你肯帮四姐姐。”她笑笑。

“要支水连珠？”我问。水连珠是苏式步枪，据说性能好过中正式，就是枪身长了点，不合中国的国情。

“我要长枪做什么？要我去换岗？”四小姐推了我一下，高声笑起来。我惊诧地望了望她，感到她近来变了，说话声音大了，笑的声音也大了。

“你想要支短枪？女孩子玩支短枪护护身要得。”我说。

“短枪都有哪一些？”

“大机头、二十响、八音、左轮，短枪的种类多得很，你想要哪一种呢？”我炫耀着自己关于武器的知识，我是从枪林中长大的，知道许多枪支牌号。

“哪一种最好用，最轻便？”

“左轮，当然是左轮。”我说得很肯定，“左轮只要把保险打开，你情扣了，遇到瞎火轮子会自动转过去。”

“那就给我偷支左轮吧。”

四小姐，不是今天我才想起来向你诉苦，那时候我答应了你之后，确实犯了难。因为左轮不多，只有几个高级军官佩带。幸好父亲的随从参谋带一支，那天他跟着父亲来看我们，把枪挂在墙上：我就从皮套子里将枪抽了出来。随从参谋发现枪不见了，还当是同父亲骑马过河时丢了，我还陪他到河滩上去找过呢。

我把左轮交给四小姐，还陪她到杨树林里试枪。我教她怎样装子弹，怎样瞄准，她打了两枪，跑过去看看打在一棵杨树树干上的两个弹洞，很高兴的样子。

晚霞像一条条将烬的木炭，变成了暗红色。河水反射出幽光，白杨树的一边树干成了血红色，像庙堂的廊柱，庄严肃杀。在夜幕拉开之前，杨树林里忽地明亮了一阵，四小姐把左轮放进一个有刺绣的手提袋里，蹲下身，双手攀住我的肩头，凝视着我：

“三弟弟，答应我不对任何人说。”

“我不说。”我望着她的大眼，夕阳把血注进这双眼睛，猝然我想起《海的梦》中那个眼睛发红的女人，心头一悸。

“永远不说？”

“永远不说！”

四小姐猛然把我搂进怀里，不知为什么哭了。

下面发生的事。是许多年以后我听别人讲的。

四小姐写了封信，约袁二少在袁家岗和我坪之间的关帝庙会面。袁二少去了。四小姐把左轮手枪从手提袋里拿出来，轻轻地往布满灰尘、香火冷落的神案上一放说：

“你不是要枪吗？我拿来了。”

“一支？”袁二少哼哼一笑，拿起枪，眯起一只眼看看枪筒，对着枪口吹了两口气，“枪倒是支好枪。”

“一支不够？”四小姐说，“里面有粒子弹，你嫌枪少，可以把我打死。”

“你真会说笑话。”袁二少把枪放回神案。

四小姐拿起枪，笑笑。

“你不要这支枪，那我就收回了。不过这粒子弹得留给你！”

袁二少还未醒过神，一粒子弹已穿过了脑袋，死了。

袁家作恶多，仇人多，不会想到袁二少是四小姐打死的。

袁家那边忙着给二少办丧事，我坪这边四小姐宣布“守节”，终身不嫁。汪五老爷要袁家出二万银圆修牌坊。此等贞烈，乡人仰之，袁家不敢说这牌坊不修。经人在中间调解，牌坊从简，袁家拿出二千元现大洋，在我坪修一栋宅院，给四小姐居住。四小姐在这栋宅院里办了座乡村小学，自任校长，艰难创业，办了几年，这间小学倒办出了点名气来。新中国成立后第二年，四小姐来省城出席劳模大会，我见到过她，虽说黑发里夹了一些银丝，但风韵依旧。又过几年，听说四小姐交心，说出了那件事。起初人们认为她勇杀恶霸，为民除害，堪称巾帼，但以后几经折腾，又说她有血债，被当作女恶霸押赴刑场，验明正身，认认真真地给镇压了。

这真是一场梦……

今天，四小姐的花猫那么怨恨地盯住我，那双黄眼珠子几乎要弹出来，一定认为那些事是我说的，我还不会那么卑污。……原来四小姐你并没有死嘛，你怎么几十年没有变样，还那么好看呢？你的花猫也是原来的那个样子，你说说它，别叫它那么看我。

你不语，只是抿着嘴笑，像过去一样，不过那对笑窝有些僵，笑得凄楚。

我想起刚才接到的那封信，铅印的，盖着红色的大印，很郑重的。我又仔细读了一遍，原来这是给你平反的通告，你被称誉为乡村教育家，为你恢复了许多称号……

也许，四小姐还是死了，那只花猫也早死了。

家　鹞

那时，我把你当作鹰，你很高兴。后来有人说你是鹞，我也说你是鹞，你就恨我了，常常在暗处用两只圆溜溜的眼盯着我，盯得我背脊不禁麻麻的。

按理，你可以称作鹰，十四少爷把你当作鹰；你是他养的鹰。

听说十四少爷养了一只鹰，我们都去看。这鹰体躯不大，头微方，眼皮总是耷蒙着，偶尔张开，双目滚圆，黄色的眼珠子正中有个黑点，亮得极似深孔；弯曲的喙上涂层釉光，褐羽上疏落洒些灰色的斑点。它整日站在架子上，双爪紧抓架端的圆木，一只腿套在铁链的皮套里，样子并不凶恶。

我走到架下，你张了张眼，又合上灰色的眼皮。我惊讶，我感觉到了在那一瞬间从你眼里流露出的忧伤。怎么逗你，你也不再睁眼，你不忍再看腿上的铁链，怀着悲哀与愤怒，回忆着山崖、蓝天和那自由的甚或可以说是和平的生活。由于孤寂，过了几天我再去看你，你竟给我讲到你在山崖上的窝，你的伙伴。你们嬉戏着，张开长翅遨游在云中天外，像任由海波推逐的帆船，沐风浴光，溶解在大自然的空漠之中。猝然，你们束紧翅膀，像黑色的冰雹直坠山涧，当面临粉身碎骨的刹那，长翼倏地张开，翅尖扫着岩石和涧水，一声长啸，唳天裂空，飘过山巅。也有杀戮，只是因为饥饿。你扇动翅膀，听到铁链的响声，又合起眼，寂默不语，神情黯然。

十四少爷驯鹰，可不像我二哥训小雀。二哥从麻雀窝里掏两只雀雏，每天将馍嚼成糊状：塞进嗷嗷呼叫的大嘴里。雀稍大，就捉蚂蚱来喂，再大，撒些小米由它们自己啄食；喂熟了，放开笼子，由它们飞出去寻食；训练它们做游戏，噙着一支小旗飞去飞回。十四少爷驯鹰，阵仗就不同了。

第一步是熬鹰。烧一炷香插在远处，整夜不让鹰睡，不让鹰合眼：要鹰注视香火，给鹰练就一对更锐利、更专注、更有目的性的目光。

第二步是饿鹰。每天给鹰很少食物，使鹰在饥饿中燃起贪婪的欲火。

第三步是放鹰。把鸟雀缚在树干上，让鹰飞捕，捕到后，不让鹰吃这鸟雀，而飨以别种肉食。

十四少爷就是这样把你训练成一只猎鹰的。

那一天，十四少爷肩上架着训好的鹰，上了山。走进一片树林，浓荫里传出几只喜鹊的鸣叫。十四少爷耸耸肩，鹰犹豫一下，飞了去。几声惨叫，鹰用利爪抓住一只白胸白背的喜鹊飞回，将猎获物摔在地下，快快地走开，并没有显出胜利的喜悦来。十四少爷丢给鹰几块牛肉，掂起羽毛蓬乱、脖颈沾血的喜鹊看了看，扔进草丛里说：

"喜鹊肉是不好吃的。"

翻过一个山丘，鹰飞出去抓捕了两只肥墩墩的鹧鸪。十四少爷高兴地提起死鸟在鹰头上转一转，用一枝柞树条穿进鸟嘴将鸟穿起来。在大自然中十四少爷对鹰进行着选择训练。

我同二哥常跟着十四少爷到野外放鹰。这只训练有素的猎鹰，每次都能捕获许多鸟雀。只要听到鸟叫，只要十四少爷一耸肩，鹰飞出去几乎没有扑空的。它的猎获物越来越多，鹧鸪、鹌鹑、竹鸡、鸽子、麻雀甚至雉鸡，只要碰到它，没有不丧生的。每次告捷归来，十四少爷的柞条串都是沉甸甸的。

一天清早，我们蹚着草尖上的露水，蹚着草丛上的菟丝花，看十四少爷遛鹰。林间有只黄鹂婉转地唱，唱得那么好听，令人闭上眼都能看到一片彩霞。几只云雀在云谷中穿梭，一声声悠远绵长，忽高忽低，如空谷来风，飞泉流韵，令人神往。鹰躁动不安，十四少爷抬起手在它脊背上抚摸着，它却猝然飞起，钻进树林，婉转的歌声被惨叫代替，它飞回时，只见那利爪深深刺进歌者的喉管。它知道这唱得好听的黄鹂不合十四少爷的食味，就把将死未死的猎物扔在草地戏耍；它让求生的黄鹂匍匐着钻进灌木丛，又毫不费力地将黄鹂抓出来，如此再三，欣赏着弱者的觳觫和挣扎，玩一场残酷的游戏。这种游戏，我已经不止一次地看到了，当它从主人眼里看到收获过望的喜悦时，常常再捕一只鸟雀这样戏弄着，为了表现自己的勇猛以取悦主子，也为了发泄嗜血的愈燃愈炽的欲火。

就从那天早上起，你使我厌恶而恐惧。

杀了黄鹂，你藏在老槐树幽暗的浓叶里，窥视着云端，想暗算那几只云雀。也许云雀嗅到了你身上的血腥，远远飞去，消失在金色的云墙后面。十四少爷打着呼哨，往地上丢了几块鲜肉，你才无奈地飞下来。由于你的自行其是：被十四少爷踢了一脚，你可怜巴巴地侧了下头，赶快去啄肉，装出一副感恩的样子。

是不是由于人类文明的熏陶，奴性、贪婪和残忍在你身上膨胀起来了呢？

我阴郁地望着你，心同你对话：

“你怎么成了这副模样？”

“你说我吗？”你满不在乎，“我成了什么样子呢？”

“可恶！”我骂道。

“哈哈，可恶？你看到的是我吗？”你说，“你看到的不是我，我被锁在铁链上了。”

我的心突突跳了起来。

“我被锁在铁链上了！”你又大声重复一句，恶毒地笑着。“现在你看到的我，诅咒的我，不是我，是你们的同类！”

我听着它嘶哑地叫喊，悚然心惊，急忙离开。这可恶的鹰，居然如此诋毁人类，从此我同它结了怨。

它残忍同时也卑怯。一次，十四少爷架着它，游过白河，到对岸崖巅上去寻鸟。那一天，它也杀得性起，有杀无类，连乌鸦、啄木鸟也不放过，耀武扬威，表演了一次席卷式的大屠杀。走到一个山坳，听到几声鹧鸪叫，十四少爷来了精神，耸动肩膀，想着一餐美味；可是那鹰毛羽奓开，木然不动，双目游移而有惧色。人们正感惊奇，忽听空中几声长啸，抬头望见两只平展黑翼的山鹰。

“这货怯了。”不知谁讥笑道。

“它不是鹰，它是鹞。”

十四少爷听到这话很不高兴，但你确切地是鹞，只不过被人调理过而已。

我跟着人们说你是鹞，是一只家鹞，你阴冷地望着我。为什么你独独对我特别地恨呢？我想是我年纪最小的缘故。如果十四少爷说你是鹞，你是不敢介意的，甚而觉得这是为你正名，是对你的褒誉，因为你原本就是鹞嘛!

半个月后的一个晚上，二哥的雀笼被踏得七零八落，两只会噙旗戏耍的小雀不见了，地上有些血污和许多散乱的羽毛。我同二哥擦着泪，怀着渺茫的希望到处寻找，以为是四小姐的花猫干的坏事，找到四小姐房里，花猫蹲在书桌上，正陪四小姐看书，不像是个凶手。四小姐安慰我们一番，还抱起猫逗我们说：

“我的猫是念佛的，你们听听。”

猫的肚里呼噜噜响，是在念佛。花猫叫了两声，蹿下地，跑进鹰房。我们跟进去，看到鹰架上挂了两副麻雀的内脏，铁链垂着，鹞飞了。

十四少爷派人四处寻找，未能找到你。

过了月许，你竟又飞回来了。你是一只家鹞！

打　孽

我坪的七少爷是为中国的伟大的民主政治捐躯的，但更确切地说，他是被打孽打死的。可能由于暴死，他阴魂不散，那种荒诞的传说，经久不息。

打孽就是某些少数民族中的打冤家，旧时在豫西、豫南一带很盛行，而且打起来非常残酷，往往要斩尽杀绝，剪除后患，豫西人所说的“挖苗断根”就是这个意思。结孽的起因很复杂，有血仇，有斗强，有猜忌，更有许多是因些无聊小事。打孽的方式不一而足，有打黑枪，也有明火执仗；有单干，也有调动军警宪的。我家有个亲戚，一次出了七口棺材，据说就是他家的小孩同另一家的小孩玩耍，玩恼了，他家的小孩说回去要他父亲把另一家的人全打死。另一家的小孩回去把这话说了，这家大人生了疑惧，来了个先下手为强。这两家结孽数十年，打来打去，都打得家败人亡。出产名酒的杜康村附近，一个地主同一个军长的老弟发生口角，因而结怨，军长的老弟后来竟借用他老哥的美制十轮大卡车、机关枪、火炮，将那个地主家住的寨子围了三天三夜，那地主家被杀得一个不留。听祖母说，我家的大发也同打孽有关。

我叔父被村上的局子头[1]无端杀害，我父亲避难当兵，两年后带一帮结义兄弟回来打孽，杀了局子头全家，而后提着枪在关门闭户的东西南北街上喊了个遍，端出个梁山好汉“行不改姓，坐不埋名，冤有头，债有主”的气概，声名大噪，是年父亲十九岁。

七少爷与人结孽且至于被打，却非如我父亲此等草莽之辈为了私仇；七少爷是为了政治，为了代议制的民主政治，所以他在打孽中丢了脑袋，是应该在史书上书他一笔的，可惜人们没有注意到这件事，难怪他感到冤。

七少爷抗战前已毕业于省立高中，是我坪少壮派无可置疑的领袖人物。抗战爆发，他已写下“好男儿当马革裹尸”的壮语，跨鞍勒环正要义赴国难，却突然受命为县参议员。读了许多洋书的七少爷深知抗战胜利与政治民主化的关系，欣然从命，到县参议会参加举手去了。

七少爷血气方刚，精力过剩，不甘于只举举手而已，于是一时提出《本县战时乡村教育的扶助与经费筹集案》，一时提出《彻查瞒丁瞒亩与刷新区乡行政案》，一时又激昂慷慨，痛骂劣绅污吏。这些民主举动，虽令人侧目，但七少爷在追求痛快淋漓之时，留了点聪明，他的骂都是泛指，所以赢得的都是掌声；越劣越污者，掌声越响，以示不属被骂者流。七少爷听着掌声，民主思想大膨胀，居然提议改选参议长。他根本瞧不起那位行伍出身的老朽，早想取而代之，搞一个实行代议制的模范县。经他鼓动，上面对“改选县参议长一案，予以照准”。县长支持参议长，参议长送了县长十亩

[1] 局子头：办团练又叫办局子，局子头就是团练这类封建地方武装的头子。

好地。投票那天，形势对原议长十分不利，即将开票，却进来一队穿黑制服的警察。

警察局长是原议长的内弟，他目中无人地走到票箱旁边，扫视一下参议员们，将肥大的眼袋往上一耸，阴笑着说："诸位，兄弟我来押这一票！"说着，啪的一声，像在赌摊上押宝似的将一支乌黑油亮的手枪，拍在票箱上。平日爱吵爱叫的参议员们顿时噤若寒蝉，个个面如土色。少顷，还是七少爷英勇，霍然拍案而起。

"请问，这是什么意思？"

"小意思，"警察局长嘻着脸，漫不经心地，"把这个票箱带回局里玩玩。"

"你、你、你这是藐视民意，破坏选举……"七少爷气得脸色乌青。一些代表民意的参议员大人重新振作，呜哇乱叫，为七少爷呐喊助威。

"这里面有弊，有人贿选。"警察局长拍一拍票箱，"本局长奉命查封票箱。"

"奉谁的命？"参议员们嚷道。

"奉谁的命？"局长感到这班参议员太不识趣，不想多费口舌，斜乜着眼，把票箱上的枪提起来晃了晃，"诸位，请看，本人就是奉它的命。"

"你别拿枪吓唬人，"七少爷一拍桌子，"你有枪老子也有枪！"

"好，"局长抱起票箱，"那以后咱们就在一起玩玩。"

自此，七少爷同县参议长和其内弟局长结了孽。来者不善，善者不来，在县参议会因选举风波无限期休会之后，七少爷由县城回我坪的路上，被人打了黑枪，一个保镖当场丧命，七少爷的左颊挨了一枪，多亏那匹黑马，驮着他冲出了埋伏圈，回到我坪。

我见到七少爷的时候，他的黑长脸上已有了枪疤。那时他三十多岁，举止沉稳，一双浓眉总蹙着，满目都是忧国忧民的惆怅，瘦肩硬挑着整个中华民族的苦难，圣人乎哉，在我坪是很受尊重的。一粒子弹对这位民主战士进行了一次真正的中国式的民主启蒙，使他幡然悟到枪的重要。试想从孙中山倡民主到五四运动争民主，多少经验教训说明，民主在中国是非有枪杆子保护不可的！民主是枪刺上的一面旗，只能在枪杆子的夹缝里存在！于是，七少爷效法毁家纾难的先驱者，卖了二十亩上好水田，买了十几支长短武器，其中还有一挺轻机枪，同我坪原来的一些护家守院的枪械并拢来，组成了一支颇像样的武装力量。一枪之仇，焉能不报？七少爷派枪手到县城潜伏，伺机行动，在除夕晚上的麻将牌桌上，刚和了个满贯还未笑出声来的局长大人脑门崩了个花。枪手们不忍局长夫人守寡，也给了她几枪。同局长打对门的参议长，老奸巨猾，只挨了一枪，就趁势滚到桌下，算是捡了条性命。

七少爷在参议会里威名大振，不多久就当了县参议长。七少爷的胜利，不能说不是民主政治在这个古老的据说《诗经》上已有记载的山区县，取得的一次胜利。但七少爷毕竟挨过枪弹，经过风霜，已不是刚从洋学堂回来时的七少爷了。他对美国民主、共和两党的热闹竞选有了新的认识，知道选票没有枪弹厉害，局长死了，局长的儿子还在，原参议长还在，想当参议长的参议员也是有的，必须十分小心性命。

在我坪生活得最不痛快、最不自在的就是七少爷了。他不能像十四少爷那样到山林里放鹰，不能像四小姐那样到河滩上散步，他不跟我哥哥去炸鱼，更不跟我到河里同小白鱼一起戏水，他不到山上看看五颜六色的柞蚕，也不到附近哪个村上赶庙会，甚至不到县城，不去坐在县参议长的位置上代表小民议事。他整日在寨子里，太无聊时就到家塾同教书老先生谈谈秦汉，听听孩子们读书。寨外一有风吹草动，他就如临大敌，惶恐不安。一日，从沦陷区过来一支部队，打从寨外经过，有人误传是县民团的人，警察局长的儿子当时在县民团任事，很可能是他带着民团打孽来了。七少爷急忙命令我坪青壮登上寨墙，他亲临寨门楼上，面色乌青，手指神经质地握着一支子弹上了膛的手枪。由于紧张过度，手枪走了火，打穿了一个手下人的小腿。一声枪响，一声叫喊，寨墙上的人不知何由，一阵乱射，使河对岸那支穿着混杂的过路部队以为遇到伏击，顿时摆开阵势，双方对打起来。打了一个时辰，过路部队派人喊话，始知闹了误会。幸好双方兵勇枪法均不高明，距离又远，没有伤亡。七少爷派人用红漆盘托出二百块银圆，聊表慰劳之意，部队离去，虚惊告终。

旧历九月，白河的水蓝了，近山的柞树黄了，远山的栌树红了，山上的天空青了，桐叶飘落，花果[1]满树，是我坪最美的季节。这个地方很重视过重阳，节日将到，请了一班越调，在河滩上搭了个戏台唱起来。乡间唱戏叫做会，做会是件大事，十里二十里的人都来赶会。河滩上扯扯拉拉漫了个一里多长的场子，挤拥着人头、牲口、担子、棚子，有看戏的，有买卖各色物什的，有不看戏，不做买卖，专门凑热

[1] 花果：一种水果，似苹果，但比苹果小。

闹的。人杂事杂，良莠难分，这几年七少爷不主张做这个会，无奈这个会沿袭相传了几代，自从有我坪就有九月九重阳大会，七少爷也是不敢强违众议的，只以兵荒马乱为由，将常年的两台戏，减为一台。寂寞的山里人偏喜欢赶热闹，只要一开锣，不管一台两台，锣声顺着白河水上传十里，下传十里，方圆几十里的忙人闲汉自然都循锣声而来。

七少爷要兄弟行中能拿枪的，带领武装院丁加强戒备。第一个白天就炸了会[1]，人呼驴叫，摊倒棚翻。原来是一个正蹲在豆腐汤棚下喝豆腐汤的人，手中的锅盔[2]被老掂抢了去，你跑我赶，人们盲目闹出一场虚惊。此波刚平，不知怎的又传开了打孽的事，似推测，又似谁得到了准信，甚或看到了腰里藏着盒子炮的枪手，弄得人心惶惶，风声鹤唳。

第一天，七少爷没有到会上走走，第二天是正会，七少爷是非露面不可的。晚上他带了一帮院丁，坐在我坪的老少爷们中间看夜戏。戏台两边柱子上，挂了两个灯芯如手腕粗、形状如龟的陶制大串灯，灯头窜出一尺高，把台上台前照成暗红色。七少爷坐在台前，等到台上刚唱完加官[3]，令人送上十块大洋，就离座走了。据说七少爷看戏时，会场上确有对方派来的枪手游动，只因台下人太多，我们弟兄又坐在我坪的亲眷当中，怕误伤了我们，不敢下手。

七少爷整日郁郁，不时还到家塾来，同坚信“半部《论语》治天下”的教书先生辩论什么帝制，共和；君主，民主。有次我听他颤着声音说：“再过一代、两代，也许中国会有点

[1] 炸了会：会场发生严重惊扰，叫炸会。
[2] 锅盔：一种烤制的面食，略似大饼，比大饼厚重，一面烤成金黄色。
[3] 加官：旧时的一种陋习，戏班遇权贵看戏，往往唱加官，讨封赏。

民主？”

“啥子民主？枪把子当民之主？”老夫子头枕椅背，闭目养神，“我还是那句话，中国人没有皇帝不行，七先生，老朽奉劝你一句话，你还是辞去参议长一职，归隐桑田为上。”

七少爷不是懦者，他不能退隐，再说退隐，人家也不会饶他。

两个月后，落了一场初雪。晚上，七少爷坐在炭火盆旁，正吩咐家人准备马料行装，明天一早到县参议院议事，忽然，窗玻璃发出一阵碎响，几只黑洞洞的枪口伸了进来。七少爷正欲拔枪，几个枪手踩门而入，一阵枪响，七少爷、七少奶和他们九岁的儿子、三岁的女儿，躺在血泊里了。只有他的十六岁的大儿子，因在别的房中玩耍，幸免于难。

不久，七少爷打死的那个警察局长的儿子，被推举为县参议长。

七少爷原来的住房从此空起来，常在更深夜静时闹鬼。有人说，里面吵吵嚷嚷，像县参议会开会的情状。

“有孤王坐金殿……”

七少爷学越调班里的黑头喊戏，由于腔提得太高，声音都变了。

七少爷的长子被送到远方读书，准备将来为父报仇，继承父志。

1986年8月25日　于鸡公山

暖 雪

郑州的梧桐是很有名的，它常使人联想起梦幻般的绿色长廊，当然那是在夏天。但冬天呢？冬天它也很美——一种铁干银枝构成的峥嵘美。

所以，不管夏天还是冬天，每逢到郑州，我总喜欢独自在梧桐树下漫步。

这次来到郑州，却在残冬初春之交。路旁的梧桐树似还在冬眠，但顺着笔直的街道远望，极处接着天际的树梢已罩上一团朦胧的青色了。这青色渐近渐淡，终于使你发觉身旁的树，不过仍是光秃的树罢了。

但毕竟春天来了，如光秃的枝头上，也有些许叶苞。雪，大约不会再降临了。我有些懊丧，因为我特别爱雪，可惜来晚了。

舅妈家里住着一位从豫西老家来的亲戚，他是一位中年农民，还是生产大队的干部，也在为雪懊丧。他说去冬雪下得太少，麦苗长得不好，他盼望有一场春雪，并且预言这两天就会有这样一场春雪。

他的预言，给我一种希冀，一种欣慰，但我却不大信。舅妈十分相信这位“农民气象家”，催我趁还没下雪，赶快到烈士陵园去给父亲扫墓。虽然还不到清明，但我不常来郑州，这次也不能久留，天又可能下雪，我只得听从舅妈的话，提前去扫墓。

家乡来的那位中年农民要跟我们一起去，他说他要看看烈士陵园，其中当然也包含着一种老乡亲的感情。

我们乘车沿着梧桐树的长廊飞驶。远处那团挂在树梢上的青雾，始终同飞速前进的车子拉出一定距离。忽然，那青雾在远方消失了，出现了一片开阔的田野。我们到了郊外。啊，原来春天的脚踪已步到城边。梧桐树梢的青雾在这里一下子化开了，化成了田野上的一派春光。它不再朦胧，它不再后退，它成了触目皆是的春的色彩——那种明快的北国的春的色彩。

一垄垄翠绿的麦苗，一片片金黄的菜花，旋转着，像无数条彩绸，在远远近近的村落间舞动。土崖上，平川里，左一片右一片的桃林梨园，花闹得落霞飞雾一般。公路在岭坡间起伏，这落霞飞雾，一时在上，一时在下，汽车像飘动在彩云中。车窗外，不时变幻着的色彩并不繁杂，却显示出一种北国春天的庄严美。

我爱北国春天的这种庄严美，因为即使它也披红挂绿，却仍有一种凛然的个性。比之“花开红树乱莺啼，草长平湖白鹭飞”的江南春，似少一点柔媚，多一番轰烈；少一分娇艳，多一分生机。凭窗俯望烈士陵园的青松和耸立的大理石纪念碑，更觉得北国连春天都有一种慷慨悲歌的气势。

为什么北国的春天有这种个性与气势呢？我想那是它经过霜雪的缘故。

又是雪，我总念着雪。

回来时，我想在烈士陵园旁边的梨园里折两枝梨花。园地的老社员慨然应许了。我把花拿到车上，回望瑞雪覆盖似的梨园，不禁想起“千树万树梨花开”的名句。我心想，但愿这是一树树雪！

正在这时，那位老家来的亲戚把头伸出车外，突然惊喜地叫道：“下雪了！”

真的下雪了，我也把头伸出去，仰起脸，让雪花暖丝丝地在我的脸上消融。

“下吧，这场雪可暖人啊！”那位乡亲捧起手，贪婪地接着雪花。

雪花无涯无际地飘落下来，梨园神奇地扩展着，很快田畴就同梨园浑然一体，连汽车的挡风玻璃上也积满了雪——也许是梨花吧？

车内，人们谈论着田地的墒情，麦苗的长势和麦子的收成。

难得的一场雪！据说去年一冬都没下过这么大的雪。回到舅妈处，我同老家来的那位客人谈得很晚。好像因为雪，因为雪映白了窗玻璃，因为雪在寂静的街道上同谁在轻轻谈笑，舅妈新分的小单元里，显得分外温暖。在一种轻柔的梦幻般的飒飒声中，我们谈论着家乡。

其实，家乡在我记忆中，能留些什么呢？1944 年日军进犯中原时，我才十岁，战乱中我背了个包袱，离开了那个穷困的乡村。一别近四十年，一直没回去过。在那里早已没有我的直系亲属了，但那里却有我儿时的记忆和记忆中脸孔模糊了的乡亲们。

奇怪的是，我对家乡的记忆——无论是欢乐的或难受的，大都同雪有关。

雪原本就是冷的。但我同许多孩子们一样，总感到雪有一种热气，每当落雪，心里就暖烘烘的，止不住要在雪地上奔跑，嬉戏。我喜欢偎在大人身边，望着燃烧的柴火，一面在灰烬里煨红薯，一面听大人们讲那些古老的、荒诞的故事。在除夕夜，我喜欢同一群孩子一起，把爆竹插在雪堆上燃放，第二天早晨，再到覆盖了一层新雪的雪地上，找寻九头鸟洒下的血滴。据大人们说，九头鸟是种恶鸟，它被杨二郎的天狗咬掉了一个头，在除夕夜里匆匆飞逃……

雪给我许多幻想。村西边那条小河常常是干涸的。我同小伙伴们商量过把雪埋起来，造一口清泉，像离杜康村不远处那股终年流水、俗称“嘟嘟流”的泉眼一样。我们村离“嘟嘟流”八里地。一次干娘去洗衣服，我跟着她去过，那泉水美极了。如果我们村也有一口“嘟嘟流”，小河就不干了，麦地就不旱了，到夏天，也不用每天给老师带一瓶水了。我还想过让雪花都变成盐。伏牛山区，鸡蛋换盐的历史，大概已经很悠久了。村民都用鸡蛋换盐，有时有鸡蛋也换不到盐。村头黑蛋家几个月不见盐花，大户人家碾韭菜花，他娘就洗一洗石碾，弄一些咸水当盐。有一次，我把黑蛋家的空盐缸装满了雪，后来却被他娘骂了一顿，我感到一种说不出的懊恼和委屈。

雪也给我一种压抑，一种悲哀。一个讨饭的老人，呜呜地吹着一根粗竹筒，雪夜在村中徘徊。鸡叫头遍时，那揪心的呜呜声停止了。第二天我去上学，看到同学们围着一堆雪，吵嚷着。老人僵直地躺在路边，白雪覆盖在他那皴裂的脸上，覆盖在光滑的竹筒上。又一个雪夜，几声凄厉的枪声，死寂的山村骚动了一阵，黑蛋的哥哥被抓了壮丁……

我的许多黯淡的记忆，都是同洁白的雪联在一起的。但雪，也给予我许多幻想。

刚念小学三年级的时候，我连着写了几篇日记，记的都是雪。一篇写教室门前的积雪，一篇写积雪融化后变成的水潭，一篇写水潭被阳光蒸发，地面又成了黄土"……水潭到哪里去了？它被太阳拉到了天上。天那么高，我们怎能把水潭找回来呢！"级任老师在这几篇日记后面批了许多字，还把我叫去，称赞这几篇日记写得好。老师的话传到了祖母耳中，对孙儿们一向严厉的祖母，那几天竟然对我露出了慈祥的笑容，还拿我向客人们夸耀。雪激起了我当发明家、科学家的幻想，幻想着将来有一天能用雪造泉、造盐，造抵抗日本鬼子的炸药……我同大人们争论，大人们嘲笑我。我往往一人跑到寨外，向茫茫的雪原深处跑去，直到我忽然感到熟悉的景物消失了，我才从一个幻想的世界醒过来，急忙寻觅着我那已经变浅的脚印，在迷漫的雪花中，向凄清的村中走去……

我留在村外雪地上的脚印，早已没有了。但每当看到雪，我就想起那脚印，想起那离开近四十年的村庄。

虽然，如今我走进村子，连一个人也不会认识我；虽然乡亲们根本不会想到在异乡会有一个眷恋着他们的人，但我确实常常想到他们，我总想多知道一些他们的生活景况，总希望他们的生活好起来。

这一夜，舅妈的亲戚给我讲了许多家乡两年来的近事，也讲了许多留存在我记忆中的地方和故事。“嘟嘟流”还在不停地流。那所办在庙里的中学扩大了，成为全县的重点中学。杜康村的杜康酒，总是供不应求……

“唉，这两年，乡亲们的日子总算好起来啦！”他叹口气，欣喜地说。

“去年分配咋样？听说麦子分到二百多？可真？”我有点紧张地问。

“咋不真！”他说，“去年咱们每人平均分了二千五百多斤红薯，二百六十八斤小麦！”

“真的？这数字没有虚吧？”

“虚个啥？这数字就像铜钱摔在石板上，硬碰硬地叮当响，能有虚？”

“分二百多斤小麦。去年在泰山碰到个家乡人，他这么说，我还不大信……”我的喉咙咽着了，我感到眼睛热辣辣的，泪水涌出了眼角。

我知道，这两年随着党的农业政策的步步落实，全国农民的生活就像广东音乐《步步高》一样，一年一个样。像广东这样原本比较富裕的省份，人均分配一年千儿八百元的生产队、生产大队有的是，就连鲁西南那样历史上的穷地方，银行里千字号、万字号的存户，也不稀罕。比起富裕的地方，每人平均分配二百六十八斤小麦，提起来似乎叫人脸红，可是这个数字却使我在这个雪夜里，止不住激情的热泪。

雪不停息地落着。衬着街灯的光，满天雪花像一张斜纹帘子一样，挂在窗口。

我想起 1974 年春天，在陇海线上的夜车里，我同一位海军战士面对面坐着。他来自我的家乡。我向他问起家乡的收成与分配。

“麦子嘛，每人只分了六斤小麦。”他说。

“六斤？”我诧异地问。

“六斤。”小站的灯光掠过了他的脸。年轻的脸上露出苦笑，他的声音简直使人觉得有点冷酷，“不过，秋收分了千把斤红薯。有红薯啃，还死不了人。”

“只有六斤麦子……”我沉思着喃喃说。

“就这还天天大批‘唯生产力论’呢！”车轮卷着年轻同乡愤怒的声音滚动着，几年来一直在我心上滚动着……

二百六十八斤小麦，不算多，但却是六斤的许许多多倍。

有了这场春雪，今年的小麦收成一定会更好。

我睡着了，缓缓飘落的雪花慢慢把我的梦覆盖起来。我感到雪是暖的。我像青翠的小麦苗一样，正在做着一个美丽的梦……

第二天清早，路旁梧桐树的枝干上积满了雪，远处的青雾变成了银色的闪光；望着那闪光，我知道春天真的来了。

1982 年 10 月　于广州

南蛮子

古之时，华夏中原民族是很了不得的。中原之民自以为是黄帝老祖宗的嫡派子孙，血统纯正，出身煊赫，因此对黄河流域那条狭窄地带之外的人们一律瞧不起。在那定礼仪之大统，被孔圣人赞得浑身发抖的周王朝，已有四夷、八蛮、七闽、九貉、五戎、六狄之说。总之，除我之外的少数民族，非蛮即夷，统统都是不沐教化的蛮荒野人。野人者，类虫兽也。《诗 · 大雅 · 抑》有云："用戒戎作，用逷蛮方。"意思就是准备一旦开战，坚决征服蛮酋。可见中原之民"以我为中心"久矣。

到我记事时，居住在中华土地上的人民经过几千年文化交流，融合、同化，早已形成了一个伟大的统一民族。且由于历经战乱，人口迁徙，不管八蛮或是七闽之地，也早已定居了黄帝子孙。但我的那些身居中州的乡亲，虽然已沦落到衣不遮体、食不果腹，每每连碗红薯面面条都吃不上的惨境，却仍把南北许多地方视为蛮荒的化外之域，把那里的同胞称为蛮子。乡人们打心眼里瞧不起蛮子，特别是南蛮子。“咱吃红薯叶，南蛮子吃鱼，生番！”“天是方的，地明明是三条腿的巨鳌驮着走的，南蛮子却说地是个皮球，可笑！”乡人们的这些感慨是因一位女教师而发的。这位女教师究竟是何许人氏，大家都不甚了了，反正她是从外地来的，反正她说话的口音同本地口音不同，这就有些蛮气了。一次西河涨水，她竟去钓鱼，而且竟然将鱼放到汤里熬着吃了，鱼是能吃的吗？她给小学生上课，还抱出一个形如皮球的所谓地球仪，地如果是皮球，我们踩在上面还不天天滑倒吗？乡人们对女教师初时窃窃私议，继而嗤之以鼻。后来女教师只好红着眼圈离开了她的学生。乡人们是很自豪的。不吃鱼，这说明我们早已开化，而南蛮子至今还在“茹毛饮血”；这说明我们的文化源远流长，我们有仰韶文化，几千年前就有，可你南蛮子至今还没有！为了表明自己的伟大，大家都嘲笑南蛮子，并且把南蛮子的概念无限扩大，划南蛮子越划越多（像若干年后我们这个国度里划“右派”一样），连距我家乡一两百里地的河南南部人，都成了南蛮子，只有我们那条穷山沟沟里的正宗土著，才像美国印第安人保留地中的印第安人一样，是大陆的真正主人。不用说，我能生在这块仰韶文化保留地里，是很荣幸的了。

乡人们虽然瞧不起南蛮子，却又对南蛮子有几分畏惧，因此编织了许多南蛮子别宝的故事。所谓别就是挖和撬的意思。好像我们那条穷山沟沟，原本是宝藏满地的，只由于南蛮子的不停侵入、骚扰，才弄得如此贫瘠。

据说，牛山腰的灯台岩上，原先有一对长明灯，风雨不灭，晨昏闪耀，照得全村彻夜通明，不用点灯耗油。后来这对长明灯被南蛮子别走了。如今乡人们为了省二钱灯油，只好天一黑就上床。据说，铁佛寺下面的那口井，原来是个涌泉，泉水流到西河，西河常年有水，可以洗衣，可以浇地；后来南蛮子得知关云长的青龙偃月刀搁在井底，当然这是把宝刀，南蛮子是非别不可的，结果南蛮子别走了宝刀，涌泉从此不流了。又据说，许多年代之前，我们这地方家家都藏有黄金万斛，原因是马山肚子里全是黄金，只要拿两条青黄瓜在卧马石上敲三敲，石马就会站起来，身后露出一扇石门，推门进去，里面的豆子、麦子、玉蜀黍全是金子，你可适量地装一口袋，待若干天后拿两条青黄瓜再去敲。这种不种庄稼吃金豆的办法，自然能使家家成为巨富。后来，这个秘密被一个南蛮子窥破了，他拿青黄瓜敲开石门，进去看到一个大闺女正赶着一匹马在磨绿豆。他不像淳厚的乡人装袋绿豆什么的赶快出去，而是要拉闺女和马。忽然石门发出轰隆声，他看石门将要关上，急忙抓把绿豆往外跑，刚跨出石门，石门就訇然合严。他看着手中的一小把金豆，懊丧至极，恨恨地往卧马岩上撒了泡尿，从此石马再也不站起来。关于南蛮子别宝的传说很多，坑坑洼洼都留有南蛮子别宝的遗迹。当然，南蛮子干这种勾当都是偷着干的，如若被乡人们发现，定是不饶，故此我就无缘看到一个别宝的南蛮子了。

毕竟别宝的故事十分诱人，我们一伙孩子受其诱惑，动了心，竟商量起别宝的事来。与其宝被南蛮子别走，不如我们自己来别，但苦于不知宝在何处。

我们找到了村中一位老者问：

“我们这里还有宝吗？”

“有。”

“在哪里？”

“在地下。”

“怎么看不到呢？”

“凡眼看不到。”

“南蛮子怎么可以看到呢？”

“南蛮子眼里点了凤凰蛋。”

经老者点拨，我们始知要别宝得先找凤凰蛋点眼。

凤凰鸟我们在祖母做寿时挂的百鸟朝凤绣屏上见过，想必世上是有的。一群孩子山上山下找了几天，没找到凤凰鸟，却奇迹般地找到了凤凰蛋。这是一个从表土下挖出来的泥蛋。这个泥蛋不圆不方，怪模怪样，大家一致认为是凤凰蛋，并认为这比找到凤凰还好，找到凤凰要慢慢等它下蛋，现在一下子找到蛋，未必不算捷径。

人们唾弃南蛮子，却又想干南蛮子的勾当。大家别宝心切，争着用泥蛋点眼，几个大人也参加进来。点过之后，眼比吹进沙子还难受。开始大家忍着，心想这是凡眼变神眼的一个必经的熬炼过程，到第二天一个个眼睛红肿得只剩一条线，就都忍受不住，以至于动摇了对那个泥蛋的信仰。我们去找那位老者责问。他把泥蛋托在手掌中掂掂重量，拉长脸冷笑一声说：

“该瞎，谁让你们用麻知了蛋点眼！”

我们不知道这泥蛋究竟是不是麻知了蛋，反正不会是凤凰蛋了，为了解气，就把它恨恨地摔在一棵椿树上摔碎了。

我们想，得找一个南蛮子问一问。村东头长锁媳妇就是一个南蛮子，于是我们到长锁家。

长锁媳妇不到二十岁，长得柔弱，还像个女娃。听她说，她是唐河县人，不同我们一个府，却同我们一个省。几个月前，她被拐卖到这里，成了瓜匠长锁的媳妇，长锁用了五石瓜的价钱，买得这个娇娇柔柔的女子。婚后，夫妻还恩爱。村人却对这个笑眉笑眼的弱女有许多看不惯，因为她唤“娘”不翘起舌头唤“娘儿”，因为她只吃辣子不吃蒜头，因为她有一双刚缠即放的大脚片，因为她纳鞋底针脚比二奶奶纳的针脚大，因为竟在院子里拍了一下长锁的肩头，因为唐河县在我们村南边二百里，所以起初是二奶奶们，后来越来越多的村人在人前人后都称她为蛮子、小蛮子、南蛮子。

我们一群孩子找到她。

“有没有凤凰蛋？”

“有，有，”长锁媳妇快活地从瓦罐里拿出几个新鲜鸡蛋，“给。”

“谁要这鸡蛋！”

“我给你们煮煮好吗？我给你们煎煎好吗？”

我们要的是凤凰蛋，我们不领这份虚情假意。我们一群孩子认定她藏着凤凰蛋，想用鸡蛋糊弄我们。她藏着凤凰蛋做什么？还不是想别宝！

不久村中传说长锁媳妇是个别宝的南蛮子。紧接着二奶奶宣布，她家的牛槽被动过了，槽下面的一只金牛被别走了。

长锁媳妇被视为不祥的异人，村人都疏远她，一堵看不见的墙将她隔离起来。

她到井边打水，我们一群孩子在井台旁边喊：

蛮子姐，蛮子妹，

蛮子老婆陪瓜睡。
蛮子藏着凤凰蛋，
别个乌龟当宝贝。

她摇着辘轳，凄然抬起头说：

“跟我回家，我给你们凤凰蛋吃。”

“谁吃你的臭鸡蛋！”

她挑起水桶，低头走过。孩子们望着她的背影，投去一阵土块。一个土块落进水桶，溅了她一身水。她突然回过头来，哀怨地凝视我们片刻，眼角涌出泪水。我心头震了一下，但很快又跟着伙伴们大笑起来……

蛮子姐，蛮子妹，
蛮子老婆陪瓜睡。

村中经常响起一群孩子的喊叫。一天黄昏，瓜匠长锁感到碗里的面条切宽了，面条宽了好像是件不合规矩的丢人事，不禁身上一阵燥热，将碗一摔，打了媳妇一顿。

长锁媳妇跳了井。

我站在长锁媳妇的床头，不敢直看那张苍白的面孔。

“长锁嫂，我们不乱喊了……”我终于说。

苍白的面颊慢慢泛红，绒绒的眼睫在泪水中漂浮。

“我把凤凰蛋都腌着，腌好了给你们吃。”她说。

自此以后，我不愿再听南蛮子别宝的故事，并渐渐悟出一点道理：宝是乡人们自己糟蹋掉的。

我在地处百粤之地的广州生活了三十余年忽然想起故乡

流传的这些南蛮子的故事，感慨不已。广东早已不是蛮云蜑雨、瘴山疠水的绝域，数十年来，它往往开风气之先，经济文化较我的故乡发达。可能因此之故，像我的乡亲过去称南方人为南蛮子那样，如今广东人把北方人称为“捞松”，这是耐人寻味的。“捞松”究为何意？是“老兄”的谐音还是“老松”的演化？可能广东人也说不清。在我家乡，“老松”即“稀松”，亦即没有材料、没有能耐、没有什么了不起的意思。称“捞松”可能是戏言，但这戏言中难道不会隐含着当年中州人把南方人称作南蛮子的那种偏狭意识？偏狭是愚昧的表现。谁故步自封，傲视他人，谁把自己视为正统，忘记了中华文化是各民族人民、各地区人民的共同创造，谁就要在制造长锁媳妇之类悲剧的同时，扮演悲剧的主角，成为印第安式保留地里的子民。

1987 年 1 月 4 日

纸上罗曼斯

在一个暮春的黄昏，我从书店出来，手里拿着一本淡蓝色封面的书：《萧伯纳情书》。

在暮春的暮色里，望着淡蓝色的书，淡蓝色的街景，我沉入淡蓝色的遐想。

《萧伯纳情书》是伟大戏剧家萧伯纳同伟大女演员爱兰·黛丽的通信集。

萧伯纳和爱兰的故事及来往书信是动人的。萧伯纳比爱兰小八岁，他于1872年第一次写信给爱兰的时候，爱兰已经四十四岁了。此后，由于戏剧事业上的志同道合和互相倾慕，萧伯纳以"好逑者"的热情给爱兰写了许多情书，并得到爱兰热烈的回应。他们通信达三十年之久，有一段时间简直是一天一封，为了赶邮车，信纸上透出了急切的心跳和步声。但令人惊奇的是，他们虽住在同一个城市，相距只有步行二十分钟的路程，却从未约会过。直到1900年12月萧氏为爱兰创作的戏剧《布拉斯庞德上尉》初次上演，为了排戏，爱兰才从舞台的脚光里走到萧氏面前。不能说萧氏对爱兰没有进一步的冀求，当他们正式晤面之时，爱兰已同她舞台上的老搭档欧文爵士分手，心灵出现空虚，多情的萧氏“禁不住想到我也许能够填补这颗空虚的心”。可是生活却出现了比他们编演的戏剧更有戏剧性的转折，扮演《布拉斯庞德上尉》一剧男主角的美国年轻演员詹姆斯·卡鲁，恰在此时成了幸运的俘虏，而后又成了爱兰的丈夫。萧氏直到1928年爱兰逝世，都同她保持着十分亲密的友爱关系，双方共留下三百余封充满机智、幽默、热情、温柔、殷勤和诚挚的被人称作情书的书信。萧氏很珍视他同爱兰这段纸上罗曼斯——纸上姻缘。他说：“有人也许埋怨这一切都是纸上的，让人们记住：人类只有在纸上才能创造光荣、美丽、真理、知识、美德和永恒的爱。”这种罗曼蒂克在我们深受东方文化陶冶的中国人看来，也许是太虚无缥缈的了。

走出书店我还不清楚为什么要买这本书。直到在薄暮中走了几条街，我才想起在许多许多年以前读过这本书；想起她，想起我那阴郁的童年生活中一个柔和的亮点；想起不是书上的却是被书引发出来的一段纸上罗曼斯。

很小的时候，我就在我的梦中描绘她的形象。这要怪我的老乳母陈干娘，她总喜欢絮絮不休地讲述抗日战争之前我们在开封的生活，老乳母常讲到她——一个美丽的从小丧母的十分令人怜爱的小女孩。我记不得她的面貌和她从幼稚园带回的歌声，记不得那双含着泪光的大眼睛。但我根据老乳母的讲述，暗暗描绘着她，并暗暗为这失去母亲的小女孩啜泣。

我的父亲是军人，同她的父亲长期共事。1944年家乡沦陷，父亲派人把全家接到河南南部的一个小镇上，许多从沦陷区出来的部队家属聚集在这里。我到镇上的小学校插班，读五年级，第一次走进教室就认出了她，至今我也不明白怎么会一眼就认出了她。

上课铃响过，老师把我带进教室，坐在课桌后面的同学都把目光转过来。这时我看到一个坐在第二排的女生扭过脸来，朦胧的长睫毛张了张，眸子一闪，流出了一缕惊讶的难以觉察的微笑。她穿一身黑衣服，脸色有些苍白。我立即下意识地感到：这就是她。

班上的男女同学不讲话，我同她也从不讲话，我们两家有亲戚关系，她父亲又是我父亲的下级，她的继母和弟弟常到我们家来。她却从不到我们家来。

傍晚放学，我每每走在她的后边，远远地望着那个小小的穿黑衣服的身影。苍茫的暮色慢慢把那张苍白的脸、那绺绺飘动的黑发、那一身夜一般的衣服晕化、消融，浸出一片悲哀与欣喜。

我的功课很好，班上有些同学忌恨我，我感到她也忌恨我，因为她常常故意不看我，我很难过。学校举行讲演比赛，我说话口吃，有些同学想看我的笑话，讲演比赛的总题目是《我最崇拜的民族英雄》，我讲岳飞。我走上讲台，看到她的眼睛里充满忧虑，心颤抖了一下。我热情迸发地讲到岳母刺字，讲到十二道金牌，讲到风波亭……她的眼神由担忧变而为鼓舞和赞许。当全班同学报我以热烈的掌声，唯独她没有鼓掌，她望着我，充满盈盈泪水的眼睛里漾起了一缕会心的微笑……她讲的是张骞通西域，讲得很有感情。后来，我被推选到全校参加比赛，并取得了第一名。几次讲演，我都看到那双泪水盈盈、蕴含笑意的眼睛。

整个学期我同她只讲过一句话，机缘却是为了一本书。

一次，父亲的随从参谋从南阳城带回两本书：一本《第五号特派员》，一本《萧伯纳情书》。书是草纸印的，印制粗糙。抗战时期在乡下难得看到一本刚出版的新书。一本散发出浓烈的草纸酸味的新书，已足以诱发我的奇想，何况大文豪萧伯纳的“情书”呢。我不顾参谋的劝阻，硬把这本《萧伯纳情书》带到班上，这立即引起了骚动。男同学带着神秘的好奇心走到我的座位旁借书，书在课桌下传来传去，不时发出一阵窃窃私议和轻笑，以至于同男生隔着楚河汉界的前两排女生也知道了这件事。她们初而扬言要报告老师，继而要求把书传给她们，只有她默默不语。傍晚放学，她在座位上延宕了一会儿，待教室空了，她以素常的轻捷步子绕过几行课桌，站在我的面前。

“我看看那本书。”她瞟了我一眼，说。

“别人拿去了。”

她粲然一笑，低下头，擦着我的课桌，匆匆走出门口。

我惘然望着她的背影，随她走出教室，沿着田间小路，懊丧地聊无情绪地走着。黄昏最后一点微光像纱幛一般在空中抖动一下，跌落了，夜雾升起，遮住了绰约妩媚的黑色身影。我想象着那盏伴她夜读的煤油灯，轻轻叹口气，走回家去。

后来，同学将书还给我，我却怎么也鼓不起勇气将书交给她。每天放学我都默默地走在她身后，我和她之间仍隔着夜雾般浓重的沉默。

次年春，日本军队进攻南阳，我们两家逃难到伏牛山麓的一个小村子里。两家同住一座房，三间房两头住，进出一个门口，共吃一锅饭，唯有我们两个仍不讲话。陈干娘很喜欢她，常拉她扯闲话，只要她在陈干娘身边，即使陈干娘给我核桃，我也不过去。

山外不时传来忽紧忽疏的炮声，根据炮声远近，大人们揣度着战事的发展和我父亲的部队的方位。被炮声包围的山沟，有一种奇妙的宁静气氛。这里好像是世外桃源，牛儿照样吃草，柞树照样发芽，山菊花照样开放，蚕房照样孵蚕，母亲和祖母照样吵架，我照样在希冀着同她说一句话。尽管死神正在窥视，生命仍然如此在运动。我是个腼腆的爱冥想的孩子，我常常独自走上山坡，躺在柞树丛旁的大石上，凝望蓝天，看白云变化，看飞鸟来去，冥想这变化和来去的奥秘。有时美国飞机和日本飞机，在上空激战，我还奇怪那些鸟儿的翅膀怎么会发出亮光、喷射火焰的呢？山脚下有条小河，村人叫它西洛河，河床很宽，分布着沙滩、石碛和芦苇。一带清流从对面弯过来，割断河床，绕山脚流过。她常来河边看书，有时帮陈干娘洗衣服。我喜欢躺在山坡，听河边那因回声而放大了的絮语、笑声、捶衣声……我很想下去同陈干娘说说话，但我总是迟疑着不敢近前。

一天中午，河滩上寂然无声，风从山上滚下来，摇着柞丛，用它单调的呜呜把悲凉一阵阵灌进我的心。春阳晒得我浑身燥热，我感到寂寞和困怠，站起身，百无聊赖地向河滩走去。我踩着卵石，随手打落一片片芦花，忽然心止不住激跳，河滩在我跟前变得神秘而诱人。我走向那个陈干娘和她常去洗衣服的水潭，转过河湾上的一棵老柳树，看到水潭上的山崖，胆怯了，像是害怕遇到传说中那个美丽的河妖。但我却十分想看到那个可爱的河妖，只迟疑了一下，又向前走去。平静的水潭一半罩着山影，一半闪着金光，山影晃动，好像是谁在拉一扇大门，但任谁也没有从这扇大门中走出来，这里既没有河妖，也没有她。我失望。

我失望地坐在水潭边一块光滑的淡黄色的圆石上，看着被波光扭曲的面影。几条自由自在的鱼儿游过来，啄着我的眼睛和鼻子，我用石子投它们，影子碎落在回旋的波纹里。我同鱼儿玩游戏，水面平了再皱，皱了又平，却突然出现了奇迹，在一次波纹平息之后，我惊愕地看到水面上多了一个人影，那是她。她坐在水潭另一面的柳树下，脸埋在书里。大概是我抢占了她的位置，侵犯了她的神圣领地，她瞟了我一眼，似乎含着微嗔和哀怨。

我一动不动，不再抬头，只怅怅地看着水中的影子。

不知过了多久，猝然我被她的喊声唤醒。

"唉——"她站在柳树旁，焦急地向我打着手势。

还未等我醒悟，一阵巨大的轰鸣从头顶卷过。日本飞机来了。我猛然跳起来，狂乱地向她发出呼叫打着手势要她卧倒。

"唉——"

"唉——"

两人招呼着，但谁也没有卧倒。敌机的阴影从河滩滑过，机关枪扫射击起串串水柱，来来回回地分割着水潭。接着，静极了，水雾渐渐消散，她痴痴地望着我，兀然扭转身抱着老柳树痛哭起来。望着她耸动的肩头，我倚在一块大石上，也哭了。

小河又归于沉默。

我们在小村子里住了半个月，父亲派了一营部队来接家属。她继母打算带她和她的弟弟回家乡，不同我们一起走。

吃罢晚饭，营长对我母亲说，等月亮升上来，可以看清山路就出发。收拾好简单的行李，我坐在窗下白木桌前，对住黑黝黝的天空出神。眼前渐渐显出山的轮廓，山色渐渐淡了，似乎渐渐向后退去，山顶透出微明，云散了，像一张网，网着一轮月亮和几颗星星。她走过来，同陈干娘低声说话。我回过头，不料正碰到她的目光，只一刹那，她急忙低下头偎向陈干娘，把身子躲进阴影里。我从书包里拿出《萧伯纳情书》和一张白纸，望着纸上的清辉，想了想，用铅笔写了一行字：

留下月光和这本书。

这是一封信，没有说写给谁，也没说谁写的，不需要说。我把我写给她的第一封信夹在书中。

我真的留下了月光和书，还有我不知的一些什么？

我家起行时，她同她继母送到大门口。她在门柱旁停住，身子浸在月色里，脸庞闪着毫光，愈使人感到苍白、皎洁和纯真。月波如水，水波如她的双眸，双眸如灿烂的星光，她凝望着我，我感到了她那常年隐含着哀伤与痛苦的眼睛绽出了微笑，我感到月亮同星星一起向我飞来。她是月亮，她是星星，世界是美好的、纯洁的，世界上没有哀伤与痛苦，世界没有战争，没有炮火……直至子弹在我身边呼啸，机关枪喷射的火焰在夜空飞舞，营长大声命令我们卧倒，我贴着地面，听到远远近近的冲杀声，才从月光下那个恬静的梦里回来。凌晨，我们走出敌占区，人困马乏，坐在一个村庄外面的打麦场上休息。我摸摸挎在身上的书包，才发觉里面的书不知什么时候都丢了。

但我舒了口气，因为我留下了那本书，那本洒满月光的书。

抗战胜利后的第一个春节，她突然出现在开封我的家里。她全家也迁来开封，并住进我家的小院。好像她长大了许多，第一天她就拿着那本《萧伯纳情书》来找我，把书往书桌上一放，说：

“呶，还给你。”

“为什么还我？”

“不是借给我的嘛？”

“送给你的。”

“谁知道你是送给我的，”她莞尔一笑，“你只说‘留下’，人家留下的东西我得保存好，可你留下的月光我无法保存，丢失了。”她做了个无可奈何的手势。

“那你赔我的月光……”

我感到我也长大了许多。

后来，她常常在风琴上弹奏《月光曲》的主旋律。虽说贝多芬的这支奏鸣曲并非描述月光，我却从她的琴声中，看到了山村、小河和月夜幽静的清辉。

1948 年秋天，桐叶飘落，她同她的家人离开了我们共同居住了三年的小院。此后，我们真的长大了，她在部队，在大学，都常常同我通信，我们写了许多可以称作情书的信，直到 1957 年。

多少年后，她告诉我，1958 年她一连给我写过三十多封信，都被在信封上注上“查无此人”而退回。是的，那时我已到一个不可知的地方。

这是我的一段纸上罗曼斯。

在淡蓝色的夜雾中走着，慢慢我想起这本淡蓝封面的书给予我的机缘与哀伤。我们不像萧伯纳与爱兰·黛丽那么快乐，我们是哀伤的。

1987年1月26日 于从化

秀表姐

秀表姐是大姨的女儿，同我感情好，却喜欢同我争论。我们一见面就争个不休，河南人叫“抬杠”，从小如此。

前年十一月，我到开封探望她和大姨，她在大学当声乐教授，大姨跟着她。那天很冷，从郑州坐车出发，到了开封，脚都有些发麻了。一进屋门我就跺脚，像小时候刚从雪地上跑进屋来，故意把脚跺得很响。秀表姐正在琴房弹琴，听到声音走出来，嘴角轻轻一撇嗔道：“一听就是你！”接着她眼睛一亮，心急情切地笑着喊：

“妈，你猜谁来啦？妈，你看憨生来啦！”

老人从里间走进客厅。“这妮子，又叫我猜，又忙不迭地告诉我。我还不知道是生来了，昨晚我还梦见他呢，真灵！”老人走到我身边，摸着我的衣服责备道，“这大冷的天，穿得这么单薄行吗？还老小，还不知道冷暖？”

“嘿嘿，挨吵了吧。”秀表姐幸灾乐祸地摇摇短发，几乎要像几十年前那个黑发浓密的小姑娘一样拍起掌来，“妈，你看这么冷的天，他还穿西装呢，俏的！”

“我还穿着风衣哪，”我抖抖风衣的下摆，“你别火上加油好不好？”

“这风衣顶个屁！薄得像纸！”

“你呀，啥时候才不叫老的操心呀！”大姨叹口气，扭头对秀表姐说，“秀，有没衣服，找两件给他穿上。”

秀表姐咯咯咯笑着，拉我走进琴房。她把她的呢大衣、羽绒服、皮背心摞过来，专横地要我穿上。弄得我哭笑不得。

“这都是女式衣服，我怎么穿？”

“你给我穿上，家里还能有别的衣服？……”

我的心倏地一沉，像坐在失控的急速下降的电梯里似的。

八十多岁的大姨年轻时就守寡，把全部心血给予了学生和儿女；表姐夫在“文革”中亡故，秀表姐被迫害致残，至今不能离开手杖。这母女生活的凄苦与艰辛是可想而知的。

我默默地穿上秀表姐的皮背心和羽绒服，一种酸楚中含着温馨的感情紧裹着我。秀表姐误以为我不高兴了，柔声地说：

“生，多亏你瘦，姐的衣服你也能穿。”

“短了。”我拉拉羽绒服。

“短怕啥？短了当袄。”她走过来，挨我坐下，直盯着我的眼睛注视了一会儿，声音怯怯地问：“住几天吧？”

“下午就走。”

“不行！”

“不行也得走呀。”

“阔啦，跩啦，看把你烧的！”她大声挖苦着，“伏尔加不是还在门口等着的吗？你走，你走，现在就走！”

客厅里传来大姨的声音："秀，你们怎么一见面就吵？你那个样子就不怕学生笑话？"

"妈，憨生欺侮我。"秀表姐抢先告我一状，暗暗向我使眼色，调皮地一笑，压低声音说，"真的，咋着哩，咱俩一见面就吵呢？"

"怨你。"我说。

"得得得，以后我让你，从小我就让你，是呗？"她摆出一副大姐姐忍辱负重的样子，"但这一次你得听我，今天不能走！"

我笑着点点头。

她高兴了。"小时候咱俩不是玩得最好嘛，什么时候开始拌嘴的？"

"从第一次见面。"

"是吗？"

她放声大笑，兴奋得把琴键拍得嗡嗡响，笑得流出眼泪。少顷她轻抚键盘，奏出一种轻柔、优美的旋律，眼睛飞出双双梦幻的彩翼。

小时候，秀表姐是我们院里最聪慧的女孩子，模样儿长得也极标致，很受大人们宠爱。她博闻强记，口齿伶俐，生性活泼而好胜好强，嘴巴不饶人。1945 年冬天，她同几个北仓女中的同学从镇平步行到开封。当时兵荒马乱，走那么远的路，也真难为她一个十三岁的小姑娘了。但她那一路见闻，足使我神往了几个月。

她到的那天晚上，我在院里就听到上房里满是她的笑声。我拉开风门，看到长沙发上坐着一个穿棉袍，剪短发，双颊红扑扑的同我年纪相仿的女孩子，心想这就是她了。小时候我很害羞，她在我眼前突然一亮，使我顿时感到局促不安，正急着要退出去，她却喊了：“是小憨生吧？在那里探头探脑做啥？进来！”

听她这么说话，我挺不服气，硬着头皮向前走了一步。

“你怎知我叫憨生？”

“那俺就是知道！”她摇着短发，眯起一双秀目挑战似的盯着我。我被她瞧得低下头，她用胜利者的口吻说，“嘿嘿，认啦！别扭扭捏捏的，过来，坐我身边。”

我好像无法抗拒她的命令，垂头丧气、心甘情愿地走过去，坐在她身边，像小学生似的听她说话，听得入迷。她讲她的学校，她的老师，她的同学，讲得非常有趣。她说的我都觉得新奇，不能不佩服，但我又不愿被她征服，心中老有那么点不服气；想找机会同她拗一拗。她讲她们在学校演话剧《郁垒》，她饰林黛玉，同她最要好的一个同学饰贾宝玉，我终于找到了话茬。

“那书上的贾宝玉是男的还是女的？”

“男的呀。”

“那怎么到你们演的话剧里就变成女的了？”

“谁说他变成女的啦？他还是男的呀！”

“男的？你的同学有男的吗？”

“这不是演戏嘛。”她拍着手，笑得前俯后仰。

“演戏怎么样？演戏也不能将男的变成女的。”

“女的可以演男的！”

“不可以！”

“就是可以！”

“三姨，”她向我母亲求援，泪珠在睫毛上一抖一抖，“你看他多不讲理。”

妈看她哭了，骂我道：“你姐一来你就把她惹哭，不是东西！你不懂，又不听你姐说，就知道犟！”

过了一会儿她看我闷闷的，又来说好话哄我，还把她路经南阳买的一只玉鹅送给我。

我的知识积累，得益于同她的争论。卖油茶的油茶壶里是不是放了条小长虫[1]？华莱士讹传装油茶的大铜壶底部放有一条小长虫。能不能当上总统[2]？伯格尼尼是不是用皮鞋作过琴座？张大千是国画大师还是油画大师？李清照逛过没有逛过相国寺？原子弹是不是厉害过死光[3]？上天下地，没有问题我们不争论的。有时她生气不理我，到末了还总得让我。看电影，逛相国寺或是去找女同学，她还总喜欢带上我。

她天赋很高，也很会当姐姐。她常帮我复习功课，她用了一个暑期辅导我学习初三的功课，使我只读两年初中就考上了全省最著名的一所高中。虽说我嘴硬，但打内心钦佩她，简直可以说对她有点崇拜。

那年春节我跟着她去逛相国寺，看了马家的弹弓[4]，看了八角琉璃殿里的千眼千手佛，看了商场。在相国寺大门旁边，她走进一家绒花店，要买一个绸蝴蝶。她想买桃红的，我非说深红的好，她依了我。

“来，给我卡上。”

我接过发卡，把绸蝴蝶卡在她的黑发上。

她歪歪脖子，甜甜地笑着：“好看吗？”

---

[1] 油茶系用花生、芝麻、面粉等制作的汤食。河南武陟县人善做油茶，并常用大铜壶装盛，沿街叫卖。讹传装油茶的大铜壶底部放有一条小长虫。

[2] 华莱士是20世纪40年代美国进步党领袖，曾竞选总统。

[3] 死光即激光。

[4] 旧时开封武林中马家弹弓甚为驰名，马家人常在相国寺献艺。

"好看。"

"咦——太阳打西面出来啦？嘴咋变得这样甜了？"

白绒绒的雪片飞舞着，周围混混沌沌，街景笼在乳白的氤氲里，只觉得迷茫悠远。她走在前边，那只鲜艳的红蝴蝶一闪一闪，像翩跹在浓密的柳絮里，直飞到春的深处。我盯着那只蝴蝶，追赶那翅翼上的春晖。

"累了吧？冷了吧？来，把手放在姐的袖筒暖着。"她停住步，拉起我的手，"姐给你唱个歌你就不冷了。"

春天里来百花香，

啷里格啷里格啷里格啷……

唱着跑着笑着。

她有音乐天才，嗓子好，小小年纪就在城里唱出了名，常常参加音乐会。我喜欢听她唱歌，我在上房看书，厢房一传出她的歌声，就凝神望着纱窗外的蓝瓦谛听。如果在雪夜，我会跑到院中，久久伫立在雪地上，金色的灯光，金色的雪，金色的歌，构成了一个个金色的夜景。可我又常常同她捣乱，学她的"女高音"，使她无法练习，有时逗得她哭，但她不记恨。

那时，谁能想到快乐天使般的秀表姐，成年后会遭受那么多苦难！她的生活道路布满坎坷，但她是强者，她没有向乖舛的命运屈服。1959年"反右倾机会主义"反到她这位年轻大学教师头上，给予很严重的处分，一直不给她平反，使她成为全国寥寥几个"右倾机会主义分子"中的一个，这不能不是一种痛苦的滑稽。后来她到了新疆，几经周折又回到开封。"文革"开始，她这个每月领几十元工资的教师，又成了三名三高人物，白专道路典型，被轮番游斗，直到将她斗得昏迷不醒。阔别十八年之后，1967 年我在郑州见到她时，双腿不能直立的她，刚为表姐夫办完丧事。世事沧桑岂能尽言？往事如烟，拭干泪水，我在月地上踏着光秃的梧桐树枝的阴影徘徊良久。我相信还有黎明，还有绿叶。我写了一首长诗给她，为童年的灯光和歌声，为眼前白杨树上倒悬的一只云雀……在倒悬和严寒中，云雀那颗小小的心脏还在激跳；在艰难困苦中，她没有放弃她酷爱的声乐艺术。她是一位真正的歌者。

春天，复苏的云雀在云端高唱生命的强音。

她在声乐研究方面取得了成绩，如今是一位颇孚众望的声乐教授。但她一同我在一起，立刻复归为一个扎蝴蝶结的小姑娘。

我在她面前，不仍是那个执拗的男孩子吗？

暮年将至，有这样一个使你保存童心、寻回童年的朋友是多么好呵！

秀表姐一见到我就说个没完，说她们学校，说声乐界，说她的学生，像小时候说她读的女中和《郁垒》演出那样，直说了一个下午。她仍然是那么好胜好强，我就难免要同她争论几句。吃过晚饭她说：

“今晚我挂免战牌，不争啦，我弹琴给你听。”

“谢谢你的高姿态。”

没有开灯，炭火闪着暗红的微光。乐声很纯净，很美。我望望窗外，可惜今夜无雪。

弹了几支曲子，她停住，忽发奇想地说：

“我弹你唱，好吗？”

“我怎么会唱呢？”

“你怎么不会唱？”她的口吻不容争辩，“你不会唱就是我教得不好，你偷师偷得还少？唱！”

我无可奈何地嘘口气，唱起过去她常在音乐会上唱的一支歌：

我心欢喜，
我仍叹息，
与你分离，
使我孤凄。

唱到末一句，我故意模仿她拉了一个尾音。

她孩子气地鼓着掌，走过来用力摇着我的双肩向门外喊叫：

“妈，你听到没有？这憨生的嗓子怎会这么好呢？他能唱，我早说他应该学声乐。”

“你什么时候说过？”

“我说过！”

大姨慢慢走进来，支持秀表姐道：“唱得就是好。”

“那你到我们学校来吧。”秀表姐认真地瞧着我。

“我这样的年纪还能读大学哪？”

“进修嘛，唱歌可不论年纪。”

“你呀，”大姨用手指捣她一下，“又说疯活。”

秀表姐坐回去，怅然若失地叹口气，一副垂头丧气的样子。

我心里暗笑：这就是秀表姐。

“该老师唱了，”我说，“我刚才可是抛砖引玉呀。”

她出神地望着白色的墙壁，眼神忧郁。过了很久，琴键上跳出几个音符，声音很轻，像一个人从很远的地方走过来似的。弹过一段过门，她唱道：

请给我唱我爱听的歌，
多年以前，多年以前，
在多年以前呵多年以前……

歌声有几分悲凉，几分欣喜。多年前我们一同唱的这首歌，多年后才得到真正的理解。也许，这就叫人生。

我的思绪在多年以前和多年以后之间飞翔，那只在雪中闪动的红蝴蝶，在多年以前和多年以后之间飞翔……

除了秀表姐这里，我还能在哪儿找回我的童年呢？

1987年1月27日夜　于从化

续编

泥胎

半辈子平庸无奇，要说有什么惊人的事，就是小时候造过一次神，但也是玩泥巴玩出来的，上不得履历表的。

穷乡里的孩子没有什么好玩，玩泥巴。玩泥巴也有讲究，最讲究的是炼泥。炼泥要用黑土，不能用红土。把一堆黑土和成泥，在砂石板上又摔又揉，像揉面一般，揉得泥巴里面没有一个泡，起了胶，就可以由着你的意思去捏人，捏花，捏各种物件和飞禽走兽。

我们最常玩的是放泥炮。孩子们都喜欢听响声，把放鞭炮当作大事。乡下除了逢年过节，红白喜庆，难得有放鞭炮的时候。孩子们把鞭炮看得极珍贵，以至于甘冒被炸伤的危险，钻到烟雾里去抢没有燃着的炮芯儿。一次我抢到一个炮芯儿，不想在手里爆炸了，把手掌崩得又黑又肿，干娘骂着，流着泪，将我的手掌按在盐水里泡了老半天。可以后我们照样去抢炮。没有鞭炮听，我们就去对鞭，用生麻披拧成鞭子，沾上水，甩出一个脆响又一个脆响，以比高低。那时还不知分贝为何物，无法准确测出音量，常常闹出纠纷。更神的，是到南山上放礌。所谓放礌是将一块大石从山上推下，滚石飞坠，敲响万张石鼓，声如千军万马，炮轰雷鸣，雄而壮之。人大概从小就不甘寂寞，就想经常弄出些声音，以愉悦自己和扰骚别人。但放鞭炮、赛鞭子、放礌石，均不常有，唯放泥炮则随时可得，使我们可以高兴地给这个喧嚣的世界再经常增添一点喧嚣。

放泥炮是将胶泥捏成圆烟灰缸状，底要薄，中间越薄越好。捏好后，用力向平滑的石板上猛摔，使空气骤然压缩击穿底部，发出一声爆响。这是最简单的玩泥法。我们用胶泥可以捏羊、捏猪、捏牛、捏马，还捏过飞机、汽车、大炮。飞机、汽车、大炮，山里是没有的。我们是比照教室里墙上的挂图捏的，抗战期间，挂图上尽是这些飞机、汽车、大炮。到年岁稍长，看到真的飞机、汽车，才知道那时捏出了许多错误，譬如说，我把汽车的四个轮子总捏成牛车轮子的形状，颇觉好笑。

如今考究起来，乡下孩子玩泥确有来历，我们的老祖宗盘古氏就玩过泥。我们承继了祖宗的遗风，还颇具盘古氏的气概。汉民族的创世纪，是盘古开天辟地。常识课本上有这位祖宗，头顶有条沟，头分两瓣，双目圆睁，筋肉突出，持一把月牙利斧，其貌虽丑，但一看就知道我们炎黄子孙都是好种。盘古一斧子劈掉了“混沌初蒙”的局面，始有天地之分。到第七天盘古玩起了泥巴，捏了男人女人，猪狗鸡牛。始有人类和人类的伙伴。我们也捏人，也许比老祖宗捏得还好，捏出了张飞、穆桂英。我们虽不知道骊山之下两千多年之前就驻扎了一队兵马俑，拱卫着秦始皇帝的皇陵，却要泥人封将挂印，骑马打仗，实与兵马俑无异。我们造人，同盘古一样，对这些泥人漠不关心，往往使他们遭受风雨之苦留下残疾。

村上马王庙迁移，诱起我们新的兴趣，萌生出一个大胆妄为的想法：造神。

塑像师傅的全部手艺，我们见识了。泥巴、麦秸、麻掖、颜料，一搭配，就成一位令人敬畏的马王爷，好玩极了。

村北有棵老柿树，半边已空。树下有座小庙，原先不知敬的什么神，神像不知去向，里面只剩下石几、石案、石香炉。那一天，我们几个捏厌了人兽物什的盘古氏之子孙来到这里，忽生异想，要给这座冷落的小庙塑尊神。

“造啥神呢？”我望着被秋风烧成了黑炭般的树枝凝思。树杈上有个老鸹窝，几只盘旋的老鸹恶意地瞅着大地。

“真的，造啥神呢？”孩子们都在动脑子。

“马王爷吧。”

“不，有马王庙了。”

“要造造大的。”我说。

“造姜子牙！”一个伙伴想起《封神演义》里的故事。按《封神演义》所说，众神都是姜子牙封的，自然姜子牙大了。

“呸，他是猪神。”

“我说，还是造玉皇大帝吧。”我瞧着大伙，希望得到大伙的赞同。

“玉皇大帝最大？”

“玉皇大帝是最大。孙猴子是他的弼马温，还得给他养马来着。”我说。

“铁佛寺的佛爷洞上就有个玉皇庙，玉皇大过佛爷。”一个叫琉璃蛋的伙伴帮我补充了这个有力的论据。

大家一致同意造个玉皇大帝。

几个孩子撅着屁股，撮了一堆黑土。土是上好的土，准保可以揉得起胶。要和泥了，大家想起附近没有水。

收罢秋的土地，像一个被剥光衣服的穷汉，袒露着干瘦的胸脯和枯燥的皮肤，正午的太阳炙烤着万物，蒸发掉它们身上最后一点水分。一眼望去，直望到远处的地平线，也找不到些许润土。附近有条小河沟，只有下过大雨才淌几天水。如今河底的胶泥，龟裂成无数不规则的小片，卷起来，像一张张卷着大葱的高粱面烙饼。

只有向干河沟要水了。我们挖开河底，直挖了两尺深，还不见水，大家拍拍身上的泥沙，失望地站起身。

“用尿，一人一泡尿，还不能把泥和出来？”

“中！”

“这可是造神，造玉皇大帝呀！能用尿和泥？”

“穷讲究，难道我们就不可以屙一个玉皇老儿？”琉璃蛋充满豪气地说。

一番争论，最后只有采取这最简单的取水办法：屙尿。

泥揉得够功夫，捏出来的玉皇大帝滋滋腻腻，有眉有眼，龙袍上的褶子徐徐欲动，真正好手艺。我们围着这尊神欣赏了半晌，才想起忘记给玉皇大帝配上顶帽子。听老人说过，那不能叫帽子，叫冕。这冕我们在铁佛洞上的玉皇庙里是见到过的。一阵忙活，找到一块木板，麻披穿上酸枣，当冕旒[1]

[1] 冕旒：古代冕冠前后悬垂的串珠。

挂于木板两头，制成了那个老人们很敬畏的冕。我们为玉皇大帝加冕礼毕，恭而敬之地将他老人家放于神案后边。剩下的一疙瘩泥，做了三个泥炮，三声炮响，庆祝如仪。

造了个玉皇大帝，我们得意了几天，常常到那个小庙去看看，有时还对泥胎做些小修小补。塑像师傅有什么了不起，你塑的不只是个管马的马王爷，孙猴子的后代吗？我们却塑大神，管神的神，而且那泥还是用我们的尿和的！

这尊神先被一个村民发现，紧接着惊动了全村，人们纷传玉皇大帝显了圣，心头骚动着惊恐和敬畏。最后几位老人出来说话，认定这是吉兆，村民们才安下心来。小庙里的香火兴旺起来，四里八乡进香求药（香灰）者络绎不绝；顶礼膜拜，虔诚之至。事情越闹越红火，到后来几村会首郑重议决，要在庙前办庙会，请了一班曲子，一班越调，对台戏唱了三天三夜，庄稼踩毁了十多亩。那泥胎居然面不改色，享尽尊荣。

起初，看着人们烧香磕头，我同琉璃蛋一班孩子暗暗好笑，还敢说那泥胎有我们的尿味，后来不觉也对那神惊惧和敬畏起来。我们到那庙旁玩耍，心禁不住扑通扑通乱跳，说话再不敢张狂，甚至不敢抬头。我们以草当香，屈膝跪拜，祈求保佑，虔敬之心，神明可鉴，谁还敢再回想在这里玩泥巴的情状？偶尔想起，惊惧万分，诚惶诚恐，生怕遭到报应。

报应落到琉璃蛋身上了。

“俺不该尿那泡尿。玉皇爷，饶了俺。”琉璃蛋两眼木呆，整日自言自语。

有时他突然狂喊：“那神是俺造的，怕他个屎！”但接着他浑身抖颤，双目发暗，抽泣着祈求，“饶了俺，饶了俺吧……”

琉璃蛋害了魔怔。他坐在老柿树下，痴痴地瞅着枯枝上的老鸹窝，老鸹把他当作死物，趾高气扬地立在他的光头上。残阳用光的手臂，拽他堕入深深的黑暗。

一年后，那泥胎因为干裂、风化和老鼠的碰撞，渐渐失了形，变成一堆土。君本土来还土去，归真返璞，不再受人香火。

至于以后还有否我们这般好事的孩子再造尊神放进小庙，我就不得而知了。

1986 年 8 月

冷枪

家乡的旧俗是，一过腊月二十三，就算交年了。过大年，从祭灶开始，一直到二月二龙抬头。虽说是穷乡僻壤，又是抗战年间，但这一个多月中，也确有几分热闹。三十守岁，初一拜年，初七火神爷出巡，十五观灯，这些对不更世事的孩子们来说，都像是香火氤氲的梦，既神秘又绚丽。

我最喜欢过正月十五，最喜欢神棚里的灯火。

伏牛山区的山民们膜拜火神和送子娘娘。稍大一点的村庄都有神社。我们村上有几个神社，敬火神爷的叫火神社，敬送子娘娘的叫奶奶社。龙王在这里不被重视。村上草房多，地势高，防火为第一要务，因此，龙王不得不把这一带的香火让给殷纣王的儿子[1]。过日子都希望人丁兴旺，敬奶奶的道理自不必说。

神社是山民们自行结合的组织，在社各户轮流做社首，

[1] 相传殷纣王的儿子殷郊被封为火神。

一轮一年，主要是办理正月十五出神棚的事。

我家和小锁家，在的是同一个奶奶社。有一年轮到小锁家做社首。

那一年应了两句老话：八月十五云遮月，正月十五雪打灯。头年中秋节那天晚上，月亮就没露面，被一层云紧裹着，天空灰蒙蒙的，闪着些微弱白光。赏月的闺女媳妇，空烧香，白磕头，没见到月奶奶一个笑脸。新年正月十五，果然大雪纷飞，不一会儿工夫，就把天地变了个模样。各神社早一天都出了神棚，神棚是活动木板房，可以很快拼搭起来。因为过年，没人拉车赶牲口，所以神棚大都搭在街中间。神棚的板壁部是油漆重彩的，上面画些历史和神话故事。火神社的板壁上，画的是”火烧绵山”“火烧战船”“火烧阿房宫”等等，奶奶社的板壁上当然画的是“麒麟送子”“安安送米”“王祥卧冰”“三娘教子”之类，以烘托神主的威德。神案上摆满供品和一些在乡下人眼中算是稀罕的银器瓷器，棚顶挂许多彩灯。神棚被灯光一照，倒也有一番辉煌景象。

雪，好像有意给节日增添一点温馨，不停地把轻柔的浅笑往地上泼洒。神棚里的彩灯将纷纷扬扬的雪花映照得红一片，绿一片，黄一片，白一片，硬是把寒冷的山村装点得桃红柳绿，流金泻银，透出一派春的生意。神棚在这似冬似春、如梦如幻、绰绰约约的境界中，庄严而神秘地絮絮叨叨地讲述着以往讲过无数遍的神话——一篇饱和着山民们热切祝愿的神话。

刚吃罢汤圆，小锁来找我。我跟他走到街上，他塞给我一块枣糕，在白雪的反照中龇牙一笑说：

“跟我到神棚偷个娃娃。”

“你家是社首，还用偷？”我挑逗地说。

“废话，”他用肩膀扛我一下，“这次可要做得密实些。去年给黑牛他嫂偷那个就不灵。都怨你笑，叫人瞧见啦。”小锁提起去年正月十五，我们跟同班同学黑牛偷泥娃娃的事。我们一切都按老人交代的办了：偷偷地从奶奶的神案上用红绒绳绑了个泥娃娃回来，又悄没声息地把娃娃放进了黑牛他嫂的被窝里。谁知为啥黑牛他嫂还没生娃娃，这能怨我吗？我心里老大不服气。

“谁说我笑了？是你把凳子绊倒，惹得那几个看灯的媳妇扭回头瞅我们。”

“好好，不说了，这回可得办得利索点。”小锁装出一副大人样子。我不耐烦小锁这副德行样儿，可到底我和他是好朋友，他代我帮忙的事，我不能不上心。我们两个是同桌，桌中间用小刀刻了条“楚河汉界”，谁要是过了界线，就会兵戎相见，胳膊肘对胳膊肘地来场恶斗，有时又好像一个人。同咬一块硬馍馍，同吃一把从地里偷来的豌豆角儿。

“这次是偷给谁的？”我在雪地上走了几步，大大咧咧地问。

“给我二嫂。”

“呵，是金柱媳妇？”我自语道。小锁的二哥金柱，去年春上成的亲。他媳妇月秀生得细眉细眼，小鼻子小嘴，脸蛋白里透红，是全村拔尖的标致人儿。她过门那天，穿上借来的帔篷云肩，头戴颤巍巍的凤冠，那模样活似戏台上的樊梨花。我跟着小锁看了花轿，听了新房，好多天心里都不安静，每想起她就会想到国文老师讲的那些《聊斋》故事。我怀疑她是狐仙，但我喜欢她这个狐仙，总跟着小锁往她新房里跑。

按乡下风俗，孩子们可以肆意同新嫂嫂闹着玩，她性子绵，柔柔顺顺的，再闹得厉害也不恼，还甜甜地笑着，拿出核桃、枣子给我们吃。我认为她是村上第一好人。金柱哥更不待说了，我崇拜他，他见多识广，一套《东周列国志》被他记得滚瓜烂熟，地里的活一闲下来，就给我们讲故事，坐在阁楼的角落里，一讲一天。这半年没有见到金柱哥的面，听说他到外地躲壮丁了。

“金柱哥回来啦？”我怯怯地问。

“嗯。”小锁点点头。

“还走吗？”

“听俺爹说不走啦。”小锁愤愤地踢起一团雪，“保长坑人，俺大哥前年抽了壮丁，又要抽俺二哥，欺侮俺爹老实。年前，保长对俺爹说，只要俺家捐两石麦，他同上边说说，二哥就可以免征。俺爹求爷告奶借了两石麦交去了。”

“你家的债不是越来越多了？”

“俺娘愁得睡不着。俺爹说去冬下过几场雪，今年说不定有个好收成。”

我弯腰抓把雪放进嘴里，笑着说：“这雪要是白面就好了。”

“美得你！”小锁也笑了。走一段路，他又说，“俺娘想金柱嫂快生个娃。”

“你娘想抱孙子，你想当叔叔是吗？”

“嘿嘿，就看今晚俺能不能把娃娃偷回来啦。俺娘交代的，今晚千万不能出错。”

“出不了错。”我甩着大步，把雪踩得咯吱咯吱响。“到时我把人引开，你尽情偷啦，哪个胖偷哪个。可别偷个闺女。”

“嘿嘿。”小锁笑出了声。我和小锁兴奋地加快了脚步，刚看到神棚的灯光，就不再说话，一种庄严的使命感和不知就里的神秘感，漫上心头。

街上越来越热闹，我们从耍旱船的、踩高跷的人堆旁边经过，也没敢停留。

很多人到神棚里观灯、进香，进进出出的。几个老婆家坐在神棚的一角玩牌九，身旁围了一群小伙，指指点点，吆吆喝喝地取闹，几个坐在灯下掷骰子的闺女媳妇窃窃地笑着，说着，不时用眼角瞟瞟神案上那些用彩笔勾勒了面庞和衣服的泥娃娃。神案旁成了一个敏感的地方，凡有小孩子到那里来，都会引起人们的注意。我同小锁在神棚里转悠了一圈，感到身上都是目光，心情紧张地走到神棚外面商量。

“刚才你在神案旁磨蹭个啥？怎么不下手呢？”我抱怨道。

“怎么下手？叫人一看到就不灵了。”小锁焦躁地瞪瞪我。

“这样吧，”我从口袋里摸出一串鞭炮，“等下你一听到鞭炮响，就赶紧用红绒绳去拴泥娃娃。”

小锁会意地点了点头，又踅了进去。

我暗暗点着了鞭炮，一阵噼噼啪啪响，神棚里的人都转向了我。

“怎么这时候放鞭炮哪？”

“我拜奶奶哩。”我愣笑着。

“去去，鸡巴孩，媳妇还不知在谁肚里呢，就拜奶奶哩。”一个玩牌九的老婆家丢下手中的牌，笑骂着。

神棚里哄笑起来。我正想顶她一句，只见小锁满脸得意，悄悄地溜出了神棚，我急忙跟了出去。小锁顾不得同我说什么，笑着朝前跑去。我在后面紧追，直追到小锁家门口，小锁才喘着气停下来。

“你摸摸。”他将泥娃娃递给我。

我们喘了会儿气，装着没事的样子，一前一后地走进了金柱嫂的屋子。

金柱嫂正围着被子坐在床上绣花，看见我们，抿嘴一笑，漾起两个好看的酒窝儿。

“二嫂，你怎么不去看灯呢，神棚里可热闹了。”小锁从盘子里拿起一个炸面花塞进嘴里。

“不是看过了吗？能老看。”金柱嫂仰脸笑笑，又伏在绷子上。

“绣啥？”我凑过去看看绷子上的花，“给俺金柱哥绣兜兜？”

“哼，我景他呢，还给他绣兜兜呢。”

“哪，我知道了，是给娃子绣兜兜哩。”我坐在床边，向小锁示了个眼色，小锁挨着我坐了下来。

金柱嫂的脸微微红了。她拿起绸子打了我一下说：“哪儿来的娃子，瞎说。”

“我看看你绣的啥花。”

“不叫你看。”

“我要看。”我伸手去夺绷子，趁机用胳膊肘捣了一下小锁。

“嘻嘻。”金柱嫂低头笑着。

小锁轻轻碰了我一下，我明白他已将泥娃娃放到被窝里去了。

我舒口气，猛地把绷子夺了过来。

“啊——麒麟！麒麟！”

“坏。”金柱嫂佯嗔着，在我背上打了几拳。

听到闹声，小锁娘在院子里喜滋滋地问：“小锁回来啦？”

“回来了啦，娘。”小锁高声回答。

“金柱呢？”

“还没回来。许是在耍旱船。”金柱嫂答道。

“等他回来了就早点歇吧。”小锁娘从院子里走过，东屋响起小锁爹的咳嗽声。

我望望被头，向小锁扮了个鬼脸，正要出去，忽听门外有人压低声音喊道：“小锁他娘，你家金柱叫抓了。”

我同小锁愣在地上。金柱嫂的脸色陡地变得惨白，双手捂住绷子，一滴鲜血在手指上微微抖动。

院里一阵杂沓的脚步声。小锁爹哭喊道：“这不把俺坑苦了，坑苦了，俺刚捐两石麦哪。”

好像有人在劝小锁爹，说金柱没叫抓到，跑了。

“啪！”村外响起一声冷枪。枪声凄厉地划过元宵夜的夜空，把一切喧闹都盖住了。山村陷入死寂。

忽然，金柱嫂起身冲出房门。叭的一声，随着散乱了的被窝掉出一个绑红绒绳的泥娃娃。

泥娃娃在泥地上碎成几瓣。

我想去捡，双脚却没有移动。我的眼睛湿了，我怔怔地看着一个捡不起来的梦。

奶奶棚的灯灭了。山村的元宵节被雪埋了起来。

雪，真冷。那枪声久久地萦绕在人们的心里。

1986 年 8 月

土造

乡下能人多，行行有匠，连枪都会造。不过人们对这种枪颇瞧不起，叫它土造。

地方上的枪本来就多，哪个村没有几管枪筒？日本军一来，英雄四起，霎时间那些插在腰间、压在箱底、藏在檐下、埋在地里还沾满黄油的枪支，都亮了相。长的有捷克式、中正式、三八式、汉阳造、沈阳造等等，短的有二十响、大机头、蓝帽丁、三保险、一响挖等等，再短的有背剑八音、华圈八音、一把掇、左轮等等。大的不多，只有捷克式机枪、马克沁机枪、歪把机枪、冲锋枪。没有炮，只有火铳。如果有炮，方圆几十里地的枪支一收拢，随便拉出一个师来。小日本算什么东西！

时势造英雄，一时间出了许多抗日司令。一个司令只带七八条枪，太少；少就得想法造。

村上张三虎，当过两年兵，后来负了伤（一说得了花柳病），回到村上种田。他那张狭长的马脸上有几粒白麻子，为人精明，却不刁。因他在外面闯荡过，见过世面，讲义气，很得村上人高瞧。别的村都在拉队伍，竖旗，张三虎坐不住，也要造枪。那时造枪之风已经兴开，如何造法，材料如何弄来，张三虎也知个十之八九。只要找个造枪师傅和一台小车床，一座小兵工厂立时出产品，可不像后来我们搞三线工厂那么多胡子。

他联络十多个热血青年，到洛阳附近扒了一条铁轨，找了几条口径不一的钢管，连夜扛了回来。又备了一桌酒席，把一位巩县兵工厂当过技工的师傅连同一台小车床请了来。锻、车，铆、铣，折腾了半个多月，第一批一响挴正式“出厂”。

队伍的名号是“伏牛山民众抗日第一支队”，三虎谦虚，不当司令，只委任自己当个支队长。十几条汉子，十几杆崭新的一响挴；枪黑缨红，煞是威风；按规矩先得祭枪，而且第一枪必得见红。打麦场上设上香案，一只公鸡吊在香案旁的椿树上，等着挨枪。三虎一声口令，队员们把枪放上香案，三虎卸下枪，搁在最上面。他拍拍身上的灰尘，接过一位老人递来的香，恭而敬之地点燃了三炷，跪拜又三，在氤氲的香篆中，庄严登上场中间的碌碡，拉开腔向他的队伍和村民们讲话。

“咱们拉队伍，不能学别人那样，为派款派捐占地盘。咱们拉队伍，为的是真抗日，真维持地面，真保护乡亲。咱张三虎不来假；乡亲们眼皮底下长大的，连下面那个鸟，乡亲们都清楚，是汉子假不得。是真汉子、假汉子，日本人的枪口前面见分晓。咱手上握的啥？枪！虽说是土造，土造也能要人的命。今天咱祭枪，众乡亲在场，算是给三虎面子。……”

说毕，三虎从香案上捡起他的枪，往前走了四九三十六步（据说这三十六步代表三十六计），一个标准的向后转，手臂平举，枪口对准了那只该死的公鸡。

人们屏声敛气，瞧着三虎扣扳机的手指。

砰一声枪响，大家的目光一齐转向了做祭品的公鸡。公鸡扑腾了两下翅膀，侧起头，疑问地瞪起两只圆眼。

“血！血！”有个队员忽然指着三虎的左耳喊叫。

枪炸了筒，钢片削去三虎一只耳朵。

“嚷个屌！这是好兆头，人血比鸡血金贵。”三虎不管自己的耳朵飞向何处，命队员从神案上再拿过一支土造，装上子弹，一声响，一股白烟，命中，羽毛乱飞，鸡血溅上神案。气氛庄严神圣，观众噤若寒蝉。那时候村民们尚未学会三呼万岁，三虎也不计较。

三虎祭枪搭上一只耳朵，却得了个“独角虎”的称号，声名大振。

祭枪出了事故，造枪师傅心感惭愧，要请罪告退。三虎有气度，不但不为炸筒之事责难师傅，反办上一桌酒席为之庆功。造枪师傅的土八音造得好，却轻易不肯献技。酒过三巡，三虎提出要求，造枪师傅感其诚，就默应了。

邻村一位抗日司令，害怕独角虎成了气候，于己不利，谋划把那十几支一响摊搂过去。于是两支抗日队伍，未同日本人接火，自己先火拼起来。邻村的队伍里除鸟枪火铳之外，还有两支捷克式长枪，一支德国造二十响盒子，好生厉害。凭这几支洋枪，那司令就不把独角虎往眼里搁。高粱地边一场遭遇战，独角虎损兵两员，丢枪五支，大大失利。这是一个教训：兵不厌精。三虎决心更新装备，日夜督工，造出二十支八音手枪。枪多人多之后，独角虎策划一番，打了一个伏击，把那位司令手下的枪全部卡了。独角虎毕竟当过兵，有点军事常识，一般土司令不是他的对手。不久他又打了一仗，居然从另一位抗日英雄手中夺了一挺马克沁机关枪，队伍呼啦一下发展到百十人，一时军威大振，成了方圆百里的大股。

抗日英雄打抗日司令，土枪对土炮；你想收编，我想扩充，中国人只讲“收编”，不讲联合，谁也不想叫别人编了去，只好火拼，一时地面大乱。日本人清闲，一心一意地修炮楼。

独角虎有谋略，看到如此火拼下去，损伤国力，不是办法，就发请帖邀各路首领前来聚议。大多数首领很给面子，来了。议程很简单，推举一个总头，把队伍编在一起，不再作阋墙之争，好同日本人干一场，以扬中国人的威风。这美意大家都赞成，可是从早吵到晚，总头推举不出来。有几次还拔出手枪，互相用枪筒顶住胸口，几乎扣动扳机。独角虎是东道主，忙着当和事佬，晚上还要为吵了一天声嘶力竭的众兄弟设筵消乏。

猜拳行令，酒过数巡，首领们酒酣耳热，一时间纷争消弭，推心置腹，相见恨晚，慷慨激昂。独角虎站起身向外看了看，忽然拉长腔调高喊一声：

“添酒——”

首领们正看酒杯，一支支土造八音手枪的枪口，冷冰冰地戳上脑袋。

独角虎踩碎席面上的碗碟，巡睃着表情各异的首领们，笑笑说：

“委屈大哥们了。群龙不能无首，今天只好请诸位公推小弟来收拾局面了。”

没有谁提出异议，因为他发给众首领的选票是一粒从土造手枪枪膛里射出的子弹。

独角虎把队伍扩充到千余人。伏牛山民众抗日支队改成了纵队，他正式将自己由支队长提升为司令。

造枪师傅认为独角虎手段太辣，同他吵了一架，回到房中抱着车床痛哭一场，决定打点东西回家。独角虎感其功大，优礼有加，亲自送出南门。施礼后，造枪师傅刚走出百步，一粒子弹穿心而过，栽倒在地。

“师傅的枪造得越来越精，是个了不起的人！”独角虎瞧着还有一丝淡烟的土造八音，感慨系之。“如若他去给别人造枪，我不挨打才怪。”

造枪师傅葬在南山，葬礼甚厚，陪葬物中，有那部制造土枪的土车床。

独角虎削平群雄之后，被日本人盯上，连战皆败，逃进南山。山北成了清剿模范区。又半年，独角虎在山里待不下去，经人撮合，把队伍拉出山外，改编为皇协军。

前往检阅队伍的一位日本军官，摸摸一个队员的一响撇，问：

“这是什么？”

“土造，土造手枪。”独角虎回答。

“你们中国人，聪明的有，造土枪，自己打自己的好……”日本军官嘲讽地笑笑，向独角虎伸了伸拇指。

“是的，太君，土枪有用。”独角虎目光呆滞，不知在想什么。

再半年，独角虎被他的部下用一响搬打掉了剩下的那只耳朵。

其后，他手里多了几支三八式，又因他两耳全无，人们改称他为大洋狗。

独角虎其人，土生土长，真正的土造，后人称其为大洋狗，恶谥也哉。

1986年8月11日

人物头儿

谢补天是我家的一个远门亲戚。他比父亲年长两岁，我唤他补天伯。在方圆十数里的乡间，他是位名人，被乡人当作一个人物。我刚记事时，乡人们在背地谈起他，已把他称作谢人物，或人物头儿了。人物头儿这个称谓，似乎只在洛阳地方流行。洛阳人在口语中常喜欢将尾音儿化，因此大都称他人物头儿。起初我以为这是补天伯请私塾先生起的大号，渐长始解其意。

故乡为古之三川之地，物华天宝，文化灿烂；山川形胜，兵家必争，自古人物辈出。孔子孟子这等显学巨儒虽不降于斯，却有鬼谷子这么个一派学宗在此落籍，从鬼谷子以下，达官贵人、墨人骚客不绝如缕。乡人们是常以这些同煌煌乎数千年文明相映成趣的乡梓人物而自豪的。到了父亲这一辈，似乎地脉他移，气数已尽，各业凋敝，人才零落，但还是出了这么一个谢人物。

人物一词在敝同乡口中，含义是很微妙的。褒贬随意，庄谐自如，实耐寻味。如说："人家真是个人物！"那感情色彩全看语调及环境，可能是赞叹与敬畏，可能是调侃与打趣，也可能是轻蔑与讥讽。人物头儿的含义更为复杂，当然其显意是"弯弓射大雕"之类风流人物之首之谓也，但其隐意就很难说的了。

为何把我补天伯称作谢人物或人物头儿，至今我也说不太清楚，仅能记其事略如下。

我们村子距九朝古都的洛阳城九十华里。想当年可以说地处京畿，应该是个很开化的地方，但村民十之八九从生到死没有进过洛阳城，其闭塞可想而知。一谈到洋，村民们除对洋枪洋炮怀有一种过分的敬畏之外，对其他洋东西一概是鄙夷的。如果谁留了一个分头，那颗长满黑发的头颅顿时会成为洋头，不堪入目，有辱祖宗。村民们又偏偏喜欢把许多东西冠以洋字。凡不是纺花机纺出的线，一律叫洋线，凡不是老奶奶从脚踏织布机上织出来的布，一律叫洋布。于是洋碱、洋烟、洋火、洋红、洋绿、洋袜子，充满于道，触目皆洋。这些洋物什绝大多数不是舶来品，只不过不是本乡本土、土法土造的产物罢了。谢补天谢人物对这些洋字号的玩意儿是最瞧不起的，堪称抗洋领袖。

据说，谢补天被村民视为人物，而且成为人物头儿，同他冒险犯难，不顾一切地到洛阳城探险有关。谢人物稍有资产，是个土财主。人有钱就不安分，他总是透过龙门口，望着云雾后面的洛阳，想象着那个既可怕又诱人的花花世界。这样望了几十年，过了不惑的年纪，终于下了决心，暗暗往腰兜里塞了十几个银圆，义无反顾地向洛阳城走去。一闯洛阳府，谢补天旗开得胜，凯旋而归，霎时间名声大噪。

“狗屁！城里人使的那些洋玩意儿都是狗屁！”谢补天用两个手指抿了抿八字胡，伸直细而且长、皱褶如网的脖子，噗的一声，往土墙上吐了一口浓痰。

几个在墙角晒太阳的村民，垂手恭听。

“老子在洛阳府坐了一趟洋车。”谢补天的声音不无炫耀，“洋车，你们见过吗？哼，就是一个人拉着颤颤颠颠往前跑的两轮车，座位分两层，也就是说分头等二等。听说这玩意儿是由东洋传进来的，坐一趟要花大价钱。拉洋车的叫洋车夫，明明是中国人，却当洋车夫，你们想会有好东西！洋车夫拉着我跑了一阵子，忽扭回头说：‘你老先生为啥坐在脚踏上呢？我道你一个干瘦老头儿怎么这样重哩。’我说：‘我坐二等，不坐这儿你叫我坐哪儿？’他硬让我坐到高处，我不上当，他想多赚钱，诓我呢。我可不叫人当土鳖抓。‘你想收我头等的钱？不干！’他看我不好惹，只好说：‘快坐上去，我请你坐头等，只收你二等的钱，怎样？’怎样？老子就能治住你，坐头等只付二等的钱！都说洛阳府的人光棍，洋人光棍，看谁光棍！”

听者，有的咋舌，有的暗笑。

“还有，那穿洋服的巡警也叫我给治了。”谢补天又吐了口浓痰，“娘的，再下洛阳府，非得带个尿壶不行。那么大个洛阳城，没有撒尿的地方。你们想想，我一气喝下三碗浆面条，能不憋尿？走到街上想尿尿，到处找不到茅坑。看看一家铺子的山墙下没有人，我就撩起袍子，正要往山墙上撒，有人却从背后把我一推，还喝一声：‘干什么？’我扭头一看，原来是个穿洋服的巡警。他瞪瞪我，我瞪瞪他，娘的，哪一壶不开他提哪一壶，我说：‘咋？我自己的玩意儿还不兴我自己看看！’那洋巡警只得走开，也算叫我给治了。可那泡尿憋得我真难受。娘的，老子看明白了，穿洋服的都是汉奸。汪精卫是大汉奸，他的铁像就跪在大街上，恶心，我照他脸上吐了一口浓痰。”

谢补天在乡人中简直成了义和团般的人物，也有人不这么看，但不管怎么看，自此大家都说谢补天是个人物了。

谢补天对喜欢洋气、喜欢洋东西的人深恶痛绝。他骂得难听，只可惜那时他还不知道“崇洋媚外”这个词儿。

谢补天责己甚严，在维护文化纯洁性方面，绝对地身体力行。他不赶时髦，宁肯多抽鸦片，绝对地不抽被称作洋烟的卷烟。他读过四书，甚至读过绣像本的《西游记》，却不知鸦片原本是天竺国的产物，被大英帝国的炮舰由西天运来，因而引起过一场鸦片战争。他只知道他奶奶小时候割过大烟，还听说大烟花甚是好看，他爷爷他爹爹直至他都抽这叫作鸦片的大烟，因此抽大烟才是“固有文化”，因此那用纸卷的洋烟则是洋人的侵略，要坚决抵制，因此，每当他对着烟灯，看着烟泡在火焰上嗞嗞溶化之时，发青的瘦脸上就会泛起一种自豪的胜利的微笑。

他非常厌恶人们洗衣服用洋碱（肥皂），他说用洋碱洗的衣服，穿到身上会长杨梅大疮，不知他是从哪本“花柳大全”看到的，硬说杨梅大疮是洋疮，是从外国人身上传来的。

“洋碱哪比得上皂角？皂角满树都是，摘下来就能用，洗出的衣服清亮，穿在身上清爽，不怕得那丑病。皂角籽儿还可做牌桌上的码子。洋碱恶心人！”

一次，他用三石麦子买的那个二十刚出头的小妾到河边洗衣服，他放心不下，暗暗尾随到河边，藏在一丛芦苇后面，本想看看有没有不三不四之徒分吃他的三石小麦，不意却发现小妾从篮底拿出一块洋碱。这洋碱比野男人还可恶，他恨得咬牙，冲上去一脚把小妾踢到河里，硬要小妾将洋碱吃下去。

“娘的，用洋碱的女人没一个好东西，老子早觉得你身上的味儿不正。”他在满是石头的河滩上蹦跶着，一双充血的眼睛似乎要从青筋暴突的瘦脸上跳下来，“想害老子？我谢补天知书达礼，不沾这个洋味！”

可是事情总有变化，谢补天既是人物，而且还是人物头儿，总是很注意潮流的，这叫作识时务者为俊杰。他对洋碱的态度后来发生了突然的令人目眩的变化。

村里办起小学校，还请来一位年轻女教师。谢补天作为校董之一，当然理应经常到学校走走，关心关心这位穿着虽失之洋气脸蛋儿却十分标致的女教师。一天女教师正在洗脸，他闯到人家屋里，抽抽鼻子，搭讪道：

“你用的是个啥，怎么这般香呢？”

“香皂。”

“香皂？香皂也是洋碱吧？”

女教师抿着嘴笑了笑，脸颊上现出一对媚人的笑窝。

“好好，这洋碱是啥牌子？”

“四合一。”

“真香，真香，让我闻闻。”

谢补天昏昏沉沉地竟将鼻子凑到笑窝上去了。女教师一惊，抬手给了谢补天一个耳光。

谢补天摸摸脸走到街上，半日迷迷糊糊的，心中不住嘀咕。

“好，好，这玩意儿是好，香喷喷……”

他暗自笑笑，笑得很猥琐，幸好人们不知他笑什么。

“不就是一块四合一嘛？有啥了不起！”谢补天又恨恨的了，“用块四合一洋碱就成新派了。哼！老子三年前就坐过洋车，老子比你新得早！”谢补天朦胧地意识到，现在新派似乎挺吃得开。

他找到杂货铺的掌柜，问：

“有香皂吗？”

“没有。”

“唉，你是咋做生意的，铺子里连香皂都没有。”

“你老要用的话，下次我到城里办货给你捎块四合一。”掌柜的眨着小眼，犹疑不定地瞧着谢补天。

“没有比四合一更好的洋碱了？”

“有，檀香皂，也是上海货。”

“中，就给我弄块檀香皂回来。”

谢补天拿到檀香皂之后，说是要小妾每天洗两次，气气女教师，却始终未舍得拆包，到外边他却说：

“用洋碱洗脸是好，我早说好。用啥子四合一，我要我老婆用檀香皂，那味儿可是……嘻嘻……你们就是不开化，用洋碱怕啥？我用檀香皂，这是新派，三年前我就坐洋车啦，可你们到今日还不敢去试一试，唉……”

一时间，谢补天在村上比谁都新派，成了一个真真正正的新派人物。

事有凑巧，谢补天在外地读书的儿子回来不久，同小学女教师“勾搭”上了。谢补天很反感，儿子却说这叫自由恋爱，不得干涉。接着，儿子要和女教师成亲，谢补天虽然不愿接纳这个令他吃耳光的儿媳妇，无奈儿子是独子，自小脾气大，谢补天拗不过，只得张罗办喜事。这对新派人儿拜堂时不叩头，而要三鞠躬，坏了许多规矩，使谢补天生了许多闷气不说，新婚后还不上高堂请安，一早起来手拉手儿到河边溜达，这可使谢补天再也忍无可忍了。望着儿子儿媳的背影，他站在上房前檐下吼道：

“回来！给我回来，都成亲了，还天天吊膀子，要我这张老脸往哪里搁！”

儿子说：“爹，我们这是去散步。到河边呼吸新鲜空气，对健康有益。”

“胡说，我和你娘从来不到河边呼吸新鲜空气，不也活到五十大几了？”

自此，他又对新派的作为看不惯了，也不再提用檀香皂和三年前坐洋车的事了。

一天晚上，发生了一件惊动全村的事。

谢补天占有郭家寡妇，村人传闻已久。山里人有其开放的一面，对此等事从来是不大追究的，何况谢补天是个不好惹的角色。这一晚，活该谢补天丢面子，两人的好事被来探闺女的郭寡妇的爹撞上了。郭寡妇的爹早就不待见谢补天，如今撞到他手上，他就不客气地掀开被窝，拽住谢补天的瘦腿，大呼大叫，惊起四邻，热闹一场。

谢补天确实不得意了几天，门少出，走动恹恹的，胃口全无。一天吃饭，他拿起筷子又放下，弄得全家无情绪。老婆数落几句，他一怒将碗摔了。儿子看不惯，说道：

“爹，这就是你的不是了。胡子一大把，眼看就要抱孙子了，闹出这等没脸面的事，还发个啥威？”

“怎么没脸面？”谢补天冷笑一声，“你算啥新派？老实说，我同郭寡妇是自由恋爱，已经恋了五年。哼，现时你才吵吵自由恋爱，五年前你懂？”

“可耻！”儿子感到羞愧，低头不去看爹。

“有啥可耻？我又不是汉奸，不是汪精卫！”

经这一吵，谢补天居然又神气起来，名声又大了。

“老子才是真正的新派儿！”他经常说。

1944年日本兵到了洛阳之后，谢补天这个人物头儿却没有大的作为，他没有参加皇协军、维持会，也没有参加游击队。他不再说什么洋车、檀香皂和自由恋爱，却一遇机会就惶惶地向人表白：

“喂，我可没有用痰吐汪精卫哪……”

1986年12月14日

阅楼

祖母颇有些幽默感，她好做善举而不愿破费。可是有几件事真被她做成了，在村中建阅楼就是其一。

我们那个穷山沟，由于是中华文化的发祥地之一，至今山民们犹记往昔的光荣，不肯降格为粗鄙之人，在野语村言中往往夹一些文雅之词，如阅楼。阅楼者，戏台是也。但山民们只将临时搭的供唱曲子或靠山簧戏的台子叫戏台。固定的用砖木建造的，虽然在上面也演《胡二姐开店》《大劈棺》之类，但绝对地称之为阅楼。这是马虎不得的，否则将会遭到山民们耻笑。

阅楼建在通往村外的路口，等于一个寨门。原本我祖母的谋划就是要其做寨门的用场。我家是个暴发户，当祖母阔起来之后，小小的寨子已塞满茅舍瓦椽，祖母只好在寨墙北边建了一片新宅，高屋飞檐，兽脊指天，十分壮观，村人谓之北宫。世上有发财的就有倒霉的，灾害连年，盗贼四起，祖母的安全感不时受到挑战。因此她想将她的北宫移进寨内，其办法就是将原有的寨墙同我家的院墙和我家北边的小学校的校墙连接起来，再在位于我家院墙下的一个大路口上，修一个寨门。本为了我家万全计，却想要全村拿钱，祖母决定将家事作善事办，说是要建阅楼，造福后代，所需银两，她出一半，全村出一半，她是最大的善主。阅楼建成后，墙上镶了块石碑，刻勒善主姓名以记盛，祖母赫然列于善首。据说祖母一分钱没拿，因为阅楼的一边占了我家墙下一角地，所计银两甚巨。

掏了冤枉钱的淳朴村民们，确为这座阅楼得意了些时日，并将其列为村上八景之一。这村上八景是很壮观的，如“三间无梁庙”就是一座不足三尺的烧陶土地庙，里面供着慈眉善眼的土地奶奶土地爷，其制为三间，因属陶品，故其无梁，如不知其然，还以为是哪位伟大建筑家如贝聿铭者的惊世杰作呢。这阅楼一景被名为“千牛驮楼”。试想千百只黄牛驮着一楼行走，岂能不是奇观？其实所谓牛驮楼者，盖牛群从楼下门洞中穿行而过焉。这样一解释，确令人失望，故所谓看景不如听景。不过我对村民这种艺术想象和艺术夸张，是深为钦佩的。我想，我之所以后来能舞文弄墨，并能称为作家，同从小在这种艺术氛围中受的熏陶，大有干系，也就是说我虽非出身于名牌大学，但也是有师承的，千万小觑不得。

在乡间建阅楼是件大事。乡人认为阅楼是虎，不是随便可以建的，弄不好要死人，引虎为患，殃及全村。因此建这座阅楼，一开始就出了一场风波。

正对着阅楼的东街住的大都是杨姓子民。杨者羊也，虎口整日对住羊，能有好事吗？杨氏家族的头面人物出来反对了。聪明的祖母，没有读过理论著作，却早已懂得软硬两手。一说，如果要阅楼建在别处，所有费用由杨氏承担；二说，阅楼是虎不假，但历来不都是要“破”吗？“破”了，这虎怎能再伤人呢？

“再说，”祖母沉吟着，“东街第一家是姓岳的，有‘药’挡住，虎还能去咬‘羊’！”

“不过，这羊在虎视之中，岂能不惊？”杨氏家族的头脑不自在地在沙发上扭动着身子，总感到屁股下面不踏实，老太太不知装的啥机关，一不小心掉下去。

“唉，你那个杨，旁边竖根木橛子，老虎下得了口？嗨，老虎吃的是洋钱旁边的羊。”祖母虽不能习文断字，但《百家姓》上的字还是认得几个的。

“不过……”

“你就别不过了，盖好阅楼有戏看，咱村过得更好些。”祖母眯起眼睛抽水烟，鼻子里哼哼两声，似在冷笑，“这样吧，盖阅楼的份子，杨氏减免一半，你该摊的一份全免。”

“老太太发下话，我只有领旨了。”杨氏家族的头脑倏然提起精神，如戏台上的武生一般提起脚，用衣袖掸掸鞋面，告辞而去。

阅楼盖成，虽不能同旁边的北宫相比，也可说是四里八乡的一大建筑，很使邻村人眼热，都说祖母是个大善人，恨不得抬走这个活菩萨。有阅楼就得开戏，第一场戏是“破”楼戏。祖母使人请了一班靠山簧，“破”楼要硬班子，“破”不好后患无穷。

“破”楼那天，十里八里的娃子、壮汉、闺女、老太都来看热闹，台下黑压压一片，这是十年九不遇的盛事，都想饱饱眼福。一阵急促的锣鼓，从后台跳出一个红脸，一个黑脸，直发虬髯，锦衣皂靴，不知何方神圣。台下有人说，黑者为武松，红者为秦琼，似不像，总之为神通广大，武艺高强，降龙伏虎之辈。两人在台上舞之蹈之，锣鼓愈紧。猝然，红脸抓起一只公鸡，手执利刃，一刀将鸡头剁下，血淋全台。与此同时，有两人手执长竹，急忙将楼前的檐瓦捣掉几片。淋鸡血是驱鬼魔，捣瓦檐是敲虎牙，此均谓之“破”。一时鞭炮声大作，“破”楼礼毕，捏着一把汗的观众，长出口气。下面唱“加官”，老太太又将建阅楼留在口袋里的票子，拿出几张，使人用红盘托上台去。台上台下，皆大欢喜。

“破”楼不能说“破”得不顺利，但以后还是出了岔子——不到一年，杨氏家族的头脑死了，于是人们对“破”楼的质量提出了质疑。有的说请的戏班子武功不硬，有人说檐瓦捣掉得太少，也有人对老太太的银两账产生了怀疑。祖母把这一概斥为胡说八道，并要追查蛊惑人心者，于是没人敢在这“破”字上再说不是。杨氏后人不服，穷究原因，才弄清是东街第一户——岳家捣的鬼。岳家是卖烧饼的，你姓岳的不卖药却卖烧饼，后来竟卖糖烧饼，这还能药老虎吗？这不是故意诱惑老虎到东街来吃羊吗？杨氏欺侮岳家姓小，聚众去砸岳家的烧饼炉子；杨氏头脑勾引过岳家媳妇，岳家人早有夺妻之恨，于是一场火并，由烧饼炉直打到阅楼之上，这场全武行，比“破”楼戏精彩。杨氏人众，将岳家人由楼台上推下几个，摔死一人，官司打到县里。祖母出面调停，父母官给面子，只押了杨氏两人，又狠敲了杨氏一笔，官司了结，杨氏破落。

常言说，三十年河东，三十年河西，物换星移，不到三十年，世事大变。杨氏家族的人有不少成了贫雇农团的兄弟，卖烧饼的岳家被划成了地主。祖母早到西天念阿弥陀佛，不再管她所建阅楼的风风雨雨。可是我总惦记着那座阅楼。

我很早离开家乡，那座阅楼只在我幼时记忆里存在。不管阅楼上演化出人世间多少纷争，对我来说，那座阅楼却有一个洒满冬阳的角落，有一个月白风清的角落，有一个恬静温馨的角落。在寒假的寒风里，我和几个同学偎在楼台一角，听一位高年级的同学整本整本地讲《东周列国》，讲《说唐》。在夏夜的月光下，我和同伴在阅楼上捉迷藏，拍手唤低飞的萤火虫；在秋天，我跟着美术老师在阅楼旁边画水彩，画它的兽脊，画它瓦楞上的黄叶……这是我自己的阅楼。

我失去我的阅楼已经很久了。

最近，从家乡来了位亲戚，我们谈起老祖母，自然也谈起那座阅楼。

他说，这三十多年来，阅楼最红火的日子是土地改革时期。那时，经常有秧歌剧、腰鼓舞在上面演出。全乡的庆祝土地改革胜利大会，就是以阅楼为主席台的。以后，它的景况就凄凉了，除了批判人，斗人，没人愿意上去。“文化大革命”时那里又热闹了一阵，两派斗来斗去，岳家军杨家将像争制高点一样在上面争个你死我活。老百姓说，这就叫“现代戏”，除了这出戏和样板戏，没有别的戏好在上面演出的。这几年虽有曲子班、靠山簧班、越调班不断到村子里来，也都不在上面演了。

“为什么？”我问。

“它老了，快塌了。”

“怎么不修呢？”

“不能修。”

“为什么？没钱？”

“没钱你捐一点？像你奶奶一样？”他狡黠地瞥了我一眼。

“我不行善，不刮民。”我跟着他笑着，又问，“为什么不修呢？”

“要扒掉。它妨碍交通。”亲戚感慨地摇摇头，“阅楼阅楼，它已阅了半个世纪，该休息了吧。”

“那村上演戏怎么办？”我感到困惑，穷山沟，盖座阅楼毕竟不容易。

“盖大戏院呀！”他故意眨眨眼睛。

“能盖吗？”

“都盖成了。”他笑着说，“钱是岳家的孙辈捐的，如今不叫捐，叫赞助。岳家孙辈在山上引种中药材发了财，一次赞助了三万块。实打实，不像你奶奶当年。”

“啊……”我沉吟着，“这么说，等我回去连阅楼的影儿也看不到了。”

“能看到。”

“能看到？”

“还可以看到那副对联。”他提醒我，“记得吧？阅楼落成时，我们的一位国文老师给阅楼写的那副对联，现在移到新戏院的舞台两边挂着呢。”

我想起来了，那对联是：

唤出人间千种面，
阅尽天下万般情。

我默诵着，不觉念出了声，听听自己的声音，心中却有些怆然。

1986年12月16日

鬼灯笼

父亲要带队伍抗日，母亲随父亲北渡黄河，上了太行山，把我同二哥留给奶母陈干娘照管。

自父母走后，大宅内更加阴森空寂，走路可以听到自己的脚步声。10岁的我，晚上穿过庭院时，不敢扭头看自己的身影。不安与不祥像一缕缕扯不断的游丝，在大宅内到处弥漫着、飘荡着，灾难在暗角里不住窥探，终于一连串意想不到、令人心悸的事发生了。先是名为养女实为丫头的香月因与小学教师陆先生暗中往来的事被人们觉察和私议，接着是香月在祖母的棺屋里不明不白地死，再后来就是我得了怪病。

那一年，大宅里的人说我得的是魔怔。

白天我总是怔怔地坐着，一到晚上，就要到寨外去看鬼灯笼。

陈干娘不断地流着泪数落我："憨生，你别憨了，别憨了，把娘都吓死了。"

“那是香月，有啥好吓的……”偶尔我会咕噜着说一句话，香月比我大九岁，生前常同我在一起。

“香月早死了，你不知道？”陈干娘用手摩挲着我的头，“就死在棺屋里了。”

“我知道，”我笑笑，从陈干娘的面色看出，我笑得一定难看，“被人害死在我奶奶的棺材里了。”

陈干娘急忙用手捂我的嘴。

“可不敢这么说。”

“我要说！”

于是，我冲到屋门外，号叫起来。

难得解囊为孙儿出药钱的祖母，忍痛派人到集上把老中医邬先生请了来。

邬先生把脉，看舌，开药方。

“这孩子受惊了，吃三服药吧。”

邬先生开的药里，定惊驱邪的朱砂是主味，药熬出来，一碗红乎乎的汤。

我最不耐烦吃药，趴在八仙桌边上，看着药碗发愁。陈干娘到二院客房打麻将，临走时交代：“不喝完这碗药，不得出门。”

趴在对面桌边上的二哥，焦躁不安。他直直地望着我，催我跟他到姐姐房里去打麻将。那边也有一桌，三缺一。阴沉沉的大宅，麻将桌是唯一热闹的地方，同时开几桌是平常事。几乎老老少少都是牌桌上的角儿，早已形成梯队，不怕没有接班人。陈干娘打牌成瘾，我在襁褓中就跟着她上麻将桌，耳濡目染，而且悟性特高，所以对牌桌的风云变幻，早已谙熟于心。

"等着你哪！"二哥催促道。

"不喝完这碗药，陈干娘不让出门。"

"我帮你喝！"二哥不屑地瞪我一眼。

二哥真英雄，一口气喝完那碗朱砂稠汤。

我还算是个懂事的孩子，知道二哥替我喝了郚先生的定惊汤，病理应好一些。强打起精神，不再总是发症，但到晚上，我忍不住还是想到寨外看鬼灯笼。

祖母心痛了一阵她的药钱，又给我请来了神婆。神婆缺乏郚先生的科学态度，不把脉，不望舌，专一地刨根问底，非问出个撞邪的时刻地点不行，以便她斩妖除怪。

我不说话，只是摇头。

守炮楼看院子的康二叔在一旁忍耐不住，用袖子擦擦额上的汗珠，嗫嚅着说：

"怕不是接大少爷回来的那天夜里，在路上撞的邪？……"

"不是！"我狠狠瞪他一眼。我非常讨厌这个矮矮胖胖、两眼眯在一起整日想心事的人，我更讨厌他提起那一夜。

那夜，我、大哥、康二坐在轿车里，老何家赶车。田里刚收过麦，像谁家的镰刀挂高了，上弦月在东边幽幽地悬着。没有一丝云，天空像口清澈的从潭底吐水泡的深潭，不时从这边冒出一串星星，从那边冒出一串星星，仔细看来，满天都是星星，田野一片灰白，远远近近散落着一些模模糊糊的村庄和坟墓的黑影。在夜的光波里，一切都变了形，令人不由得感到一种陌生与恐惧。

我缩缩肩膀，感到一种暑夜的凉气。

在洛阳读书的大哥放暑假，去车接他。祖母最疼大哥，派了轿车，还派了端枪的康二叔，我跟着去了。来回一百八十里路，三匹大马拉车，本来不到晚上喝汤[1]时分就可赶回，大哥的一个同学乘车，中途在那位同学家吃的午饭，耽搁了。

轿车颠簸着走进一片石滩，三匹马踢起水花，河水一阵哗哗乱响，轿车过了村西的西河。

“快到十亩瓜园了吧？”大哥依着车窗问。

“路边就是十亩瓜园。”同老何家并排坐在车门的康二叔回答，用手指着不远处一堆树木的黑影，“一转弯，前边就是老坟，再有里把路，就到家了。”

我把头伸到车窗外，忽然看到老坟边上有一个灰白的圆点，问：“那是香月的坟吧？”

没人回答。老何家不知为什么突然站起身，拉紧缰绳，高喊着：“得噜……喂！”猛打了两个响鞭。

马惊了，霎时间，三匹马前腿跃起，身子直立，发出悲切的长啸。

老何家被颠下车去，他在地下打了个滚，一翻身又坐上车辕。

“鬼、鬼、鬼火……”康二叔哆嗦道。

“是磷火。”大哥强作镇静。他正在读高中，知道有种元素叫磷，算是没有白花祖母的关金票[2]。

马踢踏不前。一团淡黄色的亮光，一跳一跳，忽缓忽快地向轿车飘来，像一个弱不禁风的女孩子打盏灯笼，在凸凹不平的山路上摇摇摆摆地赶路。亮光飘到轿车窗口，停了一下，它纯净、柔和、凄冷。扑面吹来一股熟悉的香气，我不

---

[1] 喝汤：豫西人晚餐吃汤面条，谓喝汤。

[2] 关金票：抗战期间国统区流通的一种货币。

禁大声喊道：

“灯笼，是香月打的灯笼……”

我一呼叫，把那灯笼吹得滚动起来，很调皮的样子，一滚，滚到了马的前面，拦住了轿车的去路。康二叔慌忙拔出二十响盒子枪，只听他啪啪勾了两下扳机却没有响火。

我扑过去抓他的手，叫嚷道：“不要打，不要打，那是香月！”他的手颤抖着，继续扣动扳机。

大哥急忙把我拉到怀里。

“你真‘康’[1]，怕是没有顶上火吧，勾个啥？”老何家恼怒地瞅瞅康二，猛然站起身，把长鞭在头上绕了几个圈，然后叭叭甩了几个响鞭，鞭鞘迸出火花，辕马凄厉地长啸一声。三匹马一躬腰，扬头抖鬃狂奔起来，撒下一路急剧的马铃声。

我从大哥的怀里探起身，看到那盏灯笼飘远了。

“那灯笼灭不灭？”我问大哥。

“灯笼个屁，”康二叔抢过话头，“那是鬼灯笼。”

“知道是鬼灯笼你怕个尿！”老何家嘲笑道，“你不是什么都不怕吗？怎么怕起鬼来了！”

“何老儿，你敢再说我毙了你！”康二叔抖起精神，哗啦一声把子弹推上了膛。

耍枪弄棒的看门人康二，自称杀人无数鬼都怕。他曾吹嘘一次去“剿匪”，亲手活埋了几十个人。他活埋人还埋出新鲜，个个埋身露头，排列成行，到晚上还特意到刑场，用小刀子剖开死者的头盖，看看里面的脑子还有没有热气，但如今，他却怕走夜路了。

---

[1] 康：萝卜中虚谓之康。人康了，即指此人没有用了。

“心中无鬼就不怕鬼。”老何家撂了一句高腔。

“别说了。”大哥轻声制止。

康二叔憋着怒气，把手伸到老何家脑后，“嗒嗒嗒，嗒嗒嗒”，向远处的鬼灯笼打了一梭子子弹。

鬼灯笼文静地在原处停留片刻，留下一缕浅浅的笑意，悠然飘进老坟的柏树林。

瘦小的老何家双脚铁钩般抓住车辕，一手紧拉缰绳，一手握鞭，车神似的立在剧烈震荡的车上。轿车在老皂角树下急转个弯，冲进大宅的大门，隆隆跑上大门内的一段石板道。就在两匹稍马将要冲上二门台阶的刹那，老何家甩了几个响鞭，轿车骤然刹住，被制服的马骚动不安地踏着蹄子。

大宅少有的灯火通明，康二叔的枪声，引起一阵惊恐与慌乱，几乎所有宅民都聚集在二门的台阶上下。祖母和二伯站在台阶正中，马口喷出的热气，弄湿了他们的脸。

“怎么回事？”二伯抓住了马辔，威严地瞧瞧老何家和康二。

“马惊了。”康二回答。

“怎么就会惊了呢？”祖母一面拉过大哥上下打量，一面回头问康二。

“三少爷说遇到香月了。”康二躬了躬腰。

“怎么把他带了去？”祖母脸上一冷，“我早说这孩子要不得。生得不是时辰长得不成样子，一股魔气，就会犯傻，哼，长大也是个祸害，不信看吧。”

我听惯了祖母这本经，所以木然坐在车内一角，根本不觉得她说的是我。

“我看三弟有内秀。”大哥说。

"就你宠他。"

祖母催促大哥进去歇息，人们才想起了我。

"三弟呢？"大哥望望四周。

老何家把我从车上抱下来，大哥叫老何家把我抱到书房里睡。经过祖母身边时我呆呆地看着她说：

"是看到了香月，香月打着灯笼。"

祖母脸上的皱纹一激灵，顾不得骂我，扭身拖着沉重的双腿进了二门。

从那夜起，我就常常到寨外去看鬼灯笼，有时是傍晚，有时是夜间。

秋庄稼一天天高了，裸露着肋骨的田野，又穿上老年总穿的那件绿衣。随着秋风渐紧，绿衣好像絮上套子一天天厚起来。高粱、谷子和玉蜀黍高矮不等，就像一个慵懒、拙笨的村妇，没有把寒衣絮平整似的。但秋天的田野美妙无比，它不像麦季那么单调；它色彩明幽参差，虫声断续悠远，凉风在青纱帐里辗转反侧，虚幻缥缈，撩起人们一个个错觉。令孩子们最高兴的是，玉蜀黍将熟未熟时，撅几根甜秆当甘蔗，抽几个黍穗做胡须，拢一堆野火烧几包玉米，吃一个唇黑齿白，演一台好戏。

我常常坐在做过供桌的大青石上，望着不远处一堆野火的灰烬。喧哗声渐渐远了，刚才烧玉米包的一群伙伴都回村吃晚饭了。夕阳突然从一块白云中跳出来，把一盆鲜血泼向大地，绿色的田野顿时变成殷红，晚风吹过，发出一声声沉重的叹息。太阳很快流尽了血，无力地带着濒死的平静向西沉去。它那张褐色的脸，渐渐变得青白，在沉入地平线的最后一刻，顽强地支撑着，眷恋地望着这个被它蒸腾过的世界。

田野像一片透明的玻璃，清澈如水，没有一丝尘埃，也没有一丝波动，达到了清明与安静的极致。这时我看到远处西河岸的土岭上，有一条影影绰绰，飘飘忽忽的气带在流动，像是谁把西河侧挂起来，无数整齐的细波，粼粼地逆着西河的流向流去，像是一大片柳絮被春风剪成的飘带，像是一群不知名的白色小鸟，无始无终地由北向南飞行。我知道这就是大人们所说的地脉或龙脉了。听大人不止一次说过，但我一直认为那是一条河，一个柳絮阵，一群白色小鸟，我认为香月在她们中间。我定睛寻找着，要认出哪一只是香月。人们说，西天那条吞噬太阳的黑线上，有一个阳世和冥间的界碑，我不知阳世与冥间有什么区别，假若真有冥间的话。

这一夜月色很好。太阳还没有沉下去，月亮已经升上天空。当西天最后一片晚霞被晚风卷走，悬在半空的那轮淡月骤然洒下一地清辉，沐浴着刚从血光里露出来的庄稼。天穹墨蓝，像一口刚打好的新锅，那些同我一起烧玉米包的小伙伴，又围在锅旁爆玉米。玉米花噼啪迸射，爆出一个个、一串串星星来。星星布满天空，满天漫漶，罩上一层迷迷蒙蒙的光雾。我躺在青石上，望着星空出神。远处传来犬吠，多种昆虫好像听到号令，争先恐后地加入了夜的合唱。一串彗星飞过，老坟旁边好像掉下了几颗星星，有几点亮光闪烁调动。我坐起身，凝望着那些光点。一朵亮光一跳一跳向我游来，亮光越来越大，好像一个夜归人的灯笼。

我静静地等待它的接近。

灯笼来到我身边，氤氤氲氲，发出冷艳的青光，像月亮，像一团雾气。它绕着我转了一圈，忽高忽低，顽皮得可以。它在我面前停了一会儿，倏地又跳到我的背后，我闻到一股月季花的香味，猛一扭头说：

“是香月！”

可能由于我说话声音太大，一呼气把它吹出丈把远，弄得它摇摇晃晃，露出怨艾的神色，我招招手，它袅袅娜娜飘来，面上挂着浅笑。我记起，这是香月的步态，是祖母最嫉恨的狐媚子的步态。

正当灯笼再一次接近我时，传来二哥的呼唤：

“憨生——”

二哥跑过来。康二叔提着枪跟在后面。

那灯笼一摆，跳走了，跳得很远很远。

康二叔弯下腰来拉我，不怀好意地看着我：

“你奶奶可是说了啊，你再跑到这里看鬼灯笼，就要我把你锁在炮楼里。”

“锁吧，锁吧。”我甩了康二叔的手。

康二叔发泄地举起枪，对着跳出一里外的灯笼开了几枪。灯笼被击中，还没等康二叔笑出声来，碎片变成十几个灯笼，一起向这边跳来。康二叔害怕了，拉着我和二哥就往村里跑。

第二天，我到香月的坟上，用手给那小小的坟冢掬土。来找我的二哥帮我一起掬。

“奶奶真说过要把你锁在炮楼里呢。”二哥低着头说。

我没有答话。

“你别这样了，”二哥推推我，“要是妈知道了，她会多难过！”

“妈在哪里呢？”

“跟爸爸在太行山打仗。”

“打仗？陆老师不是也说要去打仗，要去抗日吗？”

“陆老师后来蔫了，想不到就把个喜欢他的香月害死了。”

“害死香月的还有奶奶、二伯，康二叔去埋人，听说那时香月还有气……”

“可不敢这么说！”二哥急忙打断我的话。

“陆老师不娶香月，我娶香月，”我哭了，“奶奶早先给香月驱魔，要香月嫁给月亮公公时，我对香月说过，要她等着我长大，等我长大了，我娶她。”

“你真的是傻了……”二哥哭起来。

哭了一会儿，我们坐在一起发怔。

“香月是鬼了吧！”我问。

“是了吧。”

“为什么那么多人怕鬼呢？连鬼灯笼也怕呢？”

二哥没有回答，后来我才明白，这个问题确实太深奥了，不单是孩子回答不了，世上有几个人能回答得了呢？

次年清明，奶奶怕我出事，终于拗不过我，一面抱怨家门不幸，一面派人给香月培了一个大坟，还用青砖砌了坟圈。我和二哥在坟边种了一株月季花。

可能是坟冢培厚了的缘故，以后那里再没有出现鬼灯笼。但我心中那个疑问，一直没有解开。

1993 年 9 月 26 日

说媳妇

我想，我母亲一生中最大的憾事，是没有在我小时候给我说下媳妇。

其实这事谁也不能责怪她老人家。平心而论，她老人家想当年为这事也真操了心，直到如今还给我留下一种感情初萌的苦涩而温馨的回忆呢。

在兄弟四人中我排行老三，母亲却最先张罗着给我说亲，如说是母亲偏爱我倒不是。幼年的我，貌陋口讷（如今仍保留这两个特点），可能母亲根据“陋男先娶”的道理，生怕我将来娶不到妻，所以在我五岁那年就托人给我说亲。听说那个小姑娘七岁，是一个殷实人家的女儿。

说亲的当天，这件事先在我的兄弟间引起一场风波。

我的二哥那时也是个孩子，他不知怎么打听到那闺女姓郭，叫个什么娥。下午，我去上学（我刚上小学一年级），他和几个同学站在校门旁边看着我走过去，齐声喊道：

"郭——娥！"

"郭——娥！"

我羞极了，气极了，低下头匆匆从他们身前跑进校门。晚上，一向馁于哥哥的我，同二哥打了一架，妈妈把二哥一顿好骂。

第二天，二哥与那几个同学在校园里远远望着我高声念拼音字母：

"ㄚㄛㄜㄧ（啊喔额衣）……ㄚㄛㄜㄧ……"

他们不停地念，故意把"ㄜ"音提高、拉长，变成"娥"音。我知道他们是在戏弄我，抓起一把土块投过去。他们往后退退，嬉笑着说：

"这人真霸道。谁唤你媳妇啦，我们读拼音字母都不行吗？"

我气得跑回家。妈妈问我为什么不去上课，我未说话就抱住庭院里的梧桐树哭起来。

秋风吹乱了一团团闪亮的雨丝。冷雨濡湿了黄透了的梧桐树叶，濡湿了我的头发和衣服。黄叶不堪水珠的重负，慢慢飘落下来，一片一片地在我周围铺上一层闪着泪光般的金黄。我仍在哭，执拗地抱着树干，任母亲和奶娘来拉我、恐吓我、抚慰我，我既不说话也不离开冷雨中的梧桐树，直到天色暗下来，夜幕遮住了庭院。

夜里我发了烧，不时在昏迷中惊悸地哭喊道："我不要媳妇！我不要媳妇！"第三天，当我醒来时，二哥正用额头顶我的额头。看到我睁开了眼，二哥羞愧地笑笑，把他最珍贵的一支红蓝铅笔塞到我手里。

我卧病的几天里，二哥不敢在我们住的房里念拼音字母，每当要温习功课，他就走进母亲的房间。

那位姓郭名什么娥的小姑娘终于没有同我结成“秦晋”，这不知是因为我的“抗婚”或是八字不合，此事后来大人们从未提起过。

之后，我平平安安地过了几年。在这几年里，大哥、二哥和比我小几岁的弟弟都被定了终身，轮到我嘲弄他们时，心里颇有几分快意。这多亏母亲把我的终身大事给忘了。

可怜天下父母心。她老人家并没有忘记这件大事，也没有因我的“抗婚”而记恨。

当我九岁那年，我大哥结婚。大哥的婚礼是按乡间的风俗、城里的派头办的。花轿汽车并用，西装长袍俱穿，真可谓“土洋并举，中西结合”。新娘需要四个拉纱的孩子，两男两女。两个男孩是我和比我稍长的一个堂哥，两个女孩是我姐姐和邻村一个小学教师的女儿。这个姑娘名叫小荷。小荷早几天就来到我家，我和姐姐常带她到花园里的一株老桑树下玩耍。她长得比较单薄，娇嫩的鹅蛋脸蒙上一层透明的淡黄色，似象牙一样。两只细长的眼睛轻轻一笑就成为两个月牙儿，被长长的黑睫毛罩得朦朦胧胧，令人想起蛐蛐鸣叫的月夜。她声音很甜，低低的，说话时微侧着头，样子很文静。我们给新娘拉纱那天，她和姐姐换上定做的水红软缎旗袍，又被大人在鹅蛋脸上扑了一层薄粉，站在浓妆的新娘旁边，那俊俏模样，一下子把来宾的目光都吸引了去。

“那女孩是谁？”

“她叫小荷。”

“真是一朵才出水面的小荷花啊！”

听着人们轻声地议论，我心里很高兴，我想小荷配得上这些称赞。

大哥举行婚礼之后，小荷还在我家住了一阵。我同她很要好。一次我钻在正燃放的鞭炮下抢掉在地上的炮子被炸了手，她帮助妈妈用盐水给我浸手，还暗暗塞给我一把炮子。

“哪来的？”我问。

“捡来的。”她说。

“你也敢放炮？”

“给你捡的。”

一天二哥悄悄告诉我：

“妈又给你说亲呢。”

“谁？”我心头一怔。

“你怕什么？是小荷。”

“骗我。”

“谁骗你，你听听房里妈妈正同人说呢。”二哥指指纱窗，“这回中意了吧？”

二哥神秘一笑，用手推下我的肩头。我看看二哥，也不敢听母亲在房内说什么，转过身飞快跑进花园，把脸埋在老桑树的丫枝上，心跳得厉害。

可能由于受大哥婚礼气氛的熏染，可能是我已跨过了读“ㄅㄆㄇㄈ”的年岁，成长为一个九岁“汉子”的缘故，一股莫名的、模糊的欣喜与惆怅像一阵阵炙人的热风一样，在我心底躁动着。小荷美丽的身影在我眼前晃动起来，热泪蒙上了我的眼睛。不知过了多久，长空传来一阵雁鸣，我仰头目送飞去的雁阵，心头忽然涌上一阵自怜怜人的悲哀。

母亲给我说亲的事，很快又传开了。小荷不再同我一起到花园玩了。她母亲来接她那天，我不好意思去送她，直至她们上了路，我才醒悟过来，急忙爬上老桑树向墙外张望。

冬天的田野一片沉寂，顺着深深的路沟望去，眼酸了，也看不到一个人影。

我同小荷的婚事没有说成。据说，奶奶嫌人家家境清寒，人样儿单薄没福相，怕带累了孙儿。我很不以为然，暗自埋怨奶奶多事，久久对奶奶怀着怨意。

久久我存放着小荷给我捡的炮子。过了两年，到我终于下决心去燃放这些炮子时，药芯已潮，已发不出声响了。它无声地来又无声地去，留下一段永远无声的感伤。

几十年过去了，有时我还会想起那个叫郭什么娥的小姑娘和小荷。虽然母亲未能给我说成亲，虽然世事的变迁早已湮没了少年时候的心路，但有时我还会想起她们。我猜想着她们的境遇，她们的命运，也许这就叫缘分吧。

1985 年 5 月

野鸽子

“俺家的鸽子”，这是祖母的语言，她喜欢把什么都说成是“俺家的”，其实这是一群野鸽，不是家养的。

“俺家的鸽子”都是灰色的，几百只中没有一只杂色。

每当傍晚，当太阳落到西岭后面，暮色像波浪一样渐渐从两边漫过来淹没村庄的时候，这群鸽子就会出现在天空，盘旋着慢慢落到我家的房顶、房檐，然后在每个椽洞里寻找它们的窝，所以俺的家也就是它们的家，祖母的话不是全无道理。

这群鸽子不扰人。早上，太阳刚刚升起，它们就悄无声息地向沾满露水的田野飞去；夜晚，它们睡得早，偶尔咕咕咕咕叫几声，也不会影响人们的睡梦。我知道鸽子也有失眠的时候，像考试前我在床上翻身睡不着那样。奇怪的是爱挑剔的祖母也不讨嫌它们，即便是鸽子粪有时会落到她住的上房的前檐下。逢到下雨天或下雪天，鸽子无法到外面觅食，而在厨房做事的堂叔又无暇顾及的时候，祖母就要小哥和我到楼上喂鸽子。这是最快乐的事，我和小哥拿起升子把粮囤里的高粱一升又一升地撒在楼台上，看着鸽子一拨一拨地飞来飞去，看着地上、栏杆上、房梁上、檐花上飞舞、站立、啄食和咕咕地亲切低叫着的鸽子们，我们无比快乐。

不知祖母根据哪个风水大师的吉言，认为“俺家的鸽子”是神物，是庇佑神，不允许谁去打扰和伤害它们。大人们没有抓过一只鸽子，小孩们没有掏过一次鸽窝，即使雪天小哥带我支个竹筛在雪地上扣雀儿，要是一只鸽子钻到筛子下边，我们也是不拉绳的。但是日本人不一样，对待它们像对待我家一样，一点不客气，更不要说有一点点怜悯心了。

日本军队是春末渡过黄河打到豫西来的。一天晚自习，同学们问老师日本人真的会来吗？老师不语，再问，老师说日本人已经到了密县。我知道密县离我家不远，我家烧的煤有时候就是从密县拉来的，但我总认为日本人打不到我家这里。隐隐听到了炮声，炮声越来越近，一群群伤兵和一队队溃军从村庄穿过之后，我随家人开始了逃难，当地人称作“跑反”。逃难前家里的东西全没有动，鸽子照常飞来飞去，好像我和家人很快就要回来似的。近百里外的洛阳城那边仍然响着炮声。炮声一阵紧一阵松，人们根据远处炮声的疏密，猜测着战况，有说守城的十五军仍在苦战，有说援军正从西边反攻，在豫西人心里，洛阳是个坐标，一旦洛阳沦陷，他们就真的成为国破家亡的亡国奴了；只要洛阳还撑着，豫西这片山河就不会倒。又过了半个多月，一个炎热的夏夜，我们逃难住的小山村柏园突然人声嘈杂，我从睡梦中醒来，听到母亲在窑洞顶上同什么人说话。第二天一早，母亲告诉我昨晚是从洛阳突围出来的十五军武军长带着剩下的一百多人路过这里，听说我家在此避难，过来看看，也打听一下他家人的下落。

“洛阳呢？”我在床上问。

“沦陷了。”母亲答。

我用被单蒙住头暗暗哭了。“沦陷”这个在课本里读到过多次的字眼，真切地强烈地啮咬着我的心。

日本人还没有攻破洛阳之时，已开始追捕抗日军人眷属，我家逃往南山。起初，十五军军长武家、第二军军长王家和我家同住在紧靠山边的一个叫章绵沟的村子里。日本人多次搜捕、抹山，几家人在山里转来转去，数次几乎被围，进入深山之后，武家、王家的人就先后远去。我不知道他们还能不能回来，我想起那些鸽子 。一次我同王家的五妹在小溪边抓小鱼，向她说到“俺家的鸽子”。她很好奇，我答应带她到我家看鸽子。她跟家人远去那一天，我看着她翻越山岭的小小背影，还特意喊了声：“记着到我家看鸽子！”

过了将近半年，父亲终于派人来接我们。由于需要整理行装，我跟大人们暗暗回到家里。

能带的东西很少，大人们忙碌了一天，各种物什用具好像仍摆在原位未动。我走进寂静的大客厅，看到字画和父亲的大照片仍挂在墙上，那架只有我偶尔打开的凤凰牌风琴仍然靠墙立在那里。风琴默默地注视着我，好像在询问发生了什么事。我打开琴盖，不会弹奏的我像往常那样随意地按上几个音阶，然后闭上眼睛，等待琴的回答。琴声美丽而悠长，穿过玻璃窗，穿过庭院的梧桐树，穿过秋天的晴空，我等待着轻微的震颤的回声从远处传过来，但今天传过来的不是回声，而是鸽子的一片低鸣。我急忙跑出客厅，几百只鸽子正在庭院上盘桓。天色尚早，还不到鸽子归窝的时候。我跑出大门口，看到祖母独自坐在皂角树下。我走过去，祖母向我摆摆手，示意我不要惊动周围的鸽子。地上、树上、围墙上都是鸽子，或喁喁低语，或怅然四顾，难道它们也知道它们也将没有家了吗？我和祖母坐在石凳上，忽然问："以后谁来喂它们呢？"祖母一把将我搂在怀了，大哭起来。鸽子在宅院周围高高低低地盘旋着盘旋着，为祖母准备的牛车来到了皂角树下。祖母久久不上车，鸽子直到黄昏仍在低飞。留下来看家的二伯跟在牛车后走了很远，在黄昏的余光里向我们挥手告别。当晚全家上到山上，住进我们曾经住过的柏园。第二天早上从柏园出发，除了祖母坐担架，一家大小步行翻越大虎岭，傍晚渡过汝河走出了沦陷区。

三个月后，二伯穿过冰冻的伏牛山找到祖母，他说日本人为了取暖和建炮楼，正在扒我们家的房子。祖母听他述说着，僵直的身子一动不动。他说："我几次想把房子放火烧了，让那些龟孙烤火去！"

"怎么不放火呢？"祖母说。

"我怕落埋怨，我不敢！"

祖母狠狠给了二伯一个耳光："你怎么没有一点出息呢！你怎么没有一点你弟弟的骨气呢！"二伯赶紧跪下。祖母问："鸽子呢？那群鸽子呢？"

二伯泪流满面，不语。

后来听家乡人说，在日本人扒房那些日子，鸽子们一直不肯离去，它们悲鸣，它们盘旋，它们穿飞，有许多碰死在断壁上。

在以后的年月里，每逢下雨或是下雪，我会想起那群鸽子 ，想起我和小哥把一升升高粱撒向楼台时，与“俺家的鸽子”共享的那份快乐。

2012年12月26日 于广州

聋 子

聋子在大宅是个争议人物，争议有几点：

头一点是他在大宅的身份。他不是听差，不是清客，也不是亲戚。一次祖母说："两家真要扯拉点亲戚的话，他家的表姑奶奶是我叔爷他娘，到底算什么亲戚，我也说不清。"站在旁边的二伯父只能抿嘴暗笑。

另一点是他同我父亲的关系。有人说他救过父亲的命，几年前他是父亲的特务连长，一次小日本攻城，把一颗手榴弹甩在父亲身边，他抓起手榴弹就递了回去，敌人又甩上来，他又递下去，手榴弹像皮球似的在城下城上传了两遭，待传第三遭那个小球冒烟了，他猛一醒跳起身把父亲扑倒，保住了父亲的命。有人说没这回事，是早年父亲拉队伍，他同父亲拜过把，父亲是老六他老八，但也有人说两者都不是，是老年间他叔和父亲是生死弟兄。

还有一点是关乎他的聋。他是怎么聋的？是真聋还是假聋？连他身上这个常人没有的特点也遭到质疑。有人说他是被手榴弹炸聋的，有人说他是被父亲扇耳光扇聋的。说是一次战斗，鬼子的一阵排炮把他打蒙了，他想逃跑，被父亲连打了几个耳光。他从不与人争吵，唯有这次他不知怎么知道受人如此糟蹋，气得窄脸通红，站在二院客厅大骂了一阵“日他祖宗”。还有说他根本就不聋的，是装的，要不他怎么知道别人贬损他了？梨沟庙会上有人看到他同相好一起吃水煎包，有说有笑，哪是听不见的样子？

大宅有人挤兑他，调弄他，他不在意，或者是因听不到而无法在意，更不去辩解。他在大宅的位置确切微妙，无所事事，冬天整日扑在火炉边咕噜咕噜地抽水烟，有时同管家二伯说几句话，好像二伯的话他能懂；夏天常坐门口老椿树底下出神，把眼睛睁得很大，却啥也不看。人们不敬重他，也不当面得罪他，祖母任他来去，偶尔支使他送个礼帖或到集上买点东西。聋子在大宅只有一个好朋友，那就是我。他有时会抓只小雀突然塞给我，收麦大忙天他和二伯也要下地，我跟在他后边拾麦，他故意留很多麦秆在地上，或把一大把麦秆编成个大辫子扔给我。他耳聋，我口吃，常常凑在一起拉话。我和他说话不会口吃，他听我说话又能听清，这是我们两人的秘密。奶奶看到我和聋子坐在一起就会说：“一个聋子，一个哑子，可怜见的，两个人坐在一起说个啥呀？”

这年春上青油油的麦苗刚能埋住鹌鹑，我得了一场怪病，乡下人叫“缠腰痧”，也就是现今人们说的带状疱疹，乡下人说一被这种痧缠住了腰，必死无疑。起初照顾我的陈干娘不在意，我一说痛说痒，她就要我忍着点，几天后看到那条蛇样的痧她慌了，她想这是要死人的，急忙去告诉二伯和奶奶，二伯和奶奶都来了。二伯说黎沟黎参议是方圆百里的名医，治“缠腰痧”尤其拿手，去黎沟吧。奶奶问：“让谁送憨生去呢？”我抢着答：“拴子叔。”怕奶奶不明白又说，“聋子叔。”聋子的大号叫长拴，小名拴子，奶奶皱下眉头，看看二伯又看看躺在床上的我，问：“这一聋一哑能办成事吗？”二伯没说话，点头笑了笑。

我不明白聋子叔为啥要到吃过晌午饭才到马棚牵马，他想要奶奶给几个钱，二伯说老太太说了，不用带钱，黎参议是朋友，给咱家看病不会收钱。

“那拿药呢？药也不给人家钱？”聋子问。

“药也不用给钱。”二伯说。

“万一晚上回不来，住店呢？”

“不到二十里路，怎么会回不来？”二伯摇头。

“万一呢？我说万一——”

“你这人怎么这样拗呢？”二伯有点不高兴，“万一要在黎沟过夜，就歇在黎参议家。”

“谁说的？”

“老太太！”

“老太太真抠门，给孙子看病都不肯挤一点血。”

二伯沉下脸：“去吧，别再喷粪，你可也是叫她娘的。”

聋子备好一匹黑骡子和一匹青菊马，黑骡子高大，青菊马矮小，他把我扶上马，跨上骡子头也不回地往村外走去。春天真的来了，满眼绿色，小风暖烘烘的，没走多远，他就把棉袍脱了，一面赶路，一面吼唱起来。

王朝马汉一声唤，

虎头铡摆置在大堂前，
（白）呀呀呸——好你一个陈世美，
别说你是驸马婿，
龙子龙孙也不饶。

他吼得兴起，和着黑骡子嗒嗒的蹄声摇头晃脑，好像醉了一般。青菊马欺负我是个小孩，摇摇摆摆，不服我控制，有时竟跨过路边去啃口麦苗。我扯一下辔头，它仰仰长脸，未走几步它又去偷啃麦苗，我恼了，用力拉了下嚼子，可能把它拉痛了，它猛一扬脖子又往下猛一沉，我像坐滑梯一般顺着它的脖子滑了下来。我坐在麦地上无望地看着它，它曾是匹战马，战场的经验使它意识到它犯错了，于是靠在我身边卧下来。它用嘴拨拨我的肩膀示意我上去，但我上不去。看着聋子的背影大声呼叫，再喊也没有反应，微风反而传来他悲悲切切的戏腔。这次他真的聋了，我无可奈何地看着他和黑骡子消失在坡头，坐在麦苗地里与青菊马赌气。大约过了半个时辰，他一面叫喊一面从坡头飞奔过来："哟哟哟，看我办的叫啥事，把憨生给丢了。"

"我不是憨生！"

"对对对，生不憨不憨，是拴子叔没用，没用，不跟老叔赌气啦。"他把鞍鞯紧了紧，抱我上马。

到了黎沟，黎参议对我们很客气。我望着黎参议有些发呆。黎参议穿一条有背带的西装裤，谈笑风生，不像一个我认为的中医。黎参议问我话我不答，聋子帮我解释，说我口吃，我恼怒地瞪了他一眼。过后他向我解释，说我不答是不对的，人家黎参议在省城读过大学堂，有大学问，现在是在什么参议会议事的，怠慢不得。我说我没有想怠慢他，我口吃。他说这时候你怎能口吃呢？我顶他一句说：“你耳聋还分时候吗？”他说：“我是真聋。”说罢吸了吸鼻子。

黎参议告诉我们，寨里请了一个靠山簧戏班，要我们看看再走，晚上就住在他家。聋子推辞，黎参议忽然想起似的说：

“拴子，你家不是就在这里吗？”

聋子说：“早没人了。”

聋子要走，黎参议没有强留，但聋子牵马出来就拐进一个小院。有棵弯脖枣树的瓦屋小院很干净也很寂静，一个年轻女人坐在石礅上悠闲地在喂身旁的一群小鸡，看到聋子叔进来没起身，只慵懒地问一声：“是拴子哥吧？”

“咋，才几天就不认得啦？”

“才几天？”女人的声音有点怨艾，“你咋来啦？”

“咋就不兴我来了？榴花，咋就不兴我来了？”聋子嘿嘿笑两声，有些不好意思。

我听大人们暗中说过，叫榴花的年轻女人是聋子的表妹，早几年死了丈夫，与聋子相好。这时榴花高兴起来，起身要进厨房做饭。聋子叫住她，说天色还早，先去看会儿戏再说。榴花不去，说大白天的咋好意思。聋子掏出一个银圆放到石板桌上，让榴花先去买点酒菜，吃过晚饭再同她一块到阅楼看戏。聋子是个戏迷，不管越调、二黄、梆子、曲子他都爱看，他带我来到阅楼下，上面正在唱一出包公戏——《铡赵王》。台下观众忽然拥来拥去，像波浪一般荡动不停，聋子还以为是炸会呢。仔细一看，原来台上拉两块幕布，一只手从幕缝中伸出来抖抖索索地向欺压民女的赵王招手；幕后的民女为包公假扮，是包公给赵王设计的一个圈套，借以让荒淫无耻的赵王现出真形。乡间戏剧家们什么粗野的情节都能编出来，差点没把包青天包老爷说成福尔摩斯，当然那时他们不知道西方也有一个比包青天包老爷更神奇的人物。靠山簧戏班唱戏靠一个“吼”字，包公戏更是从头吼到尾，正在台上手舞足蹈几次掀动铡刀的那个演员有真功夫，据说他吼一声四里之处都能听到。

晚饭后，阅楼两边点上串灯敲锣打鼓又开场了，榴花跟着聋子去看戏，要我也去，我瞌睡得睁不开眼不想去，榴花指指外间的一张床，说这床大，今晚你和拴子叔就睡这张床，你先睡吧。半夜我被一种奇怪的声音弄醒，摸摸床，聋子不在床上，过一会儿里间传来轻轻的谈笑声，我似乎明白了点什么，又转身睡去。第二天早上聋子把黑骡子和青菊马牵到院子里侍弄一阵，正要备鞍，榴花从屋里赶出来递给聋子两个银圆，说她用不着，还是聋子带在身边吧。聋子为难了，愣一愣说：

“这钱你拿住，我是让你打只银镯。”

“这山沟沟里到哪里打去？”榴花说，“不如你方便的时候给我打一只。”

聋子接过钱用手轻轻颠了两下说：“好吧，我先帮你放着。”

“什么你的我的，你一个人在外，该用就用，要知道心疼自己。”榴花说着眼圈竟红了。

“会的，你放心。”聋子一面说一面把我抱上马。

榴花过来拍拍我的马蹬：“还过来玩呀，你拴子叔说他最喜欢你。”

我扭头看着聋子说：“拴子叔要是愿意带我我就来。”

榴花瞥一眼聋子：“怎会不愿意带你呢？”

我笑两声，聋子随着我也嘿嘿笑两声，就把我抱上青菊马。他吆喊一声，向青菊马屁股拍了一掌，又留下来同榴花说了几句话。

黑骡子和青菊马一前一后沿着来时的路往回走，聋子一路兴奋，快过伊河时竟唱起《胡二姐开店》：

胡二姐你不要泪水涟涟，
小弟我心中苦有口难言，
不是我忍离去恩抛义断，
高堂上有老母催我回还。

唱到后一句，聋子拉了一个很长的哭腔。到了河边，聋子猛一拉嚼辔跳下地，说去看看河水深浅，我跟着他走上灰石头堆积的河滩。河滩上有两个小伙子正在摆弄一个带木把儿的铁家伙，聋子上前问是做啥的，一个矮壮的年轻人斜着眼把那铁玩意儿杵过来说：

“不认识吧？一起玩玩？”

聋子说：“咦，手榴弹，这玩意儿可不是好玩的。”

“那就站远点，”矮个子神气道，“别一听响就尿裤子。”

另一个高个子青年怕聋子恼，解释道：“我们是来炸鱼的，你们走远点好。”

矮个子有点不耐烦，喊了句“我拉啦”，就扭开手榴弹盖子拉断了绳。不知他这时是想谦让一下还是害怕了，就将冒烟的手榴弹往伙伴的手里塞，口里不断说“你来你来你来扔”，高个子青年一面往后退一面说：“你扔你扔你扔吧。”眼看就要爆炸，聋子冲上前飞起一脚，把哧哧作响的手榴弹从矮个子手里踢出去在空中划一条抛物线落入河中水潭，一声巨响，随着水柱冲上半空，河面漂起一片白花花的鱼肚白。两个炸鱼青年看着散落的水花傻了，立在岸边一动不动。聋子上去给矮个子两记耳刮，矮个子好像没醒似的仍捌在那里发呆。聋子给他厚敦敦的屁股补上一脚说：“日你娘的，还不赶快下去捞鱼？”两个自以为光棍的傻蛋如梦初醒，呼啸一声跳进河里。

这两个炸鱼险些送了小命的小伙子千恩万谢，恨不得把聋子叫亲爹，一定要把捞上来的最大一条鲤鱼送给聋子，聋子不要，小伙子不依，倒好像聋子理亏。

“爷，你、你……”矮个子哆哆嗦嗦地想说明什么。

“我有那么老吗？”聋子打断人家的话，“别对我叫爷。”

“爷，我是说你刚才那架势是咋练的？”矮个子怯怯地问。

“咋练的？”聋子答，“拿命练的，在战场上练的。”

“这一手倒真不简单。”高个子凑上来给聋子戴高帽，“神啦！真神啦！”

“别给我扯淡，”聋子挥下手示意打住，“手榴弹炸鱼可是一个危险的活，以后别干！”

“是是，”矮个子弯弯腰，“这玩意儿是不好侍弄，咬手！”

“何止咬手？还会咬命。”聋子笑了，“过去干过没有？”

“没有，”矮个子看看高个子，“是他爹有病，要钱抓药，正好前些时部队经过留到我家一个手榴弹，我见过他们炸鱼，就想炸鱼卖点钱抓药。”

“你还怪讲义气的，”聋子拍下矮个子的厚肩头，“你这也是为朋友。”

“嘿嘿，恩人，你就把鱼拿去吧。”

“你别给我黏糊，”聋子推了矮个子一下，“你们等着换药钱，我咋能拿你们的鱼？”

“其实，拿到集上未必能换到钱，这年景吃鱼吃肉的能有几家。”高个子满面忧愁地说。

聋子看看躺在河滩上的鱼，估量一下说：“这鱼有八九斤吧？”

“十斤也不止。”矮个子用脚尖踢踢身边的鱼，“小户人家也吃不了。”

聋子想了想，一梗脖子说：“好，俺要了，俺家人口多。”

两个炸鱼小伙高兴起来，急忙帮聋子把那条十多斤重的大鲤鱼挂在黑骡子的鞍辔上。聋子跨上鞍，一手牵着青菊马的缰绳，一手从衣带里掏出榴花要他打镯子的两块银圆叮当当地丢在石头上，未等两个青年反应过来，就“驾”的一声，催促黑骡和青菊马小跑起来。

一条十几斤重的大鱼惊动了大宅上下，厨房大师傅又炸又烩又蒸，平日很少沾到荤腥的大宅人难得吃肉更别说鱼了，这次吃得开心，连吃斋的奶奶也开斋喝了一碗鲜美的鱼汤。全院子的人对聋子刮目相看，二伯还买了酒，在二院小客厅里连敬聋子三杯，奶奶少有地从上房下来，对酒气正升的聋子说了几句嘉勉的话。聋子的兴奋自不必说，不停地同人说话，人们忘记他是聋子，他也不觉自己是聋子，我看到聋子是真的醉了。

第二天我和小哥到上房给奶奶请安，看到聋子站在奶奶的床帐旁边。奶奶微闭双目倚枕而坐，好像在听聋子说什么。

“娘，”聋子随我父亲这样唤了一声，“那两块银圆你得还我。”

奶奶仍闭着眼：“抓条鱼给大家吃，还要钱啊——”

“那鱼确实不是我抓的，是拿两块钱买的。”聋子说明。我听出聋子说的是真话。

“买就买吧，不就两块钱嘛。”奶奶的眼睛打开一条缝，“还要向我讨？”

“那两块银圆不是我的，我要还人家。”

“还什么还？”奶奶不讲理了，“要还你得还我多少？成年住在家里吃白饭。”

聋子的脸倏地一下通红：“我不是吃白饭，是六哥要我来这里守家。”

“你想想你整天有啥用？还好意思说不是吃白饭。”

“好，那我就不吃你这口白饭！”聋子大喝一声，一顿脚走了而且是离开大宅，没人拦他，也没有人能拦住他。我知道聋子是被奶奶逼走的，是被两块银圆逼走的，那两块银圆是榴花的，是榴花托他打银镯子的，没有那两块银圆他怎么向榴花交代？把一个男子汉的脸往哪里搁。聋子要在大宅弄两块银圆是不容易的，没有工钱，没有零花销，奶奶答应把夏天打场的场尾给二院小客厅使用，每年那点场尾只够二伯和聋子抽水烟买烟丝。如果聋子身上有点钱的话，我知道那是向六哥我亲爹要的。有一次父亲从前线回来，我就看到聋子趁客人散尽，父亲身边无人的时候走过去说：“要几个零花钱使使。”每次父亲会给他十块八块的，但这次父亲快两年没有回来，聋子向谁去要钱？

聋子走了，聋子不声不吭地走了，大宅好像没有少一个人似的，没有一点变化。没有人关心聋子到哪里去了，没有人关心他现今咋个活法。只有我关心，我关心一点用都没有，我连聋子的一点消息都听不到。

聋子走后，大宅里没有他的一点消息。

两年后日本人到了豫西，奶奶把一打一打的外涂黄油、钢面烧蓝的德国造二十出盒子拿出来，武装一个护卫队保护全家逃难。这时她想起聋子，她说聋子双手使用二十出可是个好把式，无人比他强，二伯连连点头，说聋子耍起二十出顶得上一挺轻机抢。奶奶突然问：

“拴子有消息没有？”

“自他走后一点消息没有，”二伯感叹一声，“唉，这个聋子……”

“用人的时候，他不知钻到哪里去了。”奶奶从来想的是一面理，“哼，没良心的小羔子，等他六哥回来看他的脸往哪里搁。”

中国军队撤退时，老百姓起来拦枪，不久地面上就乱了，拉起了许多支队伍，黎参议拉起的一支是比较大的，风传有人在黎参议身边看到过聋子。奶奶要二伯打听消息，先听说黎参议的队伍同日本人接过火，打得不错，接着又听说黎参议不知怎么就当了县维持会长，全县头号大汉奸。奶奶骂聋子真不是东西，跟姓黎的当汉奸无疑。不久又传说姓黎的被聋子杀了，聋子被日本人捉来关在铁蒺藜扭的铁笼里，为了防他跑还把脚底板用烙铁给烙了。奶奶听到这里急了，连问聋子怎么办？二伯嗽下喉咙说，聋子跑了。奶奶问聋子咋就能跑出来呢？咋有那么大的本事？二伯哼一声说，聋子就是有那么大本事！关于聋子是如何从日本人手中逃出来的，后来有两种说法，一说是聋子扭断铁丝打开铁笼不顾脚板剧痛跳墙而出，一说是聋子的相好买通皇协军看守潜入监牢，把他背出来，但两种说法均无可考；聋子是不是真的逃出来了，也无可考。

日本人不停地搜查围捕我们一家，我和家人躲进山里不断转移，奶奶为了缩小目标，把她用德国造二十响盒子武装起来的护卫队减少到六七个人。一个早上天还没有亮，外面突然有人喊了声："日本人来了！"睡梦中的家里人跳起身跑到街上，已能看到山村周围山头上活动的人影。"我们被包围了！"二伯低沉地说。我们又回到屋里，奶奶坐在床沿噙着烟嘴大口大口地吸她的胡茄烟，烟锅的火星忽明忽暗，胡茄味弥漫开来，屋内死一般地沉静。

"等会儿分开跑，跑出一个是一个。"奶奶说，这个老太太什么时候都能拿主意。屋里的人互相看着，好像是在诀别。就在这时，村外突然响起枪声，二伯从街上跑回来说：

"枪声在西边，山上的鬼子和皇协军都向那边跑去。"

"快，快出东门！"奶奶坚定地摆着手，催促大家快跑。

跑出东门，爬上一坐山岗，西面的枪声渐远渐稀，其中一串枪声听起来特别清脆。

"嗒嗒，嗒嗒，嗒嗒嗒嗒，嗒嗒嗒嗒嗒嗒嗒嗒……"

奶奶说："这是聋子，只有聋子能把两支二十出当一挺轻机枪使。"

枪声渐远渐杳，最后消散在大山里，大宅从此再无他的音信。

露球浮

我是在白河学会游泳的，“游泳”是个新词，那时我们叫“浮水”。不发大水的时候，白河很静，河床上多是细白的沙滩，水流中有浅滩有深潭深深浅浅地往往分成几股。时令还不到芒种，岸上的麦子未收割，性急的孩子们已到河里浮水了。我随家人跑日本来到这个伏牛山深处的寨子，原先在老家不会浮水，跟着这里的孩子整天泡在水里瞎扑腾，扑腾来扑腾去忽有一天不觉身子就浮了起来。过了半个月，收麦打场的大人们也下河来，浮水就有了新花样。原来我们只会狗爬式，了不起是钻个猛子，大人来后就教我们踩水和仰浮。教仰浮最好的办法是先将一条湿裤子的裤腿扎起来，举在头顶抡一圈灌满风，赶紧再用芦篾扎紧裤腰，制成一个浮桶般的气囊让我们仰面枕上去顺流而下，想要技艺高点就练露球浮。为什么叫露球浮呢？就是仰浮时要能把腿裆那玩意儿露出水面。这是一种技巧，乡里人是很讲技巧的。

立夏过后几天紧接着端午到了。寨里人对端午格外看重，特别是妇女。妇女们几天前就开始忙碌，不光是插艾枝、包粽子、做香囊、配雄黄酒，还要来次大扫除，把里里外外打发干净。这几日我们在学校里也不得安静，有一种节日来临前的紧张气氛。

其实这个学校是寨子的一个家塾，只有一个课室，一个老师和十几个学生。老师是前清老秀才，学生的年纪大都在七八岁到十一二岁之间，最大一个十五岁，是学长。老秀才早已"维新"，古书洋书一起教，男生女生一起收。奇怪的是这个学校的学生好像都没有名字，只有序号。全寨的人是一个大家族，老兄弟五个，子女按辈分统一排列，比如学长是十六少爷，他是他爹最小的儿子，是个老疙瘩，所以都叫他老十六；借给我家住房的五老爷有二男四女，就分别是十三少爷、十四少爷和四小姐、七小姐、十八小姐和十九小姐。十八小姐和十九小姐与我年纪相仿，是我的同学。十八小姐和学长坐一张桌，十九小姐和我坐一张桌；十八小姐的嘴厉害，人也漂亮，不耐烦傻憨的学长，常常欺侮学长，动不动在同学面前要蛮劲的学长就怕十八；十九小姐腼腆、柔美，圆脸上总挂着微笑，不说话已给人一份亲切感。节前一日，十九小姐轻轻塞给我两个香袋被十八小姐看到，抿下嘴从书包掏出两个用彩线缠的菱形香斗扔到我的桌上，学长向她要她说没有，学长就从我的桌上抢了一个。

十八小姐瞥了学长一眼说："出息！"

学长不服气说："十八，你太不公平啦！

十八小姐恼了："我就是不公平！"

学长嘻嘻笑两声："明天下河，你小心水鬼拉你的腿。"

"谁敢？"

"鬼敢！"

两个人这一争吵，同学们都笑闹着聚拢过来谈起明天下河的事。

这个寨子有个特殊规矩，端午节这天青年男女都要下河洗晦气。

平日里白河水浅不能行船，所以端午节赛龙船的节目是没有的，只有人翻波掀浪，玩出一份蛟龙戏水般的热闹。

日头刚上岭头，柞树林上的露珠还在闪烁发亮，已陆续有人来到河上，渐渐像赶会一样河两边聚了过百口子男女。姑娘小媳妇们一溜排开蹲在河这边洗衣，汉子娃子们一堆堆在河那边浮水，中间隔一条宽宽的沙洲。乡野风俗，下水脱光衣服的男子汉们赤条条地在水里沙里滚动，河这边虽看不清也有点影子晃动，弄得洗衣裳的大姑娘小媳妇不敢抬头，即使有想看的也只能屏住大气暗暗瞟两眼。那边热闹得很，喊呀叫呀，还有胆大的跳到沙洲上翻跟头。有个年轻人撺掇学长到对面去露球浮，学长说不敢，那人挖苦道："老十六你怕个屌，人家还能把你的屌吃了？"

"我一个人不敢。"一身蛮力的学长可怜巴巴地说。

"咋不敢，你是不是没有那玩意儿？"那青年一面说一面就伸手去掏学长的腿胳肢窝，另有几个大人围过来起哄。

学长指指身边的一群同学："大家一起去我就去。"

大人们把我们招到一起，连声说没事，小时候谁没有去露过呢？

说定了，由老十六打头，我们十多个同学跟着，绕到上游浅滩下水，一到妇女们洗衣的水潭边就翻身向天。

学长兴奋起来，挥着手带领大家蹿向另一股水流，他像一只旗舰率领他的舰队从上游下来，顺流向女子洗衣的水潭挺进。接近水潭只听他一声“翻”，我们一个接一个地把身子翻转个个儿。几十个沿岸排列的姑娘妇媳叫成一片，惊叫、笑声和嬉骂此起彼伏；有站起身的，有低下头的，有抛石子的，有泼沙子的，有用手抹眼泪的，有用棒槌击水面的，姿态各异，婀娜娇媚。想不到一向脑子迟钝的学长这时却机灵地又发出一声口令：

“嚯！”

这道含混的命令大约是加油用力的意思，十几个孩子同时发出“嚯——嚯——嚯”的喊声，手划脚蹬，每用下力，就尽量抬高屁股，有节奏地一颠一颠地把小玩意儿露出水面。学长不知怎么就忘乎所以，那玩意儿竟竖得像旗舰上的旗杆，拨浪击波地划过水流。水潭将要过去时，我看到了十八、十九；十八在向学长抛沙子，十九却一直低着头。这时，我的脸猝燃烧起来。到了下游，我们一个个翻身爬上沙洲，上游的女子还在笑骂，我们把泥沙涂抹全身追逐嬉戏，全然不去理会。

按规矩端午晚上河里是女子的天下。淡黄色的上弦月羞怯地钻出云缝，河面上的薄雾被月光剪成一缕缕飘荡不定的轻纱，柔软地抚摸着渐渐清亮的流水。远山的铁青色侧影由于月光的笼罩好像更淡了，远了。夜风顺河道吹过，滩涂上一丛丛芦苇翻动起银白色的芦花沙沙作响，河对岸柞树林的阴影里，不时从守山人的烟锅里闪出点点火光，火光很小，有时明亮，有时暗红；有时游动，有时静止，像刚收割过的麦茬地里上下飞舞的萤火虫。老十六带着我和几个同学在地里捉萤火虫，几个萤火虫好像故意与我们斗气似的，忽上忽下，忽明忽暗地在前面翻飞着，不肯稍作停留，我们顺着一条田垄一直追下去，追到苇丛里，隐约听到一阵阵女子的喧闹声。有个同学低低地“呀”了声说：“忘了，今晚是她们在河里洗澡……”我问：“是谁在洗澡？”那同学答：“女子们。”学长老十六急了，摆下手低沉命令道：“别讲话！”那同学对我耳语道：“今晚男人们是不准下河的，是要打死的。”老十六又在向我们摆手，示意我们慢慢退下去。我们匍匐着刚后退半个屁股，几个女子正向苇丛走过来，分明也是下河洗澡的。她们互相逗趣，说说笑笑，我听出声音最响的是我们家房东的大儿媳妇秀琴。秀琴是个泼辣女人，她逗她的小姑十八小姐说：“今晚我一定要看看你的小奶子长出来没有。”说着就去抓十八的胸脯，剥十八的衣服，吓得十八蹦蹦跳跳地在沙滩上跑来跑去。不知为什么学长这时呆了一般，竟忘记叫我们再向后退。

对岸看蚕的守山人唱起了本地流行的曲子戏，唱得没腔没调：

有奴家今年啊年方二八，
隔墙啊书生偷看俺奴家，
气得俺想把爹娘叫哪，
又怕爹娘不饶他呀啊啊啊呀。

守山人是寨里的五少爷，抗战爆发时高中将要毕业的他投笔从戎，走上抗日前线。前年随枣会战中他负了重伤，一颗炮弹把他掀翻在地，炸断一条腿，脑子也被震坏，一时清醒，一时迷糊。回到家乡，家人让有点痴呆的他静心休养，他却蹬着一条木腿要去守山。河中的女子听到从山上传过来的怪声怪调，突然大笑，笑声哗哗地像水波那样推动河中的鱼儿，不知是不是鱼儿被吵醒后有些不耐烦，这儿那儿扑啦啦跳跃着打起鱼花。月光下鱼花像珍珠般闪耀，很美。赤裸的女子们在水里岸上嬉闹成一团，有比赛浮水的，有独自搓身的，有打水仗的，有在沙地上互相追赶的；有丰腴的，有消瘦的；有的皮肤雪白，白得像正月十五奶奶神棚里的泥娃娃；有的身子稍黑，像一簇簇流动的阳光。深山出俊鸟这句话一点不错，河滩上这群月光下肆无忌惮地笑着跳着的女人，像刚从囚禁的神座下冲出来的精灵，一个个灵动而美丽。这时，老十六似乎忘记了远处正打鱼花的鱼儿，目光直被近处的人鱼吸引住。

“十八有奶子……”老十六喃喃说。

我的眼前飘动着一团团白雾，好像十九的身影过来了，我赶紧把脸埋在湿沙上，一股潮湿的微腥味道直撞我的鼻腔。

“十八旁边是十九，你看到啥？”老十六用胳膊肘轻轻碰碰我。

“一团白雾，白雾……”我不敢抬头。

第二天一到学校，老十六就忍不住把昨晚河边看到十八洗澡的事说给别的同学，“十八有奶子”，几个同学一面传一面窃笑，被十八听到，哭着去告了老师。

已经“维新”了的老秀才铁青一张满是皱纹的瘦脸走进来，踏上讲台把一条一寸厚的榆木板子往讲桌上一拍，目光扫视着台下十几个像小鸡一样缩着脖子的学生久久没有说话，巡睃几遍之后，突然大喝一声：“王震云！”王震云是老十六的大号，听到叫他他却没明白叫谁似的扭转头看来看去。

“站起来！”

老十六疑疑惑惑地站了起来。

“背书！”

“背哪一课？”

“背昨天讲的课文。”

老十六有点犯迷糊，低声自语：“是哪一课，是哪一课？”有个同学提醒他“国家兴亡……”

老十六振作了点，背道：“国家兴亡，四夫有责……”

同学们哄地一声笑起来。

老师问：“你背的啥？”

老十六又背：“国家兴亡，四夫有责。”

老师气得冲下讲台，一板子打在老十六的手臂上：“还四夫四夫呢，哪四夫？说！”

“四夫是马夫、轿夫、伙夫……”老十六算计着寨子里的那些伙计。

“昨晚背书没有？”

老十六低头不答。

“昨晚到河边去没有？”

老十六低声答：“去了。”

“去做什么了？”

“去捉萤火虫。”

“去偷看人家洗澡没有？”

老十六又低头不答。

“那就是有了，把手伸出来！”老秀才举起手中的木板子，嘴里不断骂着“汝子不可教，汝子不可教也”！一连打了十多板子，又忽然想起什么似的问："昨晚还有谁？说！"老十六抿紧他那张宽大的嘴巴就是不肯开口。眼看他的手肿起来，我起立说："还有我。"老师把我也叫上讲台打了两板，问我昨晚到河边去的还有谁，我不说话，又打了两板，我还是不开口，老师知道我家是从外地来避难的，不是本寨子弟，就住了手，此事暂时放了下来。

此时课堂外有人说话，似乎人越聚越多，渐渐嘈杂成一片。有人高喊：

"把老十六捆到祠堂！"

有人说："他还小，还是个鸡巴娃子，懂啥子？懂个屁。"

有人不服："还小？快十五啦还小？"

寨子的主事人七少爷虽在省城读过洋书，回乡后力主改良乡村政治，参加过县参议员选举，是远近闻名的新派人物，此时也不敢去犯众怒改变祖宗规矩，点头同意让人去捆老十六。一向大胆妄为的老十六这时吃不住了，来回扭头喊爹，差点没哭出声来。他爹埋头躲在人后边不出声。这时，迈着一条木腿的五少爷拨开人堆走到老十六身边。

"谁敢捆他？"五少爷一面用胳膊护住老十六，一面直瞪着七少爷，"老七，他犯了什么法？"

老七低声辩解："这是祖宗立下的规矩。"

"亏你读过洋书，送你进学堂的钱都白糟蹋啦！"五少爷吼道。

"五哥，……"七少爷看他哥涨红着脸恼怒的样子，不敢再说什么。

"要教也由他爹娘教，由他老师教，把十五岁的娃子送祠堂，你让咱王姓祖宗的脸面往哪儿搁？"五少爷一面说一面把老十六带回学校。老秀才气得脸发青，又要给老十六补上一顿板子，被五少爷劝止了。因为五少爷是寨子的英雄，谁也不好驳他的面子，老十六暂时逃过一劫。

此事发生后十九小姐闷闷不乐，一天不说一句话。傍晚下课她说她要给我一点东西，让我跟着她往前走。我虽有点纳闷，也又有点好奇，只管跟在她后边。走出寨子穿过一片杨树林，我才明白她要带我到河边。在一丛芦苇旁坐下，她不看我就把一把剥好的蒜瓣递到我的手里。

我惊疑地问："这做什么？"

"擦手。"她答，轻得像鱼儿滑过水波的声音。

"做啥要擦手。"

"你把手伸出来我看看。"她把我的手托在她柔软的小手上，"看，还是肿了吧。"

"没肿。"

"还说没肿呢？先生真狠。"

一串泪珠儿扑簌簌地滴落在我的手心上，我心头一悸，充硬汉说："不疼。"

"还不疼呢？打成了这样！"十九有点呜咽了。

"老十六挨得比我狠。"我开解她。

"你怎能同他比，他常挨打，天天上学都带着蒜瓣。"她破涕一笑。

"带蒜瓣做什么？"我问。

"手上抹上蒜挨板子不疼，还能把板子折断。"

"啊呀，我说老十六怎么那么吃打呢！"我有点懊丧，"可我已经挨过了，再擦有什么用？"

"可以消肿。"十九将我的手抬起来放在她的膝盖上，

“来，我给你擦。”

十九将蒜汁轻轻地轻轻地擦在我的手掌上，有点辣有点热又有点麻，好像是神丹妙药，我的手就真的不痛了。

芦苇沙沙响，那个端午节就这样在夜风中过去。我回想着那一天，经过那一天我长大了很多。

离开寨子后我再没有见过十九小姐，连一点音讯也没有，但我偶然会想起她，即使是几十年后的今天，我也会想到她，想到那个十一岁的她和那个十一岁的我。

2013 年 3 月　于广州

皂角树

那棵老皂角树，原先立在大宅墙外东北角。大宅的院墙已很残破了，但它仍喘息着立在那里。除了此墙，大宅的物已不复存在，连墙外那棵老皂角树也已不复存在了。

据说皂角树是一种长寿树，它能生长百年、数百年。我记忆中的那棵皂角树，说是老，当时也不过二三十岁吧。四十八年前我离乡时，在那个阴晦的下午，从那棵老皂角树下过，秋风正摇着一树皂角。毕竟是孩子，还不深识亡命天涯的苦况，竟在树下捡了两个被秋风摇落的皂角，心想到歇宿地剥出皂籽儿玩耍。今春，我离乡四十八年第一次回去，本想一进村就会看到那棵皂角树，却没看到。不仅皂角树没有了，记忆中的别的树也没有了，记忆中的其他景物也没有了。一切都很陌生，竟一时令我茫然不知身处何地。

在故乡水井旁边，

有一棵菩提树……

每唱这首歌，我就想起那棵老皂角树。但如今，它不复存在了。

我停下脚步。忽然泪水涌上眼眶。

堂哥轻声说：“老皂角树三十年前就没了。”

我望望天空，灰色的院墙像一条幡带，在天空中抖动。

过去，皂角树在乡间是很有用处的。那时乡里人把肥皂叫作洋碱或胰子，是金贵的东西，很少人使用。乡下人洗衣服就用皂角树结的皂角。皂角形似弯刀，有近尺长，坚硬，嫩时青绿色，成熟后转为褐黑色。洗衣时，用棒槌把皂角在石上捣碎，放入衣内揉搓，泡沫四溢，去污力颇强，且有一种好闻的气味。乡人有时洗澡也用它。每当雨后，西河发水，陈干娘带上皂角到河边洗衣，我常跟去捡皂角籽。皂角捣碎后，状如花生仁的籽儿掉入河中，在清澈的水下闪着金黄色的光亮，样子十分好看。我专注地望着水底，见到皂籽儿赶紧跳下水去。到河边捡皂籽儿的孩子不止我一个，一群孩子不断争逐，有时为了一颗夹在石缝中的皂角籽儿，还免不得开一场水仗。从河边回来往往衣裤尽湿，被陈干娘嚷一顿，但暗数着口袋里滑溜溜的皂角籽儿，心里仍是乐滋滋的。

皂籽儿对孩子们很有用，大多用在赌输赢上。玩抓子、走老憋，一盘输赢是十个八个籽儿。也有用在正经地方的，譬如演算。那时不知韩信点兵为何事，否则用皂籽儿摆阵图倒也轻便。我不常与别的孩子赌输赢，我缺乏这方面的灵气，几乎盘盘皆输。我喜欢自己把玩它们，还把形状稍有奇特的安上名字，配成一个家庭，一个学校，编出许许多多的故事。

后来我想，这大概是我最初编的小说吧。皂籽儿对孩子们来说，还是一笔财富，每个孩子都攒了许多，陈干娘给我缝了一个小布袋，我装了满满一布袋。但这些金黄色的籽儿毕竟不是黄金，没有什么价值。只是在嘴馋又无东西可吃的时候，将它用水泡胀，除去硬皮，吃它的仁。这仁我们叫膙子，因它很像脚膙子。

乡人不把皂角树上的皂角据为私；树是私人的，但树上结的果实却不是私人的。无论谁家的树，人们都可以去采皂角。有人临洗衣服，才捡一块石头往树上一投，打下几个来，方便得很。这意思好像是说，虽然人们没有吃饱饭的权利，却有洗干净衣服的权利。多亏乡人洗衣服不多，一个百十户的村庄有几棵皂角树已够了。祖母暴发之后，脱胎换骨，由一村妇摇身变为人人敬畏的老太太，似乎已不知道从哪里来，也不知道到哪里去，浑浑然自成一尊。但这条乡规她还是遵守的。我没听说她禁止别人采我家老皂角树上的皂角。老皂角树下有条石条，将近黄昏时，她喜欢坐在石条上抽她的胡茄烟。她默默抽着，满是皱纹的脸，像地壳刚刚凝固的那一刹那，冷漠而庄严。她的眼睛直直地望着前面，不知是望她儿子捐款建立的学堂，或是更远处她家的坟地。风水先生说过，这棵老皂角树的风水好，远处的祖坟风水也好。每次父亲回家，祖母都要父亲找风水先生看茔地。祖父的惨死，叔父的被杀使她在下意识里总联想起某种冥冥的力量，内心里总有某种恐惧。但不同的风水先生得出了相同的结论：我家的祖坟风水很好，宅地风水也好，特别是这棵葱葱茏茏、枝干刚劲，布满硬刺，像金刚一般的老皂角树。祖母对风水先生的话将信将疑，只好默默抽她的胡茄烟。胡茄烟的烟雾绕着她冷漠而庄严的脸，模糊了她眼前的真实世界；她望着另一个世界，想象着死的奥秘与辉煌。路人同她打招呼，她漠然不答。但有人来打皂角，她却起身让开，并不责怪来人的打扰。有一次，一个汉子用石块打皂角，投来投去，打掉很多树枝，祖母说："别伤了树。"还要我回院里拿支竹竿给这汉子用。祖母是爱这棵老皂角树的。

祖母比老皂角树去得早。

一晃四十多年，家乡音讯全渺。直到前几年，才不断有家乡人来访，都是后辈人，说半天我也不知其父是谁。他们谈到大宅、学校，谈到从老一辈听来的故事。话语中充盈着乡情。我家乡是产杜康酒的地方，真是乡情浓如酒啊。

有一次我问乡下来的一位青年：

"大宅东北角那棵老皂角树还在吗？"

"那里有一棵皂角树吗？"他诧异地望望我，"那里从来就没有一棵皂角树。"

那里从来就没有一棵老皂角树？也许那里从来就没有一棵老皂角树……

"我家坟地上那些柏树还在吗？"

他又诧异地望望我。

啊，也许那里从来就没有柏树。

"他们没有告诉你那件事？"他犹豫一阵问。

"谁？"

"早先来过的那些人。"

"什么事？"

"老奶奶的墓被掘了。"他迟迟疑疑地说。他比我小一辈，故称我祖母为老奶奶。

"啥时候？"我问。

"两年前的事。"他说，"这两年掘墓成风。传说老奶奶口中含朵金花，有人就起了坏心。"

"后来呢？"

"听说掘墓的没有找到金花，撬掉了老奶奶的两颗金牙。"他说，"墓掘开后，很长时间才封的，因此我也去看过，其实老奶奶的墓葬很平常。"

"她死在我家被日本人洗劫之后，故未能给掘墓的留下些什么，连一朵金花也没有留下。"我努力笑了笑，又说，"那两颗金牙必定是黑的，是被胡茄烟熏黑的。村上还有皂角树吗？也许用皂角可以洗净它。"

我又笑了两声，笑得很干涩。19世纪西班牙名画家戈雅的一幅铜版画——《狂想曲》之一——的画面浮现出来：一个妓女正在抠一个被处死的囚犯口中的金牙。

惨烈的人生，如酒的乡情啊！

当年，祖母坐在老皂角树下，是否已因预感而悚惧了这种报应了？那个始被轻侮，后被敬畏的农妇，当时果有某种预感吗？

如今，那棵老皂角树没有了。

堂兄和族人陪我去看祖母的坟墓。坟周围的树没有了，却多了许多坟包。

"村上的人以为这里风水好，都往这里埋人。"一位本家嫂子向我解释。

我淡然一笑。

堂兄说，打算在这里再种几棵柏树。

我说，如果允许在这里种树的话，就种一棵皂角树吧。

我希望有几个皂角，洗白我的记忆。

1992年9月20日

我和父亲

我不了解父亲，至今我还不了解父亲。

世人也不了解父亲。我想父亲在离世时，他的内心有一种难言的巨大的哀痛。

父亲用他的一生，写了一部充满矛盾的历史。

父亲给我留下的是一个谜，一个矛盾。

我说不出父亲给我留下的第一个印象。我朦胧记得由于我小时候体弱及好哭，他是很厌恶我的。一次他从前线回到郭村老家，他听到我在厢房不住啼哭，就走到上房前檐下厉声喝道："再哭就把他扔出去！"当然我还是哭，他也没有把我扔出去，但他却把"扔出去"这几个可怕的字扔进了我朦胧的脑海里。可能这就是父亲留给我的第一个印象。他很少回家，每隔一两年回来一次，哥哥、姐姐都要围上去叫"爸爸"，我不叫，他也当没有看到我。

一次他从洛阳回家，好像那时他的官职是"司令"吧，他出资办的小学已开课两年，老师带着全校同学到四里外的蔡店街去欢迎他。他从一辆崭新的人力车上下来，面带微笑，从瑟缩在寒风中的小学生的队列前走过，却没有认出我，或者不愿意认出我。我对他不认我倒没有感到屈辱，只奇怪他为什么坐人力车：你的马呢？你的汽车呢？打仗时都丢了吗？我心里感到惊惧和好笑。

老家郭村是伏牛山北麓一个不大不小的庄子，百来户人家。我跟母亲从开封回到郭村时，村子周围还有土筑的寨墙，墙下有寨濠。村里的南北东西大街，都铺上高低不平、大小不一的石块，牛车走在上面，发出轰隆隆的响声。村子的中心是十字街口，十字街口往南有两口古井，村人大都来此汲水，这是村里最热闹的所在。南大街有一座村公所和一间中药店，除此之外，村中好像没有别的能引人注意的地方。在我家的新宅没有建成之前，村里的建筑很一般，都是些低矮瓦屋和草房，包括村中首户郭举人家。我家的新宅为中西合璧，轩敞高大，位于村北，故被村人称为“北宫”。

后来父亲出资，又在我家北侧建起几十间房屋，办了一所小学和一所中学。从学校再往北去，就是一片辽阔的直达龙门山口的平野。数十里的平野上点缀着许多阡陌和村落，远远近近，朦朦胧胧，当麦苗长高时，它们一会儿被绿浪淹没，一会儿被绿浪托起，飘飘悠悠，浮浮沉沉，能令孩子们生发出无限遐想。平野的四季变化和光秃南山的凝重，都很美，唯村中沉闷、散乱与闭塞的景象，使我感受着一种蒙昧与神秘的说不清的压抑。

村里人都说我父亲好，当了大官不忘本。他每次回家，进村都是步行，从不敢坐车骑马进村。那时公路只通到离郭村二十里的砦街，从砦街到郭村则是陷在深深路沟里的坑洼不平的黄泥路。晴天可勉强把汽车开到村边，阴雨天就不行。有一年秋天下连阴雨，他居然要家里的伙计赶几匹大马把小汽车从砦街拖回郭村。我心里好奇怪，既然不坐又何必把小汽车拉回来呢？可村里的孩子高兴，整天围着小汽车打转。

父亲虽然穿草绿色的哔叽呢军装，竖背挺胸，一副军人派头，但在村上遇到老人，依然“大伯、大娘”地叫着。所以村上的人都称赞他。他每次回家，不忘乡亲，常带回许多白糖、茶叶之类的东西送给大家。有一次他还带了几驮子桐油籽和荆条籽，发动村中青壮年到南山种植。他想给村民一个致富的门路，正像他办学校，想使村民脱去蒙昧状态一样，都是为了想报答这片土地的养育之恩。父亲不喜欢祖母以势压人，他不敢直说，常劝祖母不要管地方上的闲事。他对家中其他人也这样要求。一向性子平和的二伯，一次把外村一个偷他庄稼的人捆起打了一顿。父亲听说后，对二伯十分不满。

父亲喜欢交朋友，喜欢喝酒，每当他回来，家里就要热闹几天，猜拳行令、呼朋唤友，从三门里就可听到他在二院大客厅里大声讲话的声音。他在他的下属面前很威严，他的下属好像都很佩服他，包括他那身草绿色哔叽军装都令他们崇拜。他的副官和勤务兵喜欢在我们这般孩子面前神吹穷聊，把父亲说成是刀枪不入、呼风唤雨的神人。抗日战争期间，父亲在黄河北曾两次率部突围。一次是1940年八九月间，部队被日军包围，第一战区长官部命令他们与日军“和谈”，“虚与委蛇”。他到濮阳去同日军谈判，借酒大骂日军司令官，说你们小日本瞎了眼，想叫我范龙章当汉奸，办不到！我是来骗你们的机关枪大炮的！翻译把他骂日本人的话翻译成是骂蒋介石的，日本人信以为真，居然给他发了十万发子弹。有了子弹他便率部突围，打了几天几夜，风雨交加，终于被他突出了包围圈。1943年四五月间，国民党庞炳勋集团军在日军大举进犯面前，两个军投降，一个军溃散，只有他率部过了黄河。这一次又是风雨晦如磐，天助他脱险。所以他的士兵应着他的名字把他看成“龙”，编出了神话。都说父亲讲义气，打仗不怕死，与士兵同甘共苦，所以他对他的部队是有吸引力的。有一次我看到他打一个勤务兵，十分不解。这个勤务兵把他一条毯子不知放到哪里了一时找不到，他就抡起手杖打了勤务兵几下。接着他要这个勤务兵去试机枪。那时郭村的寨墙还未扒，勤务兵揉揉哭红的眼，爬在我家门口的大椿树下，肩顶轻机枪，几发点射，把土寨墙打了几个大黑洞。枪声脆响，父亲一高兴还帮勤务兵拍拍身上的土，当时我呆呆地看着，真不明白父亲。

父亲文化不高，却善于辞令。他喜欢给士兵训话，士兵居然爱听，并且都学会了他的口头语。他喜欢讲“你们觉量着”，不少官兵都学会说“你们觉量着”。有一次他到学校训话，对着我们这些站在旗杆前的小学生讲了一个早上。“你们觉量着你们应不应该好好读书？抗战胜利后要建国。靠谁来建国？靠你们来建国。你们觉量着不学好本领行不行？……”他讲完了，我跟着大家一起鼓掌，我心里想，他没有老师讲得好听。但我没有说出来。朝阳已经爬上学校的围墙，在一片杂树林背后挂着，血红血红。我睁大眼直瞪着那团红光，望着晶亮晶亮的露珠。空气很湿润，阳光一点不刺眼。我呆呆望着，直到上课钟敲响。操场上只有我一个人，我不知同学们什么时候散去，也不知道父亲什么时候离开。

1944年，家乡沦陷，父亲派人把全家接到他的防地南召。我们住在刘村，离他的师部留山只有三十里路，所以他常回来。我从小学三年级开始写日记，有一天下雪，教室前边有一层很厚的积雪，我就把雪描写了一番；过了几天雪融化了，阶前积了一个小小的水潭，我兴之所至，在日记中把这水潭也描写了一番，并说明这水潭是如何形成的。过了两天水潭消失了，我写道："这水潭哪里去了？啊，原来它被太阳蒸发了，它变成水蒸气，变成云，正在蓝天上浮游呢。"不想这几篇日记被级任老师看中，并呈给校长，校长称赞不已，于是我的功课特别是作文就在学校出了名。到刘村后，父亲不知听谁告诉他了这件事，忽然想起他还有个其貌甚丑、其性甚犟的三儿子，兴奋得不得了，要我拿作文给他看。他也真真地挺着胸脯，手持作文本看个详细，不时还点头称好。父亲可怜，他自幼没有读过书，对文化敬畏至极，把我这个远非秀才的蒙童也当作文魁星了。

本来父亲很宠爱大哥汉卿和二哥汉臣。大哥很文雅，二哥很聪明，父亲对他俩寄予厚望，我这两位兄长确也自幼抱负不凡。大哥念中学时，本是个长得白白净净的儒弱公子，最喜欢背诵李后主"春花秋月何时了，往事知多少"之类的名句，却偏偏要把自己想象成叱咤疆场的英雄，并给他和二哥起了"军峰""军枢"恁般了得的名号，很不把父亲这个"司令"放在眼里。后来他有两件事伤了父亲的心，一件是1943年秋，他与父亲在二十七纵队时的副司令赵紫俊的女儿结婚，父亲为这场婚事没有少花心力与金钱，从天津采办了很多迎娶的用品，给大哥订制了西服，在举行婚礼的前一天，大哥与父亲争吵，不肯着西装，说自己脖子长，着西装不好看，要穿长袍马褂。本来女方已决定第二天穿婚纱，不得不赶快通知人家改穿旗袍。父亲气得脸色发青。再一件是我家逃难到刘村后，父亲要大哥到西安或重庆考大学，大哥坚决不上大学，要到西安上黄埔军校第七分校。去了两个月，受不了军校的苦，又回到家里。父亲只好任由他去，不再过问他的事。祖母很偏心，喜欢大哥不喜欢二哥，她护住大哥却专爱挑二哥的毛病。二哥是个天资聪慧的孩子，爱动。老家郭村那两口古井，井口很大，二哥六七岁时就敢从井口上跳过来跳过去；二哥喜欢爬高上低，喜欢在墙缝里掏麻雀，并把雀雏调教得听从指挥，这些作为惹怒了祖母，祖母一见父亲就要唠叨二哥的种种“行状”。大哥的书没有读好，还常同他闹气，二哥机灵调皮，不太用功，他把范家的文运就寄托在我身上了。他每次回到刘村，就要看我的作文，我也确实令他高兴过几次。但我性子执拗，总同他有种隔膜，他也无奈。到冬天，我和哥哥没有棉衣，父亲要军需官送来两套士兵的棉军装，太大，一个勤务兵送我到李青店去改棉衣，遇到大雨当天回不来，晚上我同勤务兵睡在一间小客栈的牲口房里，可能谁都想不到我是师长少爷。棉衣改好，哥哥不肯穿，父亲看到我穿着怪模怪样的棉衣，夸了我一句：“汉生老实。”

刘村是个小寨子，被土夯的寨墙围着，中间一条大街，从东寨门直通西寨门。南寨门有门楼而没有门洞，人们只从三个寨门出入。街上有几间杂货店，还有一个邮政代办所。我们家借住在寨西南角一个大户人家里。我虽出生在开封，但我尚不记事已回到郭村。刘村比郭村大，也比郭村热闹，有点城镇的气象。它是我最早留下印象的“城池”，所以至今有关“城池”的联想，我仍然会把地点移至刘村。这是一个风景秀丽的豫南小集镇。它西临白河，南滨留河，地处两河交处，河对岸是起伏的山丘，山丘上长满丛丛柞树。深秋季节，柞叶像被秋风烧过，变成半焦的暗褐色。冷风吹来，满山都似火苗飘荡。留河岸上，疏疏落落地立着一兜兜芦苇，灰白色的芦花在阳光下闪动，远看如无数只白鹤在低徊高翔。河岸与寨墙之间有一大片桃林，桃子早卸了，桃叶飘落了，但那密密地交织在一起的枝干，仍铺排出一派蓊茏之气，令人感觉不到秋之萧条、冬之凛冽。白河离寨子稍远，碧清的河水和白色的沙滩从遥远的天际飘到这里一层，似要把这座小镇裹挟了去。它是天之河，它的美丽无与伦比。我喜欢站在寨墙上眺望它，一带稀疏的柳林含着晚霞托着殷红的夕阳，夕阳慢慢下坠，渐淡渐扁，又踮踮脚，不知是跌落到岭后还是河底。河水在辉煌地一亮之后变暗了，沙石滩上飞起一群大雁，啼鸣着，扇动着黑色的翅膀在河面上盘桓，好像要打捞落日，但它们的翅羽遮住了西天的霞光，天猛一下子黑了下来。我回头望望，原来星辰早在东方升起，寨子里已有点点灯光。

刘村有一座中学——南都中学和一座中心小学。中学在街上，小学在东门外，二哥上中学，我每天到东门外上小学。父亲所以选择刘村来安置我们，我想是为了我们念书方便。我记事之后跟着父亲驻防，这是仅有的一次。我们借住人家三间房，母亲和弟弟、妹妹住东间，乳母带我和哥哥住西间，正中一间算是客厅。我住的房间南窗下有一书桌，我同哥哥常在上面做作业。父亲每回家，常到书桌旁站站，看我们做作业。他只是默默地看一看，从不说话。

父亲常带愁苦之色。那时候部队非常困难，老家的房子被日本人抓了，财物几乎全毁，祖母总是向父亲要钱，父亲没有钱她就闹，还闹到集团军总司令高树勋那里。这一次高树勋对父亲很同情，给了祖母一些钱，说父亲是孝子。美国援华团到中国，派了许多视察组，有一个视察组到新八军来，为首的是一个美军校级军官。军部在石桥，军长胡伯翰要各师师长到石桥欢迎援华团视察组，并要求军容严整，必须穿马靴。经过几年的辗转，父亲私人的物品几乎一无所有，哪儿来的马靴？一个副官听说某团长还有双马靴，赶快借来。父亲穿起来太小，夹脚，他痛苦地走几步，突然大怒，脱掉靴子猛然向墙上掷去，狂吼道："老子这个师长不当了，他妈的，我这个将军还得穿马靴向洋少校敬礼，可笑！有枪有炮就拿来，你出枪我出命，为啥我就得比你低一头！"后来军部通知视察组要到师里来，得好好接待。为了希望人家说句好话，能分配到一些美式装备，父亲忍住气，派军需到南阳采买西餐用具及山珍海味。后来视察组没有到，这笔账没办法开支，就记在父亲私人的账上。当初父亲来新六师，高树勋是抵制的，由于汤恩伯向蒋介石举荐，高树勋顶不住才不得不同意我父亲来，父亲听人说高树勋为人厉害，所以他处处小心戒备，不敢随便动用公款，生怕高树勋抓住辫子。由于接我们到南召和准备接待援华团视察组，据说父亲花亏空了一百多万元（那时法币贬值，如折实可能有几万元），弄得他整日愁眉不展，再不见在家乡那种豪兴豪饮了。但一有机会，他仍喜欢摆阔气，给朋友捧场。我们房东的儿子同专员家的一位千金结婚，想把喜事办得排场一些，同我父亲一说，父亲就给他派了一个连为喜队开路。一连士兵把子弹当爆竹，向天上乒乒乓乓乱放枪，把树枝打落一地，小孩子们跟着抢的不是花炮，而是子弹壳。我这半生只见过一次这样的婚礼。

我没有见过父亲打仗，但听我一位表姐说过，她见过。1945年春天，日本军队进攻豫南，我们家由刘村疏散到一个更小的村子里，那个村子在山窝里，村前有一条转个大弯的小河。过了几天表姐一家也来了。后来表姐同我说，日军进攻刘村，她见到我父亲，她是从门缝中看到的。她们家住在邮政代办所旁边临街的一座房里，她听到街上枪声、喊声响成一片，好奇地从门缝往外看，正看到我父亲两手拿两把手枪，被几个士兵架着，骂骂咧咧地从街上走过。搜索连祈连长一面发口令上刺刀，一面向几个士兵喊叫："把师长架下去，硬把他架下去！"父亲不肯走，骂骂咧咧，面色铁青，样子很可怕。宏肇哥（父亲的随从参谋）跟在父亲身边，握着左轮枪，走几步扭转身打两枪。搜索连士兵端的水连珠枪（这个连是苏式装备）都上了三棱刺刀，端着刺刀的日本兵，在一百米外停下来，伏身射击……表姐把这点见闻同我说过几次，每到最后她就说："真可怕，姨父的脸色真可怕！打仗真可怕！"我相信，父亲在战场上的样子一定是很可怕的！

后来母亲带我们兄妹，在伏牛山南麓濒临白河上游的一个小庄——余坪住了几个月，父亲曾来探望过几次。这个村庄非常美丽、宁静，好似另一个世界，几乎令人忘记战争。但偶尔听到隐约的炮声，大人们从炮声传来的方向，推测父亲部队的动向。向余坪告别后，与父亲再见已是1949年初了。这中间发生了许多事。先是日本投降，听说父亲随军北上，我们家由余坪又迁回刘村。大约在1945年10月间，父亲派人接我们往开封。我们从南阳乘马车，一路走走停停，大约过了农历十月初一，走到许昌。深秋天气，刚收完秋庄稼，大地一派萧条景象，兵荒马乱，危机四伏，大路行人不多，虽有一班士兵护送，母亲总是提心吊胆的。远近几座荒坟旁边，冒出缕缕青烟，奶妈告诉我："十月一，送寒衣，那是给鬼送衣服的。"这情景给我留下了很深的印象。马车缓缓前行，一天走不了几十里路。及至走近许昌，像从长夜里走出来，刚看到一点人间繁华，母亲的心刚落下，这时从路口出来两个戴礼帽穿长衫的人，说是许昌专员派他们在此等候的。他们同我母亲低声讲话，我听到一句："你们的部队投降了八路军，专员叫我们等在这里给你们个信。"母亲面色突变，人们围在马车周围忙乱起来。护送我们的士兵还佩戴着新八军的上印"克坚"二字的臂章，那两个人要他们立即扯下来。我对父亲"投降八路军"一事不知如何解释，懵懵懂懂地跟着母亲到开封。父亲曾派人来接我们去他的驻地，母亲不愿意去，我们就在开封住了三年。三年中，断断续续有些父亲的消息，大都是传闻而已，我们连父亲的确切地址都不知道。

1949年初，父亲突然回到开封家里。依旧是一身笔挺的草绿色呢军装，依旧是高挺胸脯在屋里说话满院子都听得到，依旧是呼啦啦带了一大帮人，不过这时不叫勤务兵而叫警卫排，依旧是被人"军长、军长"地称呼着，依旧是忙于送客拜友，在我眼里父亲的神采相貌简直没有什么变化。这一次他是奉命往新乡策反国民党四十军的，顺便探家。他在家里待了几天，整天和朋友高谈阔论，但当他独自一人面对冷清的有一株石榴树的庭院时，他脸上却有一种洗不掉的浓重忧郁。那年我十五岁，刚到中原大学，算是已经参加革命工作了。他听大姨说，我读书读得很好，初中没有毕业就考上最难考取的开封高中，他很兴奋，又做起家族的文化梦，执意要我跟他到北平去念书，我说我不能脱离革命，他说这怎么叫脱离革命呢？“什么叫革命？”他以“老革命”的口气教训我，不过态度很温和，“读书不是革命吗？将来要搞建设，建设就要有文化，靠我们这些人行吗？不行！靠你们年轻人把书读好！”

“我哥哥参加革命可以，为什么非要我去读书呢？”我争辩道。

“我说过了，读书也是革命，你怎么还不明白呢？革命有分工。”他耐心地说，“你哥哥比你大两岁，他去参军我不反对，像你这样年纪，去干什么？一打仗还是负担呢！”

“我才不会成为负担呢！”

我妈看我又拗起来，数落道：

“不听老人言，必定受艰难，看吧，有你小孩受的苦。”

父亲摆摆手，制止妈妈说：

“好好，要他再想想，再想想。”我发现父亲这次回来，脾气比过去好多了。对我们很讲“平等”，真是一革命就把身上的军阀作风革掉了不少。

过几天父亲又同我讲到北平上学的事，我以转学困难，插班困难来搪塞，他哈哈一笑，口气很大地说：

“到北平能没有你上的学？你想上哪间学校都可以。我可以找薄一波同志嘛，找周恩来同志嘛。”

父亲说这话，一方面暴露了他的特权思想，一方面说明他当时还未想离开北平，他对他的个人前途还是乐观的。

我家住在小纸坊街，小纸坊街新中国成立前住了许多要人，在开封很有名气。父亲一回来，整条街都知道“军长回来了”，街坊们都为我家庆幸，对我们家人很尊重。当时我所在的中原大学二十三队组织秧歌队没有锣鼓，我带同学到街道上借，拉人力车的和别的街坊见到我，都喊我“三少爷”；回到学校同学们取笑我，我气得哭了一场，我对能使人称我为“少爷”的老爹，又耿耿然了。

过去的岁月像一个破碎的阴影，笼罩着父亲，笼罩着儿子，笼罩着我们的父子关系，这个阴影虽说破破烂烂，虽说看不到，摸不着，但却是那般沉重，它像一张用铁链结成的网，我们始终将它揭不开，推不去。父亲是一个充满矛盾的人，但我学的“辩证法”却教会我对他只看一面。那时候的潮流如此，我把家庭成分说成是官僚地主，要同家庭决裂，似乎很革命。1951 年我在中共中央中南局社会部办公室工作时，一天晚饭后同几个年龄相仿的小同志在机关大院里游玩，办公室主任招呼我过去，我走到他身旁，他要我坐下，我同他坐在花圃的台阶上，他笑着问我，你的父亲叫范龙章吧？我说是的，他说是到过延安的那个范龙章吗？我又说是的。他“啊”了一声，说他见过我父亲。

“你怎么见到他呢？”我诧异地问。

“在延安开大会我见过他，”主任笑笑，“不过他在主席台讲话，我在台下当听众，其实不认识。他是延安的大名人，我是无名小卒，也可以说我认识他，他不认识我。”

“他在延安的情况，我没听他讲过。”我说。

“既然你父亲是范龙章将军，你把家庭成分填写为官僚地主不妥，我不知道你家里是不是地主，但我知道你父亲在延安入了党，是党中央直接批准的共产党员，所以不能说他是官僚，不能依他把家庭成分定为官僚地主。”主任与我谈过话后，再填表我就将家庭成分填为地主。1980 年，组织上落实政策，又把我的家庭成分落实为革命军人。

一种政治压力和“左”的思潮扭曲了父亲、扭曲了我，也扭曲了父子关系。父亲本身何尝不在这种压力下屈服，不在这种思潮下迷茫。后来我看到父亲 50 年代口述的一些回忆文章，在用批判的眼光审视前半生的同时，回避了他追求进步、向往光明的一面。把他在整个抗日时期的活动，用“联日反共”四个字概括，只字不提他参加“八一三”淞沪抗战、台儿庄会战、瑞昌会战；只字不提他在黄河北岸与日本兵转战数载，反对投降，两次率部突围的壮烈行动。在国民党三十九集团军的将领中，他是最先表态支持高树勋总司令举行邯郸起义的，对起义起了重大作用。但在回忆文章中却轻描淡写，并给自己扣上随机应变的帽子。他一生中的两个闪光点：一是坚持抗战，一是参与邯郸起义，都被写成这个样子，这实事求是吗？难道父亲说这许多违心的话，内心没有痛苦吗？将军白发，不敢言功，实令人哀叹。

1949 年四五月间父亲又回开封时，情绪大不如前，比较沉默。我从他同母亲的谈话中，知道新乡谈判受挫，他心情郁悒。他同国民党四十军军长李振清可谓老朋友，抗战期间，一起出生入死，颇有交往。他奉华北军区和薄一波同志之命，单身进新乡城与李振清谈判，争取新乡和平解放。初见面时，李振清曾奚落他，说他自己在共产党那边被冤枉，被扣压，遭监禁数月之久，弄得手无一兵，身无寸权，如今还来做说客，实令人心寒。但他对此却一笑了之，凛然向李振清申明大义，分析大局，指明大势，劝李振清不要以个人得失为重，要认清形势，走傅作义将军的道路。薄一波同志指示父亲按北平方式解决新乡问题，经过谈判李振清接受了这个方案，后我方地方部队看四十军已成笼中之鸟；坚持要四十军投降，放下武器，以装备自己，因此双方争持不下。最后虽按投降的办法拟订了协议，李振清称病飞离新乡，四十军迟迟不肯签字。此时父亲已萌“归隐”之意。

关于父亲离队的原因有种种说法，我分析是下列几个因素促成的：一、对在“民主建国军叛变”冤案中，他被扣押吊打、监禁审查思想不通。对属下一批军官仍然蒙冤系狱，他内心很痛苦，在此情况下，他认为他个人继续当官，对不住部下；二、新乡谈判受到挫折，他感到自己无功于组织；三、解放战争即将结束，今后不打仗了，他缺乏文化，不会被重用，也没有东山再起之机；四、在一些老朋友的怂恿下，错误理解保护民族工商业的政策，想办工厂赚钱，舒舒服服过太平日子。是年六月，父亲到北平向薄一波同志汇报工作，提出“解甲归田”的要求，薄一波同志劝导他，要他留在北平，如不想干具体工作，挂个名誉职务也可；如果真想“归田”，可带四五万人办个大农场，人马比带一个军、两个军还多。他的朋友和入党介绍人申伯纯、金城、周子健、朱早观诸同志也对他进行苦劝，他去意已决，不听劝告，后来薄一波同志只好给吴芝甫同志写了一封信，让他带上，嘱咐他遇到困难去找吴芝甫。他于七月中旬回到开封。他到开封那一天，正好我在当天乘车南下，我到行宫角他的面粉公司筹备处去看他，向他告别，他把腕上一只手表脱下送给我。父亲原来有一只很名贵的长方形手表，是抗战初期汤恩伯送给他的。1947 年他被送进神泉学习班时，这只手表连同朱总司令送给他的羔皮大衣、他同毛主席的合影都丢失了。他送给我的手表，是他在新乡策反时，一位老朋友送的。

我南下之后，再一次见到父亲已是十九年后的1967年了。那时我在广东省化工原料公司工作，出差河南，在家住了两个多月。1954年我家随省府迁郑，住在郑州行政区花园路口东已院。东已院是几排两居室一套的平房，住户大都是政协的老先生。老先生们在房前屋后种上苹果、葡萄，院子里倒是葱葱茏茏，一片绿荫，很有几分乡间风味。1966年父亲突得重病，脑血栓，差一点瘫痪。我回家时，他已恢复到能够拄杖走路。东已院卫生设备差，厕所公用，我每天陪他上厕所，一个星期陪他到省府门诊部拿一次药，有时陪他上街理发、下澡堂。父亲喜欢理发、洗澡，把这看作一种享受。行政区一些理发师傅和澡堂师傅同他关系甚好，每次我去理发及洗澡，他们都围过来同我谈话，他们说我父亲原来身体很好，腰背从来绷绷直，不像六十七八的人，“文化大革命”一起来，一场病把他打垮了。他每次进澡堂，都要带两包“彩蝶”或“三门峡”香烟，澡堂师傅一见到他，就过来招呼，抽他的好烟。那时已不准搓背，澡堂师傅还是偷偷帮他搓一搓。这可以看出父亲在行政区的人缘，他愿意和引车卖浆者流为伍，结交了一帮朋友。有几次我同他在路上遇到他的同事。一次，我看到一个身材不高，面皮青白的老者立在一棵法国梧桐前摇摆双臂、左右开弓拍打树干，父亲看出我有点好奇，就走过去说：

“你这位体委主任练的是啥功呀？”

“哟，卓云（我父亲的字）兄，”那老者一抬头，看是我父亲，急忙走上前握手，“身子好点了吧？看样子还行，多走动走动。”

“汉生，你过来，”父亲唤我上去后说道，“这是你范老伯。”

“范老伯。”我恭敬地叫了一声。

“我是范绍曾，就是《侍卫官杂记》里写的那个范绍曾。哈哈哈……”

父亲也笑了，说：“行，你这么乐观，不拍梧桐树也能活百岁。”

走过去之后，父亲告诉我，范绍曾老伯起义后几经调整，“文革”前是挂名的河南体委主任，“文革”一开始彻底靠边了。

一次在花园路口遇到张轸。张轸身材粗壮，声音洪亮，他说我很像父亲，和父亲年轻时一样。他与父亲是二十路军的老同事，当时两人不和，老来却恩仇皆泯，相互怜惜起来。

“听说你很忙，是不是？”父亲问。

“忙，是忙，搞外调的从早到晚不断。”张轸说，“我让他们排队！”

“你还是省主席呀？”（新中国成立前，张轸曾任河南省主席）父亲开个玩笑，“要人家拿筹会客吗？听说你还拍桌子骂人？”

“我骂我自己不会说假话。本来嘛，向我调查是为了弄清问题，我说事实他们不满意，说我不老实，非逼我写假材料不可，你说我该不该发火拍桌子？”

平日父亲很少说话，他常双手拄杖立在门口台阶上看门旁的两株苹果树，一看就是半天。这两株苹果树是我家刚搬来时，他同母亲两个人栽的，现树冠已经很大，早几年就结果子了。听母亲说，过去每年春天，父亲就要修枝、施肥，他病后就没法管理了，所以今年结果很少。他除了上厕所和看病之外，偶尔也到院子里走动，遇到人都同人家打招呼说

“吃饭啦”“下班啦”之类简单又简单的话。一次看到腰弯成曲尺形的阎济民拿个尿壶艰难地一步一步挪动着到厕所去倒尿，他喃喃自语道：“他太惨了！”干枯的眼球蒙上一层泪水。阎济民原是新六师十六团团长，我父亲任民主建国军第一军军长时，阎升任第二师师长。在民主建国军“叛变”案中，他是首当其冲的一个。1948年被关押的民主建国军军官绝大部分被释，重新分配工作，唯有他与其他几个人仍被囚禁（第一师师长聂志超死于狱中），以便说明“叛变”是事出有因的。他拒不承认强加给他的罪名，直到“文革”前夕才被释放，安排到河南省人民委员会参事室来。在我家后面住了一个政协伙房的大师傅，政协成立领导小组时，硬把他结合了进去，算是我父亲机关里的领导了。每次遇到我父亲，大师傅都要问问我父亲的身体情况，我父亲向他问问机关里的情况，他们的对话很有意思。一次我父亲问他，机关里在忙什么，他说：“没什么忙的，还不是学习？我还干我的老本行，老先生们还坐在学习室里念报纸。”

“都学些啥呀？”父亲问。

“这几天在学习‘杨傅余’。”大师傅答。

“谁叫‘杨傅余’哪？”

“这我就说不清了。要我说豆腐鱼我倒能说出个丁卯。”大师傅笑着，“反正是刚挖出来的，新鲜热辣，说是藏得很深。”

“那可不容易学呀！”父亲说。

“那是，那是。”大师傅点着头。

父亲看我寂寞，没有书看，一天上午忽然说：“汉生，我带你去看看你石老伯。”石老伯名乃绍，也是政协的人，住的同我家隔几个门口。一进石老伯的房，父亲说：“老先生，俺汉生来向您借几本书看。”石老伯是个矮小干瘦的老头，忙扶扶黑边大眼镜，从一张破藤椅里站起身：“拿吧，拿吧，还借什么。反正这些书对我都没用了，我这辈子不会再看它们。”石老伯有两大柜子书，我从中挑了一本《希腊古代史》。父亲主动串门，这是唯一的一次。

父亲告诉我，石老伯是他们这一群人中最有学问的一个。他在法国留学时与周总理相熟，后来回国参加了民社党。民社党参加蒋介石政府组织的国民代表大会，他坚决反对，他是民社党湖北省委主委，带领民社党湖北省委退出民社党，此举曾轰动全国。

在省政协驻会的老先生中，同我父亲来往密切的是刘希程老伯。刘老伯比我父亲小几岁，他常开玩笑说，他是这群人中的“青年”，机关也把他当“青年”使用，比如拉架子车送病人之类的重活、急活就得由他来干。他是黄埔军校一期毕业生，曾当过孙中山先生的卫士，参加过“八一”起义，由于他伯父是国民党元老的关系，后又回到国民党的军队里，抗战时任军长。他性格开朗、和善，几乎每天都来看看我父亲。他家在后面一排房住，门口正对我家窗口，他常常下班捎一张《参考消息》，从窗口递给我。有时绕过来，进屋同父亲说说话，谈得最多的是学习室里的情况。

“今天谁回学习室了？”父亲问。

“回的有一半吧。”刘老伯接着说出几个人名来。

“学得咋样啊！”

“老样。”刘老伯慢条斯理地把学习室的风景描绘一番：某老头鼾声如雷，某老头口水流了一尺长，军代表大皱眉头，权当听不到，看不见，继续叫人念报纸。

“你哪？没睡一会儿？”

“我不敢呀？我‘年轻’啊。”

说到此，两个老头大笑起来。这是父亲最开心的时候。

父亲最亲密的伙伴是我妹妹的五岁儿子小栋。小栋长得胖乎乎的，很好玩，整天与父亲为伴。只要小栋在身边，父亲脸上就有悦色。一会儿不见小栋，他就拄杖走到门口，大声叫：“栋！栋！”后来全院的孩子都学父亲呼叫小栋的喊声。

1969 年我在干校患病，回郑州治疗了五个多月。这是我一生同父亲在一起时间最长的一次。父亲的身体比一年前又差了许多。他经常一个人闷坐，半天不语。母亲把饭做好，装好饭放在他面前，叫他吃他就吃，不说要他吃他也就不动筷子，一点脾气没有。有时候母亲同他讲话，他好像听不到，母亲常常苦笑着说：“看这老傻子。”我看到父亲这样，心中一阵悲凉。

我喜欢问他过去的事，他断断续续地讲一些。一天晚上围坐炉边，他望着火苗沉默了好久，忽然说：“汉生，我从头给你讲讲吧。”从这一晚开始，他在炉边给我讲了许多个晚上。

他的思维基本上还是清楚的，我提到的问题，他大都能给以清晰的回答。我问了许多他在延安时的事，譬如他的入党经过，他同中央领导同志的接触等等，他都能记得起来。

有一晚我突然向他提出一个在我心中悬疑多年的问题，我说：’

“爸，我们父子之间说真话，你告诉我，你起义后是不是想过‘叛变’，是不是又同汤恩伯取得了联系。”

父亲闭上眼久久没有说话，嘴角慢慢浮起苦涩的笑纹，轻轻吁了口气。

“欲加之罪啊！”他十分平静地说。“我同汤恩伯的关系是比较密切，但邯郸起义之后，我同他没有联系。老镇嵩军的将领后来一直还能在军队中走动的只有三个人——刘茂恩、武庭麟和我。刘茂恩是靠蒋阎冯中原大战时倒戈，扣押万选才，取得了蒋介石的信任；武庭麟靠刘茂恩，我确是靠汤恩伯的帮助。汤恩伯认为我对他有救命之恩。1932 年 1 月，汤恩伯的第二师在潢川一带被陈赓部击溃，汤与师部被围，我带着二二八旅增援，在一个河边，正遇王仲廉、郑洞国两旅溃散过河。王、郑见到我，告诉我说汤师长还被红军围困在河那边一个寨子里，求我解救。我立即率部队反攻，并要王、郑两旅长整理他们的部队跟上来。此时红军已撤，我很轻易地给汤恩伯解了围。第二师战败，蒋介石震怒，汤恩伯急于赶到南京汇报。天下着雪，没有交通工具，我就叫马夫套车，用我的轿车把汤恩伯送到潢川车站，汤恩伯感激不尽，这就是我同汤恩伯交情的渊源。抗战初期，我任汤部八十九师独立旅旅长，同他一起参加了台儿庄会战和瑞昌会战。以后汤的官做大了，对我确实有不少关照。这些都是往事了。后来我来到共产党这边，刘茂恩到台湾，武庭麟新中国成立后被枪决，各走各的道了。我到了共产党这边，还要同汤恩伯联系吗？1946 年 10 月 29 日，邯郸起义一周年前夕，我在延安新华广播电台向全国同胞发表讲话，痛斥蒋介石独裁专制发动内战的罪行。难道我还能留有后路吗？”

他说，共产党真能教育人，改造人，邯郸起义一年多，他的思想有很大转变，加上中央领导同志对他很关心，很看得起，他是真心参加共产党，想好好干，为革命立功。他是在延安交际处入党的。介绍人是申伯纯、金城、周子健。他递交入党申请书后，朱总司令代表党中央、饶漱石和安子文代表中央组织部分别同他谈话，杨尚昆同志主持支部大会讨论通过，刘少奇、周恩来、朱德分别签字同意，中央批准。延安撤退后他到了山西兴县贺龙司令部，为什么急于回晋冀鲁豫边区？就是想“表现”，想过黄河组织队伍，配合陈赓同志在河南战斗。不料进入晋冀鲁豫边区就蒙冤系狱。

我问到他对每个中央领导同志的个人印象，他说朱总司令是忠厚长者，周总理热诚干练，彭德怀同志是一位模范的革命军人。

“毛主席呢？”我问。

他拿起火钳颤颤巍巍地去夹烧红的煤块，沉默良久说：

“你要我用一句话来说我说不准。只能说是伟大吧。不过，大家都这样说，这不能算我的个人印象。”

“我们参观团的人最怕彭老总。”他说。

“为什么？”

“他不苟言笑，处处表率，所以都敬畏他。”父亲又说，“他给我们讲《中国革命的战略与策略问题》，上课多。”

“为什么他给你们上课最多呢？”

“在延安他是个大闲人嘛。”父亲看着我吃惊的样子，笑了。

“他怎能是个闲人呢？”

“唉，百团大战之后他就闲着了，直到胡宗南进攻延安，他主动请缨才又忙起来。延安撤退前，毛主席曾找我谈军事部署，我们两万多人对付胡宗南的十七个旅，当时我真没有信心。后来事实教育了我，我服了，我佩服毛主席的战略眼光和彭总的胆识。”

谈到抗战，父亲用火钳敲敲铁皮煤炉，扬起头长长地嘘了口气，悲愤地说："说我什么都可以，说我不抗日就是不行！庞炳勋、孙殿英投敌了，我不投敌，怎能把汉奸的帽子往我头上戴？'八一三'战役，我以最高军事委员会参议的身份指挥二十路军七十六师二二八旅守卫常熟虞山，我旅与敌人拼刺刀，拼来拼去，一天就伤亡一千多人，我也没有想活着下山。二十路军倒在淞沪战场数千兄弟，哪一个不是为国牺牲的？"

我问及他由京回汴后的遭遇，这是他最不愿意谈的。只谈"过五关"，不说"走麦城"，大概人都有这种狭隘心理。好像这一段是他一生历史中最苍白的一页，他感到无话好说。

"在开封办面粉厂失败后，可以说是逃债吧，我跑到陕西，那时张钫在西安住，我想向他要几个钱，在二十路军时，我曾向他办的观音堂煤矿投过资。他给了我几百元，不顶用，我又到兰州，跟着民众剧团活动。一次从兰州到西安，出站时军警检查行李，我带了个旅行袋，本无任何违禁物品，只因河南那边的事心烦，我趁检查人员不注意走了。这一下惹出麻烦，军警把同我一起的一个朋友扣下。那天晚上我在一个小旅店里一夜未眠，心想我范龙章一辈子没有办过这样不义气的事，再大的事自己当，不能连累别人。第二天一早，我跑到西安市公安局门前，吵着要公安局放昨天在车站扣留的那个人，我说我是范龙章。公安局门口值班的人被弄得莫名其妙，看我这个人有些气派，就打电话向局长汇报。局长是从延安公安局来的，听说过我，就要值班的把我让进会客室，他马上出来。接着他打电话向市委汇报，市委向中共中央西北局汇报。西北局书记习仲勋同志接到电话，指示公安局把我送到西北局交际处，并查询我朋友的下落，也立即送到交际处。我到交际处刚坐下，习仲勋、马明方同志就坐车来了。我同习仲勋同志在延安相熟，老朋友见面，习仲勋很热情，拉住我的手说：‘真想不到在这里见到你，你是怎么来到西安的？我以为你一直在北京呢？’我不愿意详谈，只叹气，说：‘仲勋同志，不多说啦，你让我和我的朋友走吧。’习不同意，说：‘老朋友几年不见，怎能一见面就要走呢？’马明方也劝留。习仲勋耐心开导我，安慰我，我才把撤离延安后的几年经历原原本本说了一遍，他也叹口气，很同情我，但严厉批评我不该离开北京，离开组织，说现在不同你过去闯荡的时候，离开组织，寸步难行。他要我回河南，说那点债不算什么，他同河南那边打个招呼。我不回，我感到太没有面子。习仲勋无奈，只好劝我说：‘不回河南也行，就在交际处住着，不要再东走西走，你看这对组织影响多不好。’”

于是，父亲一直住在西北局交际处，习仲勋找他谈心，说如果你不愿回河南工作，就在西北军政委员会工作吧，他不干，说：“我要工作的话，就留在北京了，何必跑到这里。”大家知道他的性格，不同他计较。后来就给他挂了个西北军政委员会参事衔。到 1953 年，河南省开人民代表大会，省府秘书长何芸生找我母亲，要我母亲同他一起到西安去，总算把他劝了回来。至此，他才正式到河南省政府参事室工作。回河南后，有一段时间他的热情还是很高的。

1957 年整风，领导动员来动员去要他们向领导提意见，他说没有什么意见好提，领导说没意见不行，一定要提意见才是爱护党，才是向党交心。于是参事室的老先生们拿着大蒲扇坐在院里树下想来想去，说了参事室副主任对人态度不好等一些鸡毛蒜皮的意见；父亲还说了陕北战役，起初他对毛主席的部署有怀疑，后来事实证明毛主席正确等一些话。不料这就构成了攻击领导及怀疑毛主席的“反党罪行”（河南参事室保存有材料），作为划父亲“右派”的根据的一个记录，如今仍在，看后真令人啼笑皆非。被错划“右派”后，父亲真可谓是心灰意冷。

不过他这个人好胜，不甘人后，不愿别人吃亏，所以在接受改造时，他劳动表现好。听母亲说，他经常拉很重很重的煤车，从郑州街头走过，任凭烈日晒，也很少戴帽子，毫无“破帽遮颜过闹市”的那份惭愧。他虽说是穷苦出身，但养尊处优年数多了，开始拉车，往往肩膀磨破，血水与衬衫粘在一起，晚上回来就用温水把粘连部分濡湿，衣服才能脱下。母亲说：“你不会少拉一点？”他说：“我要少拉别人就得多拉，反正大家的任务得完成。”1969 年，我同他谈起我被划为“右派”到海南农场劳动的艰苦情况，谈到开荒，谈到深翻，谈到硬是把土当肥料一车车从这里搬到那里，他笑笑问：

“汉生，你一车能拉多重？”

“三四百斤吧。”我答。

“嘿嘿，”他笑两声，很自豪地说，“我一车拉过七百斤。”

1972 年春节前夕，我在英德东风干校请一位五七战士给我理发，准备回广州度假，学员们正围着我开玩笑，司务长走过来问：

“你准备今晚回郑州吗？”

“不是，回广州。”我说。

“听说你父亲病逝了，指导员刚才接到电报。”

我找到指导员问明情况，请了假，立即到河头车站爬上一列北上的春节期间临时加开的简易列车。车厢是货车，只有几个农民模样的乘客，或蹲或坐，默默不语。夜里，车到终点站韶关，我下车后在候车室等了几个小时，凌晨搭上十五次特快。那一天是年三十，车厢里没有了往日的拥挤与喧嚷，铁路上的宣传队在车厢里表演节目，乘客大都是赶回家团聚的，一种节日的欢快气氛在荡漾。我依着窗口，窗外的景物中时时闪出父亲的富有生气的豪爽的和苍老的面容，随着年代的更替，父亲不同的面容在交替着，又不时集中到一点上，就是父亲的死，父亲的丧事和孤苦的母亲。

我到家已是春节。家里只有母亲和妹妹战利。晚上，在苏州工作的弟弟汉忠也赶回来了。

由于临近春节，机关的负责人已把丧事快办了，所以我和弟弟都没有看到父亲的遗容。妹妹说，开了追悼会，有十几个人参加，机关还送了一个花圈。

父亲逝世，总还算有一个花圈送行。

母亲总是重重复复对我和弟弟说：

“今年真冷，你爸看病太困难，出不了门口。晚上睡觉，把热水袋放在他脚边，他仍说脚像掉了一样，没有一点感觉。这一年，他的病情一天天加重，头痛得厉害，大便困难，每到半夜就喊叫。那一晚下雪，我把被子给他好好裹了裹，他一夜没有出声，第二天早上窗外一片白茫茫，屋里映得很亮，他还躺在床上。我心想，这老头安生了一夜，到现在还不知醒。我走过去，掀开被头一看，他嘴角流血，摸一摸已经没气了，我就赶紧喊你刘老伯他们。”

母亲又叹口气，像自言自语：“唉，走了也好，活着受罪。今年太冷，我们家养的公鸡，今冬每晚都飞到苹果树上睡觉，赶它它都不下来。上一场大雪，它冻死在苹果树上。苹果树枝上都是雪，它身上也是雪，白花花的，但它至死抓住树枝不放，扬起脖子，好似还在打鸣，但它叫不出声了。”

听母亲说到这里，我哭了。我望着那两棵立在雪地里叶子落尽的苹果树，望着幻想中出现的那只冻死的没有人需要它打鸣的晓鸡，我哭了。

父亲的骨灰盒放在火葬场，我同妹妹买了一朵小白花放在他的骨灰盒旁，寄托我们的哀思。火葬场的规矩，每两年要交一次保管费，否则火葬场就会将骨灰处理了。所以那几年我每隔两年要跑一次位于郑州西郊的火葬场。十一届三中全会之后，拨乱反正，父亲恢复了名誉，1980 年 7 月，河南省政协、参事室为父亲开追悼会，薄一波等领导同志发来唁电，满祭堂的花圈，满祭堂的泪水，父亲的骨灰盒移放在河南烈士陵园。这好像历史已还他以应有的历史位置，但却引起我更深更深的悲哀。

父亲的一生是部波澜起伏、动荡不安的历史。这部历史包含着巨大的哀痛和矛盾。

所以，至今我还不能说我了解父亲。也许这才是我真正的悲哀。

1994 年 12 月 9 日

父亲的脾气

父亲是个豪爽的人。说到脾气，小时候从大人们的叙说中，我朦朦胧胧感到父亲是个暴烈的人。他打过那么多大仗，脾气不可能不暴烈。这是我的推测。小时候我很少同他在一起生活，对他的脾气并不真的了解。1969 年我因病回到郑州家中住了五个多月，这是我一生与父亲相处最长的一段时间，看到的父亲则是一个脾气平和的老者。

1966 年“文化大革命”开始不久，父亲突患脑血栓病倒，险些瘫痪。我回家时父亲虽能拄杖行走，却常常闷坐不语。母亲把饭端到他面前，不说要他吃他就不动筷子。看到这情景，母亲往往苦笑着说：“看这老傻子。”或说：“这老头真好脾气。”

父亲每天只有两个挂牵。一是他与母亲亲手栽的两棵苹果树，一是我妹妹的五岁儿子小栋。有太阳的日子，他喜欢拿个小木凳坐在门前台阶上看苹果树，看着看着就会自言自语剪枝的事。这一枝该剪，那一枝该剪，他拿起身旁的手杖指画着。母亲说："剪什么，你现在还能动剪刀吗？"父亲悲凉地低下头："我看老赵又在剪了。"母亲笑笑："他剪他的，前几年他不是硬将一棵苹果树剪死了吗？"父亲无可奈何地叹口气："我是不行了，这树总不剪，不但不结果，还会枯死的。"母亲说："剪死也罢，枯死也罢，反正不就是一个死吗？"父亲急忙点头："那也是，那也是。"对苹果树他已无能为力，唯有对他的小伙伴小栋，还可以尽心呵护。他怕在院里玩耍的小栋跑失，常常拄着拐杖站在门口大声呼叫："栋！栋！"小栋听到呼叫就不知从什么地方钻出来与他打个照面，然后又像小鸟一样飞走了。他望着小栋身后扑扇扇的小棉大衣，哈哈笑两声。这是他一天最快乐的时光了。

我见他发过一次脾气。那时候经常有外调人员来家，一次有两个穿军装的年轻人来找他，大概是调查他过去一个部下的历史。我在隔壁房间忽然听到茶杯破碎的声音，赶快跑过去，一推门，只见父亲脸色乌青、双手抖颤地站在桌旁，大声说：

"我是汉奸？我不抗战？'八一三'淞沪会战我率部死守虞山，我手下的弟兄每天倒下几百上千，那时你们在哪里？台儿庄会战我率部堵截矶谷师团退路，你们在哪里？我参加瑞昌会战时，你们又在哪里？你们为了把别人打成汉奸，硬说我的部队投降过日本人，这行吗？告诉你们，你们所说的1943年庞炳勋、孙殿英投敌'曲线救国'一事，没有我范龙章二十七纵队的份。当时新五军投敌了，二十四集团军部分投敌部分溃散，我率二十七纵队与二十七军一部分，在壶关树掌镇与日寇激战，后孤军突出重围，渡过黄河。这么大的事件，谁不清楚？难道可以胡编乱说吗？”两个年轻军人被父亲的怒火镇住了，一时手足无措。母亲劝他们回去，说老头子的脾气暴烈又有病，过几天再来吧。以后，这两个年轻人却没有再来。

母亲将两个年轻人送出门后，回转身笑着说：

“这老头子今日咋啦？咋发这么大的火呀！”

“说我什么都行，我头上的帽子够多了，不在乎再多一顶两顶，但说我不抗日不行，想给我戴顶汉奸帽子更不行。”父亲余怒未息地，“都不要认为我如今没脾气了！”

“谁敢认为你没脾气了，你脾气大着呢！”母亲一面收拾地上的碎茶杯，一面打趣说，“他们也活该碰你这个锈钉子。没想想我们家的事情就像秃子头上的虱子明摆着，领导上哪点不清楚，还能藏着掖着不成？想抓虱子可以，不要说我们把虱子藏了。”

“是嘛，我在延安入党是中央直接批的，组织上对我哪点没有审查清楚？”父亲说。

在家几个月，我看到父亲发过这样一次脾气。

父亲本来是个敢作敢为、很有热情的人，自从1957年反右，父亲的脾气大变。听母亲说，那年夏天领导动员政协老先生们帮助党整风，老先生们再三说没有什么意见说的，但领导说不提意见就是不爱护党，弄得老先生们盛情难却、进退两难，拿着大蒲扇坐在院里树下一面拍打蚊子一面冥思苦想，终于提了些鸡毛蒜皮的事，如说参事室副主任对人态度不好云云，父亲表示附和，为了有个比较，还说在延安的时候，毛主席、朱总司令对他是如何如何的亲切关怀。说到毛主席，他兴之所至又谈起1947年3月撤离延安的前一晚，毛主席召他到总部，征询他对陕北战役部署的意见。他说他当时不相信我们两万部队能战胜胡宗南的十七个整编旅，后来事实证明毛主席军事部署的英明正确。父亲从年轻时候起就喜好与朋友聚谈扯闲篇，也就是如今的侃大山，常常是直言直语，横发议论，不料这次却酿成攻击领导及怀疑毛主席的“反党罪行”，被划为右派分子。当然政协里不只他一个右派分子，在树下拍大蒲扇的那一群老先生基本都成了“煽风点火”者，未能逃脱当右派的劫数。

但彻底改变父亲脾气的还得说是“文化大革命”。1966 年夏天那场风暴到来后，他看到单位的老先生一个个被挂上黑牌戴上高帽，人不人鬼不鬼的，像一个个可怕的梦魇，就突然病倒了。这一病再未恢复过来。母亲暗暗对我说，父亲是被吓着了。父亲过去打仗很勇敢，冲锋陷阵，身先士卒。家乡人传说，父亲每打一仗，脱下上衣抖抖，子弹头哗哗往下掉。当然这是乡人编造的“神话”。但父亲胆子大则是真的。1928 年曹州战败被俘，冯玉祥要杀他，他没有怕；1935 年在江西蒋介石撤了他的职，他没有怕；1947 年民主建国军冤案他被系狱七个月，他没有怕，到 1966 年，他可能真像母亲所说的那样被吓病了。我想弄清这个事实真相，有次从侧面提到这个问题，他只是低声说了一句：“士可杀不可辱呀！”话里含着无限悲痛。

本来父亲喜欢结交朋友，半生交游甚广，但我在家的几个月中，却很少看到他与人交往。除了外调人员，只有一个人登门拜访过他。那天我在门口先看到这个人，这人自我介绍，他是 1966 年从别处调来任粮食厅厅长的，上任不久，“文化大革命”一开始就靠了边。我带他进屋后，谈了许久父亲才想起他的名字。后来父亲对我说，这人 1931 年同其他四个年轻人在他的司令部里当参谋，都是共产党员，总部要抓他们，他给了每人二百块银圆，让他们逃跑了。我在家养病期间，父亲只串过一次门。他带我到同院石老伯家借书，石老伯与周总理一起在法国留过学，有学问，家里有很多书。能经常来同父亲谈谈的，只有住在后院的刘老伯。刘老伯是黄埔军校一期学生，曾任孙中山先生的卫士，也曾参加"八一"起义，抗战时期任军长。他比父亲小几岁，和善忠厚，父亲与他最为投契。我想，刘老伯可能是父亲最后的一位对语者。

我想，一直与父亲脾味相投的，可能还要算郑州行政区理发店和浴池的师傅们。每次我去理发，理发师傅都要讲我父亲的事，他们惦念着他的身体。我陪父亲去洗澡，师傅们都要围上来，有呼老范的，有叫军长的，看到这些人，父亲就高兴，往往开玩笑地说：

"什么军长军长的，几百年前的事还提它干啥？如果我年轻，我就来浴池干了！"

"这活你哪能干得了！"师傅们说。

"干得了，咋干不了呢！"父亲快活地说。

只有在洗去尘埃与烦恼的浴池里，父亲的情绪才会这样开朗与振奋起来。

脾气暴烈的父亲，终于被"改造"得没有一点脾气了。

2000 年 8 月

我的两个母亲

我出生四天，奶妈来了。奶妈一直把我带到十一岁。由于我是奶妈养大的，加之母亲随父亲长年在外，所以我幼时同生母反而没有同乳母亲。乳母姓陈，按当地习俗全家人都唤她陈干娘。这称呼本来是随我的，但我不唤她陈干娘，而唤她妈。

家里住的闲人有时取笑我，说我不是母亲亲生的，是陈干娘捡来的。每当这时候，陈干娘就会把我搂在怀里辩解道：

“胡说，这是俺亲儿！”

她的辩解把我弄得更加糊涂，不知我是她的亲儿，或是我母亲的亲儿？我整日同乳母在一起，同生母在感情上自然就比较淡漠了，长到几岁还不对生母唤妈妈，生母也不难为我，只有苦笑。

有一个故事，是乳母多次讲述过的。我一岁多，随父亲驻军福建。后来父亲因朋友的事丢了二十路军的职务，被蒋介石调到南昌行营任参议，家属离开部队，由南昌、九江、汉口回开封。当时我正患百日咳，身体非常虚弱，九江上船遇雨受淋，上了船抽搐不止，浑身发紫，后竟窒息。祖母认为我已死去，令人将我抛入江中，乳母与母亲不肯，抱紧我大哭。适逢有位医生是船长的朋友，闲来无事上船与船长下棋，闻哭声赶来。医生手边没有任何药品器械，只好用手掐我，终于使我哭出一声，回过气来。这个故事给我印象至深，我常想如果不是乳母紧抱住我，也许我早已像江中的泡沫一样消失了。我不能不感恩于乳母。乳母被迫出卖自己的乳汁，却把神圣的母爱拌着乳汁给予了并非自己骨肉的乳儿，这是为什么呢？这中间的奥秘如何去解释呢？多少年我怀着崇高的敬意回忆我的乳母。

乳母是开封人，她同我家风风雨雨一起生活了十一年，风光过，也同我家一起遭过难。她常喜欢对人家说，她随我家“到过南京、汉口，钻过穷山沟”。抗战胜利后我家迁回开封，她才离去。她住在南门大街，距我家不远，还经常来我家走动。来时，总记得给我买一串山里红或几本练习簿，总喜欢高声大气地说这样一句话：“俺来看看俺儿！”听到这话，母亲就打趣道：“好啊，看看你儿受屈没有！”

有时乳母把我拉到一旁，暗暗塞给我几块钱，问这问那，数落我的拗脾气，教我要同大人们亲近，真好像是她把儿子寄养在旁人家里一样。每次她回去，我送她走出大门然后坐在石阶上，久久望着她那已显苍老的身影，一直目送她走出街口。泪水模糊了黄昏的街景。是晚炊的时辰，烟气弥漫，远处街口对面福仁堂药材铺门檐下那两盏电石灯，发出两团惨白的光，洇濡在夜雾里，清冷而悲凉。一种胶样的孤独感涌上心头，我沉浸在一片无法填补的空白里，久久望着渐渐漫上头顶的星空。

抗战胜利后，由于父亲去了延安，家境变化很大。家里没有用人，家务全靠母亲操持。我和二哥在开封初中读书，天不亮就要上早操，谁迟到谁在操场边下跪。为了不迟到，母亲五点钟起床做早餐，然后催我们上学。开封的冬天非常冷，特别是早上。母亲怕我们受冻，给我们每人买了一顶“航空皮帽”。这种式样像飞行员戴的皮帽的帽子，确能御寒。我家住在城西南，学校偏于城东北，距离甚远，每日我都是搭二哥的自行车上学。一天吃罢早餐，二哥催我上车，我却找不到皮帽。二哥越催我越急，三个人在屋里找来找去，后来我忽然看到皮帽戴在母亲头上。我转啼为笑，跳上去从母亲头上取下帽子。母亲也笑了，用指头捣着我说：

“妈起得比你们还早，不冷吗？哼，还说不是亲生的，不是妈亲生的妈为什么要起早摸黑地侍候你？”

二哥只比我大两岁，每天早上顶着北风用自行车带我上学，小小年纪，体力不支，有时难免发几句牢骚。母亲劝我学骑自行车，说只要我能学会，家中再难也要给我买辆自行车。我下了决心，一个下午就学会了，母亲很高兴，第二天就变卖一些东西给我买了一辆自行车。母亲文化水平不高，却十分关心我们的学业。她认为她最大的责任是让我们兄弟读好书，为了我们读书，她是可以献出一切的。

我参加革命，母亲不同意，她说我年纪太小。那年我十五岁，年纪也确实小。我南下时，虽然她不愿意我走，却忙着为我整理行装。她把一个金戒指拉直缝在我的衣服里说：“万一在外面有个一灾两难的，这东西可以变卖些钱用。”我坚决把金戒指拆了出来，母亲暗暗啜泣着望向窗外，我心里也很难受，好像忽然明白了很多，我理解与怜悯母亲，这时难道能以什么名义，去责备一颗充满母爱的心吗？

1957年祸从天降，1958年我被送到海南岛劳动。戴罪之身，不愿连累任何人，断绝了与亲戚朋友的一切联系。1959年在高歌猛进的“大跃进”中，饥荒骤至，饥饿像一头巨大的狰狞的野兽，毫不留情地向人们扑来。救助过琼崖纵队的“革命菜”（即野塘蒿），这时忘记了阶级分析，把恩泽施于我们这些从革命者的名单上勾去名姓的人。但仁厚的“革命菜”无力把我们从漫长的饥馑中解救出来。吃“革命菜”吃得我周身浮肿，步履蹒跚。周围的人开始向亲友求助，这时我想起了母亲。一个人在不幸与绝望中，大约最无法忘记的就是自己的母亲，母亲是这个世界上最无法与自己割断联系的人。我记不得有多久未与母亲通信了，原先母亲也不知道我在海南岛，但她收信后，很快从郑州寄来一个包裹，包裹里是两听猪肉罐头、两瓶杏仁露和两瓶辣椒酱。郑州商店里的货架也开始空了，这是母亲不知跑了多少商店后搜罗到的一点东西。接着她又寄来炒面。多年后听舅母讲，正在那时母亲的粮簿丢了。母亲看到农民收萝卜，扤个竹篮同邻人一起去捡萝卜缨，临走忘记关窗，粮簿放在窗前桌子上，被人拿去了。那年月丢失粮簿是一件非常严重的事，要求补发粮簿绝非易事。没有粮簿就买不到粮食，就意味着没有饭吃，可见母亲面临的困难更是灾难性的，但母亲在焦急与饥饿中，把能找到的能省出来的都给了我。舅母说，每次她同母亲到邮局寄炒面，都得向邮局的人说许多好话。邮局的人说，上级规定食品不准外流，母亲乞求道，俺儿在海南岛，那里特别苦，这两斤面是我老婆子口里省下的，求你们给他寄去吧。母亲一面说一面流泪，遇到有同情心的邮局人员会把包裹收下，反之，母亲只好拿着包裹沿着暑气蒸腾的街道到别的邮局去。

20 世纪 70 年代我因出差之便，几乎每年都可以探望母亲。母亲这时已经年老体衰，喜欢同我扯家常，说说我们兄弟姐妹的事，话中充满挂虑。我劝她不要想那么多，我们都是几十岁的人了，不能再要她操心，她说这不由人嘛，只要一闭眼，就要把你们每个人都想一遍。儿行千里母挂心，儿长再大还是娘的儿啊！人到暮年，往往要想身后事，她几次对我说，到她不行那天，要我记住拆开她的被头，她在里面缝了四百块钱，这是她几年的积蓄，攒给我的。

“妈心里明白，你的生活最困难，手心手背都是肉，妈不偏向你兄妹哪一个，谁最困难我心里有数。”

一直到老，母亲和乳母还不断来往，我是她们之间的纽带，见了面就谈我。有一年我遵照母亲的嘱咐，到开封去探望乳母，这时乳母已经十分衰老，生活也十分困苦。我为没有能力帮助她深感愧疚与痛苦，她却擦着泪劝勉我，要我不必挂念她。她捏着我的棉衣，说太薄了，在北方冬天里不能穿这么单薄。她说如果明年她的眼睛好一些，她要亲手为我做一件棉衣。我走时，她目送我走下楼梯，不断叮咛着：“儿啊，可要再来看看妈啊！”我走到街上，听到她苍凉的哭声。

我没有能再见到乳母，这次分别竟成了永诀。第二年乳母病故了。

现在，每当我同母亲在一起，就会谈起乳母，就会谈起两位母亲在我生命中留下的印记和悲喜。

我是两个母亲养育成长的儿子。

我对乳母满怀感激与愧疚。

我对母亲满怀感激与愧疚。

1996年5月26日

找 坟

父亲病逝那年，我还在干校劳动。临近春节，队友正给我理发，突然接到电报，我连夜转车往家里赶，到家那天是春节，丧事已在两天前办过了。母亲不停地向我解释："大年下的，单位要在节前把事情办了。"母亲总是重复这句话，好像她做错了事似的，我的泪禁不住流淌下来。妹妹告诉我，因为要过年，单位来了几个人，送了一个花圈，派了一辆机动三轮车送家属往火葬场，丧事就草草办毕。我问骨灰盒呢？妹妹说放在火葬场。妹妹陪我到火葬场把一个白绒制的小花圈，放置在父亲的骨灰盒旁边，寄托哀思。这是1972年。

我一生很少见到父亲。1968年春，因出差我在郑州停留一个多月，分别多年的父亲已是体衰多病的老人。那年他七十，当兵出身的他本来身子一向健朗，是两年前一场突如其来的急病把他击垮的。母亲说1966年"文革"一开始，省政协大院就乱成一团麻，好端端的同事及所谓的"功臣"，顷刻间变成妖魔鬼怪、魑魅魍魉；墨面奇装，棒喝过市，看到这般景象，父亲还未轮到戴高帽挂黑牌就突然血管破裂脑中风了。病来得恶，没有救护车，一个比他小几岁的同事向人家借了一部拉煤的板车，把他拉到医院。父亲的这位同事是我称作刘老伯的刘希程将军，他黄埔一期毕业，曾给孙中山先生当过卫士，参加过“八一”起义，抗战期间任九十八军军长，新中国成立后曾任河南省政协副主席，是父亲晚年的挚友。一个军长用板车拉着另一个军长，六神无主的母亲跟在后边，这是一幅多么奇特的在战场也难以见到的图景哦！闹哄哄的医院没有床位，母亲在医院过道里陪父亲住了半个月。父亲保住了命却未能保住健康，出院后变了一个人，那个竖背挺胸的老军人从此不见。我问母亲，怎么父亲会病成这样？母亲暗自告诉我说：“是吓的。”父亲是从无数死人堆里爬出来的，连当年吉鸿昌将军也对他说过：“人家都称我吉大胆，我看你的胆比我还大。”这样一个鬼神不怕的人，怎么会被毛主席的一群“革命小将”吓傻了吓倒了呢？

没有多少文化的母亲摇着头说：“士可杀而不可辱啊！”

我默默点点头，又问：“红卫兵来抄过家？”

“那倒没有。”母亲看看墙上挂的两张毛泽东、朱德亲笔题赠给“范军长惠存”的照片苦笑着说。细心的母亲把过去所有的照片都烧了，连我念初中时穿童子军制服的照片都怕惹祸而付之一炬，单单留下这两张并且高悬厅堂，这不能不说是母亲的精明之处。

我同父亲一起生活的时间很少，更难说对他的孝敬。那次出差路过，望着年老病重的他，我常常无言以对。我知道他对生活还存有期望，他期望病能治愈或缓解，我却无能为力，心境常常同他一起陷于无助与悲凉。其实他的病是可以缓解的，如果能得到较好的治疗条件的话。我陪他到省政府诊疗所拿过几次药，每次都只能拿一些芦汀之类的降压药回来。有几次父亲问我："听说有一种新药叫'脉通'，哪里能买到？很贵吧？"我不知道这种新药如何能买到，而且我自愧没有这个经济能力。父亲总是说冷，他穿一套臃肿的棉衣，外罩一套复染过的深蓝旧中山装，总说头和双腿很冷，冷得没有知觉。我给他买了一顶帽子，是那种可以把帽围抹下来盖住面部只露口鼻眼、为乡下老头常戴的"抹胡帽"，出差到齐齐哈尔给他买了条粗毛线裤，我一生孝敬他的仅有这两件东西。

听母亲说，父亲死前那两三年无论肉体还是精神都是很痛苦的。

想着父亲那两三年的处境，我流泪了。

我和妹妹把绒花圈放在父亲的骨灰盒边，工作人员提醒我们一年一交费，到期不交费就会把骨灰盒处理掉。我们兄妹都不在郑州工作，唯有我尚可趁出差之便，争取每年来火葬场一次。

火葬场在郑州西郊。一眼望去尽是邙山的土岭与沟壑，起起伏伏，苍茫而奇崛。我每次到西郊，一种悲凉情绪不禁油然而生。无论是梨花初绽、麦色泛青的春季，还是柿子熟透、红叶似火的秋天，我的心都是悲凉的。我为一个小小的无地存放的骨灰盒而悲凉。也许哪一年我无法回到郑州，也许哪一年我交不出那几十元存放费，这个骨灰盒又当归于何处？

我总想到坟，“坟”这个字总在我心头缠绕。我想父亲是应该有个坟的。《礼记·檀弓上》“古也墓而不坟”，凡葬不堆土植树者为之墓，堆高土者为之坟，家乡人将坟墓统称为坟。我不是希望给父亲堆个坟冢，而是想父亲能有一捧土；如果有哪一天他的骨灰盒再不能在火葬场存放，可以有一捧土、一捧少而又少的土将他埋葬。他是这块土地的儿子，他在这块土地上抗击过侵略者，他为这个民族流过热血。记得我小时候，父亲曾请风水先生看过我家祖坟，如今祖坟是没有的了，即使还有，他的灵魂连同他的骨灰也进不去，那里早被村人的棺木占据。村人说“倒了黄瓜山，没了范家官”，既然在村人眼中那是块风水宝地，哪里还有他埋身的地方！后来我出差到新安县结识了一个朋友，他老娘过世时我在那里，看到老人家的棺木，内心不禁凄然。我试探友人能否帮父亲置一副棺木，他慨然应诺，令我十分感动。但钱呢？当时我确没有这个财力。我想求其次，求友人帮我制个石匣装殓骨灰盒，但石匣又可埋于何处？四顾茫茫，难找寸土！我独自到龙门山上寻查过，因为这里离家乡只有七八十里路，晴天可以看到村南父亲幼时砍柴的南山。1944 年他也曾在这里布防阻击过日军。当年旧战场，今日埋骨地，本也合乎情理，但友人问，人家同意你埋在那里吗？于是，我无以为答，我想起古人背骨的故事，心想万一火葬场不能继续存放，就只有将父亲的骨灰盒背离家乡，随我漂泊到数千里之外。每想及此，我的心情不仅是悲凉而且是悲愤了。直到“拨乱反正”，父亲才得到平反昭雪，骨灰才得到安放。

这两年出我所料地打了一场官司。不是同别人打，而是同我的出版界同行打，打的是一场笔墨官司。一日我在广州购书中心，偶然翻阅某出版社出版的原公安部某老副部长的传记（不是自传，是别人写的），内中谈到 1945 年反内战的邯郸起义，对我父亲多有诬蔑不实之词。过去父亲蒙冤受屈，时至今日仍有人向他身上泼污水，编造谎言，捏造事实，说父亲如何如何反对起义，破坏起义，令我兄妹实难忍受，于是将某出版社与作者告上法庭。经法庭近两年审理，宣判我方胜诉，对方赔礼道歉，并不得再发行此书，体现了日益得到尊重的法治精神。对方对待此事也是认真的，为我伸张正义的律师告诉过我，对方的代理人曾到父亲的墓地看过，一块朴素的普通再普通的墓地，出乎他们的意料，也许他们难以相信父亲的骨灰盒竟然如此简单地葬于此。

逝者已矣，我从来不认为父亲有很高的“革命觉悟”。他不过是一个军人，抗日战争中他深知军人的责任，抗战胜利后眼看两党就要打起来的时候，他想站在反内战的阵线上起一点点作用，但事与愿违，又受尽磨难。他只是一个军人，一个不懂政治的军人，一个毁誉参半至今还有人不愿承认他抗日他反内战的军人。

现在他的骨灰盒同母亲一起葬在龙门山南坡的一座公墓里，前后左右都是平民百姓，他安息了。这块几平方的墓地是我们兄妹后来购置的，之所以选到这里，是因为他在这里可以遥望家乡：他砍过柴的南山，他从十三岁起扶犁耕种的田地，他为被杀的弟弟报仇打孽的村庄，以及从这小村庄拉出的一支小小队伍……历史一页页翻开，一个人的历史应该在这里定格了吧？不知道还会不会有人出来再说些什么，像那本严重失实的书。

2012 年 7 月 24 日　于广州

《暖雪》[1]后记

收在这本集子中的文章，大都同我的家事和我的童年生活有关。今天我写这些，并不仅仅是由于回忆，我写的人和事虽属于过去，但那些影子总缠磨着我。

我没见过祖父，他也根本不会想到会有我这样一个孙儿。父亲两岁时，祖父被辘轳把打到井里淹死了，留下两亩薄地，一个寡妇和两个孤儿。父亲长到十七岁时，比他小一岁的叔父因看庄稼同局子头家发生冲突，被枪杀在地里。父亲连夜出逃，到西安当了兵。两年后他回家打孽，杀仇人，拉队伍，参加军阀混战，后来竟当了将军。抗日战争胜利，1945 年 9 月 30 日，他同高树勋将军在 邯郸马头镇举行反内战起义（即邯郸起义），不久到延安。父亲的经历决定了祖母的命运和家庭的兴衰。到我记事时，祖母成了个暴发户，骄奢淫逸，狂悖暴戾，同当年那个挖野菜的村妇绝不能做同日语。

1934 年，我出生在开封，四岁时，卢沟桥事变爆发，随母亲回到老家伊阳（今汝阳）郭杨村。老家刚建好一片宅院，

[1] 《暖雪》，上海文艺出版社 1988 年 8 月第 1 版，收入本书初编。

房子建得很讲究，据说是方圆百里第一家，一座名副其实的地主庄园。我在这里生活了将近七年，这是我由记事到求知的时期，大宅内外的人和事，给我印象至深。

祖母对我很严厉，以至于很多年后我想像歌里唱的那样回忆一下老祖母慈爱的笑容，却回忆不起来。从贫困到暴发使贪婪和悭吝发酵，她用人参熬大烟，烧烟泡加沉香，却在吃梨时，仅用梨皮享以孙儿。客人送来的点心，一盒盒堆叠着直达天花板，宁肯第二年夏天生虫当肥料，她也不让孙儿吃。我有一位堂姐，人们认为祖母是很宠爱她的，她刚出嫁，祖母就亲自去搜查她的房间，据说在箱子里搜出一块布是祖母的，堂姐成了“家贼”，不久，堂姐害痨病死了。村人们常听到堂姐的叫声，说是鬼叫，陈干娘都说听到过，我没有听到，但我怕。从此我感到每到夜晚大宅到处是黑影，说不定每个黑影都是鬼。为了争宠和钱财，大宅内不时爆发激烈的争吵，接着是服毒、抢救等等。母亲跟着父亲常年在外，只有在我落地四天就用乳汁哺养我的乳母陈干娘真挚而粗犷地爱我。我常常感到孤单。我是一个敏感的孩子。由于我口吃和生得瘦弱，我性格羞怯、腼腆，常躲避大人；我朦胧地感到这世界是不公正的，我有一种本能的反抗心理，我孤独而执拗。卢梭说过：“从孩提时代，我就被抛入人生的旋涡之中，我很早就体验到，我天生就不适在这个世界上生活。”在大宅里，我的生活和心理体验正是这样。不能说没有欢乐，那庙戏、神棚、灯会、高跷等质朴的想古老的壁画似的村俗民风，乡村小学为我打开的知识之门，还有兄弟之爱，都激发过我这个好冥想的孩子的幻梦。

抗战胜利后，在开封生活的三年，是我常常带着温柔眷念的感情回忆的三年。那时候父亲已到解放区，大宅实际上已经崩溃，母亲带着我们兄妹在开封求学，环境虽然险恶，生活尚可维持。我家在小纸坊街有一座宅院，同住了几户亲戚朋友，聚集了一群少男少女，小院自然不会像大宅那么阴森可怖。我少年生活中的阳光与欢乐，歌声与微笑，大都得之于兹。

这本集子所写的，虽大都与大宅和小院有关，但不是回忆录，许多地方我没有实写。我写的这些散文，有的同志把它当作小说，这无关紧要，散文和小说本没有绝对的界限。我只希望读者读后，能生一点感触罢了。

1986 年将稿子交给了上海文艺出版社，后来又想补充几篇，致拖了出版时间。《南蛮子》《纸上罗曼斯》《秀表姐》三篇是后来写的。

这本集子能够出版，我要感谢上海文艺出版社的领导与编辑同志的扶植与关心，感谢许多刊物的编辑为我改稿和发稿，我还感谢为我抄稿的一位朋友默默付出的劳动。

今天是 1987 年农历除夕。夕阳照着窗外路面上洋紫荆的花瓣，温泉疗养院阒无人声。远处响起爆竹，这山，这水，这竹，这松，达到了宁静和美的极致。

我耽于这宁静。

若丁

1987 年 1 月 28 日　于从化温泉

附录一

烟雨迷蒙

可能是才智不足的缘故，我不能成为见景赋情，即席挥毫的作家；我不能通过参观访问迅速写出作品来；我不能把生活撞击心灵的火花即刻反映在卤化银的底片上。我常说我没有快门。我羡慕那些才华横溢的同行们，可惜我达不到那种化境。

但是，那些一闪即逝的火花，往往又在很久之后复燃起来，透过时间的烟雨向我闪耀，像流萤、像彗星、像火。有时它们穿越了迷蒙的帘幕，有时它们仍停留在帘幕那边，我写散文每每是在被这种“冷藏”过的火光照亮之后。所以我写的大都是或近或远的往事，写的大都是“我”，这就叫作自白往事吧。

正由于那迷蒙的烟雨，往事更加历历如画，但它毕竟被濡湿了，濡染上一层悒郁和惆怅。这就构成了调子。不管人们对这种调子持什么态度，我承认，这种调子存在于我那些自白往事的习作之中。

写一篇散文，特别是抒情散文，追求一种调子是很重要的。一首歌曲必须有个调子；一篇散文，不管是如歌、如吟、如泣或如诉，自然也必须有个调子。这调子有欢快的，有深沉的，我爱深沉；这调子有晴空万里，有冷雨敲窗，我爱冷雨敲窗。这中间孰优孰劣的问题，只能说是偏爱与个性。

我追求深沉，因此在我的习作中难免多了几分忧郁。人们心灵上都有一根藏得很深的忧郁琴弦，如果我拨动这根弦，心是会战栗的，战栗则产生共鸣。

我不想去感动谁，我只想我的回忆能引起别人的回忆，我的感受能交融别人的感受，我的从内心深处流出的感情能与多一些人相通。1980 年我的《小院》发表，给我寻回了一位离散多年的老同学——张一弓。当时，一弓还不知我是谁，但当他步入“小院”时，我们相遇了。他说他读了这篇散文很激动，但我知道他读的《小院》已不是我的《小院》了。一弓是一位感情真挚、才思澎湃的作家，在古老的开封他有他的落日，他的城堞，他的小院，所以在那一刻，他也“写”了一篇“小院”，而且比我的《小院》丰富多彩。我不忌妒他，我感到自慰的是，我拨动了我这位老同学心灵深处的那根弦。作者的任务是给读者一个情景关联域，通过作品激发读者的联想，使读者调动自己的生活积累，对作品进行再创造。一篇作品提供情景关联域的宽狭和深浅，影响着读者再创造的丰富与否。小说使然，散文也使然，而散文更着重于情。浮泛的苍白的感情是难以激发读者联想的。我希望我的作品能激发读者多一些的联想，希望读者在再创造中“写”

得比我好。

近年我主要写散文，我对散文的感情是执着的。我写的一些散文带有情节，我写的一些小说又往往抒情散文色彩较浓，所以我的习作有时被说成是散文，有时被说成是小说，本来散文与小说就无绝对的界限，我不为我这些非驴非马的习作正名，但我执着于散文。我将继续写伏牛山，也想写写大西北。去年我到大西北走了一趟，想写；同我差不多时间去的作家，已经发表了许多篇章并已集结成集了，我却一个字未写。我相信不管再过多久，我终于能透过迷蒙的烟雨，找到我的月牙泉，我的骆驼刺，我的塔尔寺，我的达坂城，我的漠漠西风。

（此篇是应约为《散文选刊》写的创作谈）

附录二

那明灭的群山

——《白河纪梦》及其他

去夏，我同于黑丁夫妇在鸡公山上住了一段时间，每当傍晚，我同黑丁夫妇喜欢坐在宽敞的回廊里望落日。西天由紫变青，当最后一片晚霞骤然化成无数股金液泻地而来，把山巅、小河和曲曲折折的山路都镀成金色的时候，那景象是惊人的，那美是震慑人心的。我们都沉默着，偶尔黑丁同志问："那亮的是小河吗？"

"不，那是山！"我说。

说话间，大山隐去了，但我仍沉默地凝望着那片渐渐缀上星光的天幕和天幕下又渐渐清晰起来的山影。我知道，西边是桐柏山，再往西是伏牛山。八百里伏牛山呵！

我的故乡在伏牛山北麓，由于战祸，我曾经跟随家人溯汝水而上，穿越伏牛山腹地，走到伏牛山南麓的白河岸边。我的少年时代的梦魇及梦想，融有伏山的岩浆和汝水、白河的冷波。这些梦魇和梦想一直跟随着我，跟随了几十年，我常常想起那些岩石，那些枯树，那些霜叶，那些荒地，那些破败的神庙，那些山泉和干涸的布满乱石的河床；我常常看到山魂的磷火和光环。而今，每晚坐在鸡公山巅的欧式小楼上——这楼是外国人修的——凭栏西望，透过暮霭和星光，看到遥远的山、石、树，当然还看到了那磷火，那魂，那大山的庄严和卑琐，那岩石的坚硬和愚顽，那树木的生生灭灭……就这样我铺开稿纸，每天大约写一篇小文章，共写了十五篇。后来我又将这些叫散文或叫小说的东西，分成了几组，如《白河纪梦》《伏牛山绣像》，如《大宅四记》等，我没有写大山的大笔与气魄，只写了几块岩石，心很不安。但我想这些岩石毕竟是从大山胸腔流出的年代久远的岩浆，并在漫漫的未来还不一定会风化，会消失，因此，到我下得山时，倒也感到了几分轻松。

伏牛山是我们民族的发祥地之一。小时候我北望伊阙，南望群峦，常常陷入迷惘。伏牛山有魂吗？伏牛山是人吗？而在我身边走动的男男女女是从大山的腹中生出来的吗？他们也是山吗？如今我仍不能解除这些荒诞的疑问，但我却愈来愈觉得那山是有灵魂有性格的。这个伟大的灵魂，从历史深处的荆棘中走出来，带着它的悲壮、崇高、冷漠、偏执、残酷、狡黠、可笑、热情和痛苦，迂缓地在不断变更河道的黄河浊浪旁徘徊、凝思或者前进。……小时候，我常常久久凝望着它，感受着它的悲苦。

这悲苦一直蕴在我的心中。

坐在鸡公山巅外国人遗留下来的小楼上，把身子埋在宽大的藤椅里，虽然不无新中国人的骄傲，但西望那明明灭灭的群山，心中仍泛起那种悲苦。可能是那悲苦窖藏过久的缘故，更多了一种凛冽的滋味。

我对生活的消化能力很差，我痛感于自己感受生活之不锐敏，可能这与一个人的素质有关，改也难，所以我写的多是一些陈年老事，难免有怀旧之嫌。我不为自己辩护，也许我的艺术情绪确与怀旧情绪相通，我写的一些或称散文或称小说的东西，确具有自白往事的性质，但也不尽然。我不敢说我的作品具有什么强烈的现实感，可我粗略写出来的那些人物确也未死，只不过他们像山上那些岩石一样，身上多披了层青苔或多蒙上一层阳光罢了；遇到雷电和地震，也有闪出火花和变为齑粉的。

艺术是要反映生活的，但直线地急功近利地反映生活则不能成为艺术。作为艺术家的作家，把生活变为作品，正像杜康将水变为酒一样，中间必得一个复杂的发酵过程。生活的发酵剂就是作家的激情。这激情当然可以是激昂慷慨，却绝不仅仅是激昂慷慨，更多的则可能是冷峻、忧郁或者悲愁。不久前我同参加“杜康散文奖”颁奖会的同志到杜康酒厂参观，又一次受到启发。杜康酒用的泉水，发源于伏牛山。水变成了酒，生活能否变成艺术呢？如要求自己成为一个艺术家，要求自己的作品有多一些艺术内涵，就不能仅仅要求自己明白地真切地反映生活，而应该力求幻化生活，或使生活升华，或使生活变形，从而达到更高层次的真实。作家对生活的发酵过程就是对生活的幻化。我遵奉的艺术原则是：一、艺术反映生活；二、艺术不直线地反映生活，艺术是生活幻化。因此我写的伏牛山的岩石和白河的水波，也许不是我小时候看到的、摸到的那岩石、那水波了。

我一直想写我的和伏牛山联接着的梦魇和梦想，我不知我能否实现这个愿望。

1987年6月2日　于广州

（此篇是应约为《小说选刊》写的创作谈）

创美工厂出品

出 品 人：许　永
责任编辑：许宗华
特约编辑：刘青松
装帧设计：海　云
内文制作：许宗华
责任印制：梁建国

投稿信箱：cmsdbj@163.com
发　　行：北京创美汇品图书有限公司
发行热线：010-53017391　59799930

创美工厂
微信公众平台

创美工厂
官方微博